アーシュラ・K・ル=グウィン
谷垣暁美 訳

暇 な ん か な い わ 大 切 な こ と を 考 え る の に 忙 し く て

ル=グウィンのエッセイ

河出書房新社

暇なんかないわ　大切なことを考えるのに忙しくて　目次

第二部　文学の問題

パード日記

カレン・ジョイ・ファウラーによる序文

何年も前、ニューヨーカー誌でこんな漫画を見たのを覚えている。ふたりの男がいて、ひとりは求道者で、もうひとりは賢者だ。彼らは山の洞窟《どうくつ》の前の崖っぷちにすわっていて、周りには猫がたくさんいる。「人生の意味は、猫たちだ」と賢者が求道者に語っている。インターネットの魔法のおかげで、その号が刊行されたのは一九九六年で、漫画の作者はサム・グロスだと正確に述べることができる。

このエッセイ集を読んでいたとき、その漫画が私の脳裏に蘇った。もし私が山を登って、賢者アーシュラ・K・ル＝グウィンの洞窟に到達し、このいかにも求道者の訊きそうな問い――人生の意味は何ですか、という問いを発したら、まさに同じ答えを得るかもしれない、と私は思った。いや、そうではないかもしれない。ル＝グウィンは常に予想を超える人だから。「人生の意味は猫たちだ」と言う代わりに、彼女は「年を取ったら、誰だって年寄りをやらなくてはならない」と言うかもしれない。あるいは、「恐怖というものが、賢いことはめったにないし、親切であることは決してない」と言うかもしれない。あるいはまた、「陰府《よみ》は、卵抜きなのよ」と言うかもしれない。

求道者にとっては、答えそのものは、自分がその答えをどうするかということほど重要ではない。

賢者にとって何が重要なのか、私にはわからない。重要なのは、もしかすると朝食かもね、とル＝グウィンは教えてくれる。

今日、ル＝グウィン洞窟への旅は、山頂を目指す登山らしい登山と比べれば、困難さは少ないかもしれないが、危険度が低いわけではない。ル＝グウィン洞窟に行くには、足をとられやすいウィキペディアの沼地を横切らなくてはならない。トロールたちを起こさないよう、すべてのコメントをよけて爪先立ちで歩かなくてはならない。心にとめておこう。トロールたちが見えるということは、こちらも彼らに見られているということだ。ユーチューブという怪物には近寄らないで。あれは大変な時間食いだから。ググルという名で知られる時空の虫食い穴《ワーム・ホール》に行き、こっそりとそれを通り抜けよう。アーシュラ・K・ル＝グウィンのウェブサイトに降り立ったら、まっすぐブログに行き、彼女が最近アップした記事を見よう。

でも、まずはこの本を読んでください。

本書を読む人は、さまざまな事柄についての考察の宝庫を見出すだろう。加齢、悪魔祓《エクソシズム》い、儀式——とりわけ特定の信仰に基づかずにおこなわれる儀式の必要性、インターネット上の誤りが決して修正できないわけ、生の音楽と、読み、かつ書く子どもたち、そして、ホメロス、サルトル、サンタクロース、とその考察の対象は多岐にわたっている。ル＝グウィンは同意や表敬を求めるタイプの賢者ではない。それは、彼女の本を読んだことがある人なら誰でも知っていることだ。本書に提示されている考察は、彼女自身が何について考えてきたかを教えてくれるに過ぎない。

けれどもそのひとつひとつの考えはすべて、あなた自身の考えに至り、それを深めていくための出発点としての役割を見事に果たすだろう。ときには、洞窟の入り口の上に、〈賢者外出中〉という札が出ていることもあるだろう。そんな場合には、その日のお題は、「猫」によって出される。「ムシについて考えなさい」と猫が言えば、私はそれに従う。そうすると、ムシについて考えることは驚くほどの広がりをもつことだとわかる。いけないお手々をもつ善良な猫にそう指示されたのならば、なおさらだ。私は猫たちについて、そして彼らの愛らしくも残忍なやり口について考える。私は多くの問題をはらむヒトとほかの動物とのインターフェイス（接触面）について考える。私たち人間は心のどこかに、モウグリ[1]になりたいという夢――ほかの動物たちが私たちを仲間だとみなして受け入れてくれるという夢を携えていると私は思う。ところが、私たちにとって不都合な動物が私たちにそのようにしたら、私たちはその夢に反した行動を取る。ジャングルの野生動物たちの仲間になりたいなと思っている癖に、台所にいる野生動物には我慢がならないのだ。殺虫剤スプレー容器に手を伸ばしながら、蟻《あり》が多すぎる、と私たちは思う。ヒトが多すぎる、というのも同じくらい真実であるのに。

　これとは別のエッセイ、別の本で、ル＝グウィンは書いたことがある。いわゆるリアリズムは人間を中心に回っていると。ファンタジーだけが人間ではないものを、人間と同じくらい興味深く、重要性のあるものとして扱う。この点で、そしてほかの多くの点でも、ファンタジーは、より破壊力のある、より包括的な、より謎めいた文学である。このふたつの問題――私たち人間が自分たちの仲間であるべき人間以外のものを正当に扱うことができないということと、自分たちこそがもっとも重要な存在だと言い張っていること――が組み合わさると、私たちにとって命とりになりかねない。こういうことを考えていると、私の思いは世の終わりにまで到達してしまい、そこで結局、ムシについて考えるのにうんざりして、ル＝グウィンについて考えることに戻る。

　何十年にもわたる作家活動において、ル＝グウィンは常に、想像力と想像力から生まれるすべての物語を擁護《ようご》してきた。私自身は大人になってからずっと、自分自身が問うていることさえ自覚していないままに、数々の質問に対するル＝グウィンの答えを得るために、何とか道を見つけては、彼女のいる山に登ることをくり返してきた。今や私は七十に近づいているから、これはずいぶん長い時間だ。世界が私にくれたすばらしい贈り物のひとつとして、私はル＝グウィンを個人的に知っていること、彼女と一緒に多くの時間を過ごしたことを挙げる。とはいえ、本だけしか知らなかったとしても（だけしか、なんてとんでもない言い草だけど）、その贈り物はすばらしいものだったろう。

ル＝グウィンは今、特別なときを迎えていると思う——認められ、高く評価されるときだ。今回の機会について言えば（というのは、そのような機会はこれまでに何度もあったからだが）、彼女がある世代の書き手たち（その中には私も含まれている）に、それぞれにとっての礎《いしずえ》となるような強い影響を与えたという面にもスポットライトが当たっている。このエッセイ集の巻頭でル＝グウィンは、ジョゼ・サラマーゴ[2]のブログを発見し、「ああ、なるほど。この手があったか。私にもできるかしら？」と考えたと語っている。私たちのうちのとても多くにとって、ル＝グウィン自身の作品が、これとまさに同じ働きをした。ひとつのお手本として、私たちを因習や他者の期待から解放し、私たちに見えているより大きな世界へと招いてくれたのだ。

けれど、私の考えでは、ル＝グウィンの栄光の時のすべて、顕彰と称賛のすべてを足しても、彼女が実際にやりとげたことを考えれば、まだまだ足りない。彼女はたくさんの世界を創造した。創造した世界の数だけでも、彼女に匹敵する作家をほかに思い浮かべることはできない。世界の複雑さ、緻密《ちみつ》さを考えれば、なおのこと、彼女に及ぶ者はいない。一冊の本だけで、後世に残る名声を獲得する作家たちがいる一方で、彼女はそれだけの価値のある本を一ダースも書いている。彼女が最後の長篇と決めた『ラウィーニア』は、間違いなく彼女の最高傑作のひとつだ。彼女は常に多産で多大の影響力を発揮してきた。今も昔も茶目っ気たっぷりで、同時に頼りがいのある存在である。生き方においても、作品においても、常に善の味方であり、鋭い社会批評家でもあり、私たちの目の前で世界が悪い方向に向かっている今、これまでのいつにも増して必要とされる人だ。読み手として、また、書き手として彼女に倣《なら》う私たちは幸運だ。私たちは単に彼女が大好きなだけではない。彼女を必要としている。

あなたが本書のページに見出すのは、ふだん着のル＝グウィン、自宅でくつろいでいるル＝グウィンだ。彼女が作家となって以来ずっと心を離れない問題のいくつか――成長を前提とする資本主義が破滅をもたらすこと、女同士の友情《シスターフッド》がどんなものであり、男同士の友愛組織《フラタナル》とどう違うのかということ、ジャンル・科学・信じる気持ちにかかわる中傷や誤解――は、相変わらず登場するが、それらは磨き抜かれて、究極の本質的な要素に還元されている。本書を読んでいてとりわけ楽しいのは、彼女の頭が生き生きと働いていて、第一印象ではただのお遊びに過ぎなかった記事が、実に深い意味をもつものに変わっていくのを目の当たりにすることだ。

ル＝グウィンは自然界について語るとき、常にすばらしい。私が会った中で、彼女は非常に敏感な人たち、周囲の小鳥のさえずりや、木の葉のこすれる音にすぐに気づく人たちのひとりだ。本書に収められたガラガラヘビについてのエッセイ、そして、リンクス（オオヤマネコ）についてのエッセイは、私には詩のように作用する。私には何であるのかわからず、対応する言葉を見つけることができない、さまざまな感情に火をつけ、赤々と燃え立たせる。

そうだ！　それを表わす言葉をつくればいいのだ。ル＝グウィンならそうするだろう（「The Game of Fibble[3]（嘘言葉ゲーム）」というのをキーワードとしてググってみてください）。ということで、こんなふうに言ってみよう。ル＝グウィンが鳥や獣のことを、それぞれに歴史と性格と独特の習性をもつ動物として書いているのを読むとき、そしてまた、彼女が木や川など、世界から失われつつある美しいものすべてについて書いているのを読むとき、私の心は空間越え転送され、うっとりおののいて、べろぽかんする、と。

べろぽかん中のカレン・ジョイ・ファウラー[4]

訳注

（1）ラドヤード・キップリング作の短篇集『ジャングル・ブック』『続ジャングル・ブック』の人間の主要キャラクター。

（2）ポルトガルの作家・劇作家・ジャーナリスト。一九九八年にノーベル文学賞を受賞した。二〇一〇年六月死去。

（3）ル＝グウィンが家族や友人とともにつくったゲーム。スクラブル（アルファベットのひと文字が書かれたタイルをボードのマスに並べて単語をつくり、得点を競うゲーム）のボードや文字タイルを使うが、存在しない語をつくって、発音し、定義を述べるのがルール。得点はなく、文字タイルを使い切るのがゲームの目的。

（4）一九五〇年生まれの米国の作家。邦訳されている作品に『ジェイン・オースティンの読書会』（ちくま文庫、白水社）などがある。

暇なんかないわ　大切なことを考えるのに忙しくて

ヴォンダ・N・マッキンタイアへ、愛をこめて

はじめに

二〇一〇年十月

　私はジョゼ・サラマーゴの卓越したブログに触発された。彼がそのブログをやっていたのは、八十五歳から八十六歳にかけてだった。それらの記事を英訳したものが『ザ・ノートブック』[1]というタイトルの本として、今年、出版された。私は喜びと驚きとともにそれを読んだ。

　それまで私には、ブログをやりたい気持ちがまったくなかった。そもそもブログという言葉が好きではないのだ。バイオ（生命の）ログ（記録）とか、それに似たような言葉を短縮したものだろうとは思うが、その響きは沼沢地のずぶ濡れの木の幹のような感じがする。あるいは、鼻孔の空気の通りを妨げている何かのような感じがすると言ってもいいだろう（「彼女ったら、鼻の穴の中に大きなブログがいくつも詰まっているようなしゃべり方をするわね」）。それに加えて、ブログは「双方向」的であるべきだという考え方が、私はいやだった。読者のコメントをみんな読んで、返事を書き、見知らぬ相手と延々と会話することを期待されるなんて、まったくぞっとする。そういったことをちょっとでもやるには、私はあまりにも内向的すぎる。見知らぬ人に対して楽な気持ちでいられるのは、物語や詩を書いて、それらに代弁をしてもらい、自分はその陰に隠れていられる場合だけだ。

そういうわけで、これまでも〈ブック・ヴュー・カフェ[2]（Book View Café）〉のサイトにブログ記事のようなものを何度か寄稿したことがあったが、いつもさっぱり楽しめなかった。名前は新しくなっても、それらは結局、意見の断片、言い換えるとエッセイだった。そしてエッセイを書くのは、私にとって常に困難な仕事であり、しかもその苦労はたまにしか報われないのだ。

しかし、サラマーゴがこのブログという形式でやっていることを見て、はっとした。

ああ、なるほど。この手があったか。私にもできるかしら？　試しにやってみようか？

私の試み、あるいはテスト、あるいは努力（エッセイという言葉はもともとそういう意味だ）は、これまでのところ、サラマーゴのそれと比べて、政治性や倫理性ははるかに低く、個人的でささいな事柄が多い。私がこのブログという形式に慣れるにつれて、それは変わっていくかもしれないし、変化しないかもしれない。もしかすると、ブログはやはり向いていないと、じきに気づいて、やめてしまうかもしれない。それはまだわからない。今の時点で、私が一番気に入っているのは、自由な感じだ。サラマーゴは（一度の例外を除き）、読者と直接的なやりとりをすることはなかった。そういう自由も、私が彼をまねて得ているものだ。

訳注

（1）元のブログ記事はポルトガル語で書かれ、本にもなった。原タイトルは *O Caderno* で「ノート」の意。

（2）作家たちの協力のもとに運営されている出版社。電子書籍と紙の本の両方を扱い、旧作の再刊と新作の刊行の両方をおこなっている。ル＝グウィンはＢＶＣのメンバーで、彼女がオフィシャルサイトで発表したブログ記事は、同時にＢＶＣのサイトにも掲載された。

第一部　八十歳を過ぎること

余暇には何を

二〇一〇年十月

ハーバード大学の一九五一年卒業クラスの六十年目の同窓会を前にして、ハーバードが私にアンケートを送ってきた。もちろん、私の母校はラドクリフ・カレッジで、ラドクリフは当時ハーバードと提携関係にあったが、ジェンダーの違いのゆえに、ハーバードであるとはみなされていなかった。しかし、何に対しても自分が注意を向けるほどの価値はないと考えることのできる非常な高みにいるハーバードが、そのような細かいことを見落とすのは、往々にしてあることだ。いずれにせよ、それは名前を記入しないアンケートなので、ジェンダー・フリーだということになるのだろう。興味深いことである。

このアンケートに回答すると期待されている人々はほぼ全員、八十代であるはずだ。そして、六十年の間に、きらきら輝く目をした若き卒業生の身にどんな種類のことが起こっていても不思議ではない。そういうわけで、卒業生に先立たれた配偶者への、よろしければ、亡き人に代わってお答えくださいという丁寧なお願いもある。そして、問い1のCの「離婚している場合」のあとに並ぶ、チェックを記入するための小さな四角の項目は興味深い。「一回」「二回」「三回」「四回以上」「現在は再婚している」「現在はパートナーとともに暮らしている」「以上のどれにもあてはまらない」。

この最後の選択肢は見せかけに過ぎない。いったい、どうすれば、離婚していて、かつ、以上のどれにもあてはまらないということになるのか、私は今も頭を絞っている。それはとにかく、一九五一年だったら、同窓会アンケートに、上記のようなチェック欄があったとは思えない。あだっぽい女を配した紙巻煙草の広告の文句にあったとおり、まったく「ベイビー、遠い道のりをよく来たね[1]」だ。

問い12「一般的に言って、あなたの期待に比して、あなたの孫たちの人生における達成の度合いはいかがですか？」私の孫のうち一番年下なのは四歳だ。彼の人生における達成の度合い？　まあ、概して、とてもよくやっているんじゃないかしら。そもそも四歳児に対して、どんな種類の期待を抱くべきだろうか。今のまま気立てのよい坊やでい続けてくれることと、じきに読み書きができるようになるだろうということ。私の頭に浮かぶのはそれぐらいだ。私が彼に、ハーバードに進学してほしいとか、少なくとも、父親や曾祖父《そうそふ》が行ったコロンビアには行ってほしいと期待していると思われているのかな、とも思う。しかし、今のところ、いい子でいてくれて、読み書きができるようになることで十分だと私には思われる。

実のところ、私は厳密な意味で、期待と呼べるようなものをもっていない。希望や不安はある。最近では概して、不安のほうが優勢だ。自分自身の子どもたちが幼かった頃にはまだ、私たち人類が子どもたちのための環境を全面的に破壊するとは限らないという希望がもてた。だが、私たちがそれをやらかしてしまい、目先の利潤を追求する産業主義に、ますます卑屈にひれふしている今、来《きた》るべき世代が人生でくつろぎと安らぎを得られるという希望はあまりにもか細く、それにすがるのは、道もない暗闇の中を長く進んでいくことだ。

問い13「あなたの家庭のこれからの世代の生活の質を向上させるものは何ですか？」1から10までの数字のついた四角が並んでいて、そのどれかにチェックマークを記入することで、重要度を評価するようになっている。最初の項目は「教育の機会の増大」。なるほど、ごもっとも。ハーバードは教育産業に携わっているのだから。私は10の四角にチェックを入れた。二番目は、「アメリカ合衆国の経済の安定と成長」。これにはがくっと来た。資本主義的思考のすばらしい見本だ。いや、資本主義的無思考と言うべきだろう――成長と安定性を同一視するなんて。結局、私は余白に「そのふたつは両立しません」と書き、どの四角にもチェックを入れなかった。

ほかの項目は次のものだ。「アメリカ合衆国の負債の減少」「外国のエネルギーへの依存度の減少」「医療の質とコストの改善」「テロリズムの排除」「有効な移民政策の施行」「アメリカ合衆国の政治における超党派的協力関係の向上」「民主主義の輸出」。

未来の世代の生活について考えろという話なのに、差し迫った関心事に限定され、かつテロリズム、有効な移民政策、民主主義の輸出といった、現在の右派の強迫観念のフィルターを通して得られた変なリストだと思う（「民主主義の輸出」は、気に入らない国に侵入し、そこの社会・文化・宗教を破壊しようとするわが国の政策の、耳当たりのよい言い換え表現だという気がする）。九つも項目があるのに、気候の不安定化、国際政治、人口増加、産業公害、企業による政府のコントロール、人権、不公平、貧困といった問題に関するものはひとつもない。

問い14「あなたは自分の秘密の欲望を満たしていますか?」また、のけぞった。結局、私は「はい」、「どちらかといえばそうだ」、「いいえ」のどれにもチェックを入れず、「秘密の欲望はありません。私の欲望は皆、あからさまです」と書きこんだ。

だが、私がほんとうに参ってしまったのは、問い18だった。「余暇には何をしますか?（あてはまるものすべてにチェックを入れてください）」そのリストは「ゴルフ」で始まっている。

二十七の活動のリストの七番目、「ラケットを用いる球技」の後で、「買い物」「テレビ」「ブリッジ」の前にあたる位置に「創造的活動（絵画、執筆、写真など）」がある。

ここで私は読むのを中断し、腰をおろして、しばし考えた。

キーワードは「余暇」。この言葉はどういう意味なのだろう？

働いている人たち——スーパーマーケットのレジ係、弁護士、高速道路工事人、主婦、チェロ奏者、コンピュータ修理人、教師、ウェイトレス——にとって、余暇とは、職業やそのほかの生きていくのに必要な活動——料理や掃除をしたり、車を修理に出したり、子どもを学校に通わせたりすること——に費やされるのではない時間だ。人生の真ん中の時期を生きている人たちにとって、余暇は自由な時間であり、その意味で価値がある。

だが、八十代の人々にとってはどうだろう。引退した人たちにとって、余暇以外の時間があるだろうか？

私は厳密に言えば、引退した人間ではない。そもそも退くような職をもったことがないのだから。私は以前ほどではないにせよ、今も働いている。自分自身をワーキングウーマンだと見なすことに、常に誇りを感じてきたし、今もそうだ。ところが、ハーバードのアンケート制作者たちにとって、私が生涯をかけてやってきたことは「創造的活動」、すなわちひとつの趣味であり、余暇を満たすものなのだ。私がそれによって生計を立ててきたことを知れば、彼らは、それをもっと尊敬に値するカテゴリーに移すかもしれない。だが、どっちかというと、そうはしないんじゃないかという気がする。

いずれにせよ、さっきの問いは、まだ答えられず残っている。手持ちの時間のすべてが余暇、すなわち自由な時間である場合、あなたはそれをどう使うか？

そして、そういう時間と、五十歳のとき、三十歳のとき、十五歳のときにもっていた時間とは、どう違うのか？

かつて、子どもはたくさんの余暇をもっていた。少なくとも中流階級の子どもはそうだった。学校の外に出ると、熱心にスポーツをやっているのでなければ、ほとんどの時間が余暇だった。そしてその自由な時間をうまく使うことについて、そこそこうまくやっていた。ティーンエイジャーの頃の私にとって、毎年、ひと夏全体が自由な時間だった。三か月まるまる余暇だったのだ。はっきり決まった活動は何ひとつしなかった。放課後の時間の大部分も余暇だった。私は本を読み、ものを書き、ジーンやシャーリーやジョイスと遊び回った。ぶらぶら歩きながら、考えたり、感じたりした——そう、なかなか深く、考えたり、感じたりしていたのだ。今もそんな時間をもっている子どもがいたらいいな、と私は思う。私の知っている子どもたちは、予定というベルトコンベアに乗っていて、サッカーの練習や、前もって約束した遊び時間など、予定されている次の活動に、間を置かず移っていくように思われる。そういう子たちが隙間を見つけて、その隙間にうまく潜りこんでくれるように、私は願っている。ティーンエイジャーが家族の集団の中にいる場合、体はそこに存在し、笑みを浮かべ、行儀よくして、気遣いしているように見えても、心が留守になっているようなのをちょいちょい目にすることがある。そんなとき私は、その子が隙間を見つけていて、自分のために余暇をつくって、そこに潜りこみ、その深みにひとりでいて、考えたり、感じたりしているのならいいな、と思う。

　余暇、つまり余っている時間の正反対は、何かをするために使われている時間、つまり忙しい時間だろう。私の場合、余暇というものがどういうものなのか、未だわかっていない。私の時間はすべて、使われている時間だからだ。これまでもずっとそうだったし、今もそうだ。私はいつも、生きるのに忙しい。

　私の年齢になると、生きることのうち、単純に肉体を維持することが占める部分がふえてきて、まったくうんざりする。それはとにかく、私の生活の中に、何の目的にも使われていないような時間、そんな時間はどこにも見当たらない。私は自由だが、私の時間は自由ではない。私の時間はすべて、根本的に重要な目的を果たすために使われている——眠ること、白昼夢にふけること、仕事の契約をしたり、友人や家族にメールを書いたりすること、読むこと、詩を書くこと、散文を書くこと、考えること、忘れること、刺繍《ししゅう》をすること、食事をつくって食べ、台所を片づけること、ウェルギリウスを読み解くこと、友だちと会うこと、夫とおしゃべりすること、食料品を買いに行くこと、歩ける場合は歩き、旅行中なら旅をすること、時折、すわってヴィパッサナー瞑想《めいそう》をすること、時折、映画を観ること、できるときに、中国のよりすぐりの八つの運動（八段錦）をおこなうこと、午後の休憩として、『クレイジー・キャット』の漫画本を手にして横になり、読みながら、私自身のいささかクレイジーな飼い猫が私の両脚の間に落ち着いてすぐに深い眠りに落ちる気配を感じとること。こういう時間のどれも、余暇ではない。それは余っている時間ではない。ハーバードは何を考えているのやら。私は来週八十一になる。余っている時間などないのだ。

訳注

（1）女性向け紙巻煙草、ヴァージニアスリムの広告で盛んに使われていたウーマンリブ的スローガン。

弱虫の逆襲

二〇一〇年十一月

私は自分自身が年寄りになったときから、「年齢は気持ちが決める」という常套句を信用しなくなった。

　これは立派な伝統のある格言で、「ポジティブ・シンキングのパワー」という概念にさかのぼる。[1]この概念はアメリカではとても栄えている。「商業広告の力」や「願望的思考の力」（別名「アメリカン・ドリーム」）ととても相性がよいためだ。「ポジティブ・シンキングのパワー」は清教徒気質《ピューリタニズム》の明るい面である――あなたは自分が値するものを得るだろう（ピューリタニズムの暗い面については今は考えないでおこう）。良き人々には良きことが起こる。そして、気の若い人にとって、若さは永遠に続く。

　はい、はい。

　ポジティブ・シンキングにはすごい力がある。それは偉大な偽薬《プラセボ》効果だ。深刻な状況のときも含めて、多くの場合、それは役に立つ。私が思うに、年取った人は大抵、そのことを知っている。そして私たちの多くは自分の思考をポジティブな側に保とうとする。自己保存のためだけでなく、威厳を保つため、つまり、延々と泣き続けて終わりたくないという気持ちからも、そうするのだ。自分がほんとうに八十歳になったとは信じられないかもしれない。だが、それは厳然たる事実なので受け入れるしかない。私の知り合いに、九十代で頭も心も明晰な人が何人もいた。その人たちは自分が若いなどとは思っていなかった。彼ら彼女らは自分がどんなに年を取っているかを明晰に理解し、忍耐強く慎重だった。仮に私が九十歳だとして、それなのに四十五歳だと信じているとしたら、何気なくバスタブから出ようとしてえらい目に遭うだろう。七十歳なのに四十歳だと思いこんでいる場合でも、その思い違いから、きっととんでもない醜態をさらすことになるだろう。

　実際、私は七十歳を超えた人が、年齢は気持ちで決まると言うのを聞いたことがない。その言葉を元気づけとして自分に言い聞かせたり、お互いに言い合ったりしているのは、それより若い人たちだ。そういう人たちが実際に高齢の人に同じ言葉を言うとき、彼らはそれがどんなに愚かなことか、どれほど残酷な仕打ちになりうるか理解していない。あのスローガンを掲げたポスターがないのはせめてもの幸いだ。

　ところが、「弱虫には、年寄りは務まらない」というポスターはある。ポスターが先にあって、それからこの言葉が盛んに言われるようになったのかもしれない。ひとりの男とひとりの女。いずれも七十代。私の記憶が正しければ、両者ともかつて空軍が「荒鷲の目」と呼んでいた目つきをして、身にまとっている衣類はぴったり張りつく最小限のもの。引き締まった強靭そうな体つきだ。ふたりのポーズから、ついさっきマラソンを走り終えたあと、息を荒くすることもなく、十六ポンド〔七キロ強〕のバーベルを持ち上げてリラックスしているところだ、と感じられる。われわれを見よ、と彼らは言う。弱虫じゃ、年寄りは務まらないよ、と。

　私をご覧、と私は言い返す。私は走れない。バーベルを持ち上げることができない。そして、私がぴっちりした最小限の衣類を身に着けているところなんて、想像しただけでぞっとする。私は弱虫だ。いつもそうだった。弱虫には、年寄りは務まらない、なんて言うあんたたちは何様？

年を取ったら、誰だって年寄りをやらなくてはならない。戦士も年を取る。弱虫も年を取る。実のところ、年を取る戦士より、年を取る弱虫のほうが多そうだ。健康な人も、強い人も、タフな人も、勇猛果敢な人も、病気の人も、弱い人も、臆病な人も、無能な人もみんな年寄りになる。毎日、朝食前に十五キロ走る人も、常に車椅子で生活している人も。ロンドンタイムズ(2)のクロスワードパズルを十分で解く人も、今の大統領の名前を思い出せない人も。老年は体の鍛え方や勇気の問題ではなく、たまたま長生きしたかどうかという運の問題なのだ。

長生きするために、イワシと菜《な》っ葉《ぱ》を食べ、SPF一五〇の日焼け止めを塗り、六つに割れた腹筋やら何とか筋やら分厚い胸板やらをつくりたいなら、そうすれば良いし、効果があるかもしれない。だが、人生が長くなるほど、老年期が長くなる。

菜っ葉を食べてトレーニングすることは老年期の健康に大いに役立つかもしれない。しかし、理不尽に感じられるかもしれないが、老人に対して健康を保証してくれるものは何もない。何を食べようと、腹筋や胸板がいくら見事であろうと、ふとしたはずみで骨折するかもしれないし、生まれた時から休まず働いていてくれた心臓がそのことに疲れてしまうかもしれない。おまけに、体中の配線がいつショートしてしまうかわからない。もしもあなたが激しい肉体労働に従事して、ジムで長い時間を過ごす機会がなく、時間と金の余裕がなく知識もとぼしかったのでジャンク・フードしか食べない、そういう半生を送ってきたなら、あるいは、金がなくて医療保険に加入できないことが、医師や必要な薬と自分との間の障壁となり、医療を受けたことがないなら、老年を迎える頃には、健康状態がひどく悪くなっているかもしれない。たまたま運が悪くて、事故や病気に遭遇《そうぐう》した場合も同様だ。年を取ってからマラソンをしたり、重量挙げをしたりすることにはならないだろう。階段をのぼるにもベッドから出るにも苦労するかもしれない。いつもあちこちが痛いことに慣れるのが大変になるかもしれない。そしてそういう大変さが、年とともに軽減することはまずない。

そういうふうに年を取ることを埋め合わせるものが何であれ、それは運動能力を競う場にはない。だからこそ、あのスローガンとポスターが、こんなにも私の気に障るのだと思う。あれは弱虫に対する侮辱であるだけでなく、まったく的外れなのだ。

こんなポスターがあったらいいなと思う。背中が丸くなり、リウマチで腫《は》れた手をして、顔も時の流れとともにくたびれたふたりの年寄りがすわって、深く深く話しこんでいる。スローガンは「若い者には、年寄りは務まらない」がいいだろう。

訳注

（1）The Power of Positive Thinking は、ノーマン・ヴィンセント・ピールが一九五二年刊行の同名の自己啓発書で提唱した考え。

（2）ロンドンで発行されている日刊紙『タイムズ』。ニューヨークタイムズとの区別のために、ロンドンタイムズと呼ばれることが多い。

衰えて残り少ないもの

二〇一三年五月

年寄りになること（年を取ること、ではない。私が言おうとしているのは、年寄りになること、七十代後半や八十代あるいはそれ以上になることだ）についてあまり知りたがらないというのは、人間にとってサバイバルに役立つ特徴だ。年寄りになることについて、前もって知ることにどんな益があるだろう？　どうせその年になればわかることだ。

その年になった人たちがしばしば発見することのひとつは、年下の人たちは年寄りになることについて聞きたがらないということだ。従ってジジババであることについての本音の会話が交わされるのは大抵はジジババ同士の間である。

そして年下の人たちが年寄りに向かって老年とは何かを説くとき、ジジババはそれに同意せずとも、反論することはめったにない。

私は反論したい。ちょっとだけ。

ロバート・フロストのカマドムシクイ[1]は的を射た問いを投げかける。「衰えて残り少ないものをなんとしよう」

アメリカ人はポジティブ・シンキングの価値を確信している。ポジティブ・シンキングは偉大だ。

現実の状況を正しく査定して受け入れるとき、ポジティブ・シンキングはもっともうまく機能する。現実の否認に基づくポジティブ・シンキングはさほど偉大ではないかもしれない。

　年寄りになると誰でも、変化し続けるが改善されることはめったにない自分の状況を査定し、その状況で自分にやれることをやらなくてはならない。ほとんどの年寄りは、自分が年寄りであることを受け入れていると私は思う——八十を超えた人が「私は年寄りじゃない」と言うのを聞いたことがないから。そして、彼らはその状況を精一杯活用している。よく言われるように、「生きてるだけで上等」だからだ。

　年寄りより若い人たちの多くは、老年の現実をまったく否定的に捉え、老齢を受け入れることも否定的に捉える。ポジティブな気分で年寄りに接したいがゆえに、年寄りが現実を受け入れることに我慢ができなくなってしまうのだ。

　まったくの善意から人々は私に言う。「ちっとも年取ってなんかいらっしゃらないです」と。それはね、教皇はカトリックではないと言うようなものよ。

「年齢は気持ちが決めるものです」

あのね、八十三年生きてきたということが、気の持ちようの問題だと、まさか本気で思っているんじゃないでしょうね。

「私のおじは九十だけど、毎日十三キロ歩くんですよ」

幸運なおじさんね。そのおじさんがこれからも、あの威張り屋のアーサー・ライティス〔関節炎《アースライティス》のもじり〕や、その性悪のおかみさんの坐骨神経痛《サイアティカ》に出くわすことなく暮らせるとよいわね。

「祖母はまったく自立したひとり暮らしをしています。九十九の今でも運転してるんですよ」

おばあちゃん、すごい！　優秀な遺伝子をもっているのね。すばらしい模範だわ——でも、大抵の人にはまねができない。

老齢は気の持ちようでどうにかなる問題ではない。それは実存する状況である。ウエストから下が麻痺している人に言えるものなら言ってみるがいい。「いやいや、あなたに不自由なところなんかありませんよ。麻痺の度合いは気持ちが決めるものです。私のいとこは背骨を折ったことがありますが、克服して、今じゃ、マラソン大会に出るためのトレーニングをしていますよ」と。

現実否認による励ましは、善意からのものであれ、逆効果だ。恐怖というものが、賢いことはめったにないし、親切であることは決してない。元気づけようとしているのだと言うなら、そもそも誰を元気づけようとしているのか、考えてみるとよい。ほんとうにジジババを元気づけようとしているのだろうか。

私の老齢が存在しないと告げることは、私が存在しないと言うのと同じだ。私の老齢を消すことは、私の人生を消すこと――私を消すことだ。

もちろん、ごく若い人たちの多くがそれをしてしまうのには、無理からぬ点もある。ジジババと暮らしたことのない子どもは、ジジババがどういうものなのか知らない。そういうわけで、老齢の男たちは、女たちが二、三十年早く学んだ、姿を見えなくする術を会得することになるのだ。街にいる子どもたちには、老人は目にはいらない。老人を目にしなくてはならない場合も、無関心や不信感、動物が異種の動物に対して抱く敵意をもって見ることが多い。

動物はこの愚かな恐怖と敵意を避けたり、和らげたりするための本能的な礼儀作法をもっている。犬は儀式として、お互いの肛門を嗅《か》ぐ。猫は儀式として自分のテリトリーの果てる境界で物悲しい声をあげる。人間社会にはさらに手のこんだ仕組みがいろいろある。もっとも効果的なもののひとつは敬意である。見知らぬ相手を好ましく思わなくても、その相手に対して注意深く敬意をこめた行動をとれば、相手からも同じものを引き出せる。そうすることで、攻撃と防御に、時間と血を無駄に費やすことが避けられる。

私たちの社会ほどには変化を好まない社会では、行動規則を含め、その文化の有益な情報の大部分が、年長者によって幼い者に伝えられる。それらの規則のひとつは――意外でも何でもないが――老齢者に敬意を払う伝統だ。

私たちの住む、どんどん不安定さを増していく未来志向、科学技術重視の社会では、行くべき道を示すのは若い者であることが多い。彼らが自分たちより年上の人たちに、何をすべきか指図するのだ。そういう社会では、誰が誰にいかなる理由で敬意を払うのだろうか？　ジジババは薄のろの若者にぺこぺこするなんて真っ平だろうし、逆もまた然りだ。

社会的プレッシャーが背景にない場合、敬意をこめた行動は決意、すなわち個人的選択によるものになる。アメリカ人はユダヤ教やキリスト教の伝統による道徳的行動の規則をうわべでは尊重しているものの、実際には、道徳的行動を、規則を超えた、そしてしばしば法律をも超えた個人的決断の結果であるとみなしがちだ。

個人的決断が個人的意見と混同されると、道徳的な問題が生じる。決断という名に値する決断は、観察結果や事実についての情報、知的ならびに倫理的判断に基づいている。一方、意見――マスコミや政治家や世論調査のお気に入り――は、まったく情報に基づいていないかもしれない。最悪の場合には、個人的意見は、判断や道徳的伝統からの抑制も受けず、無知や嫉妬や恐怖しか反映していないかもしれないのだ。

というわけで、長生きは醜く、弱くなること、役立たずで邪魔っけな存在になることしか意味しないというのが私の意見であれば、私は老人に敬意を払うような無駄はしないだろうし、若者は皆、薄気味悪くて、無礼で、あてにできず、言うことを聞かない連中だというのが私の意見であれば、私は若者に敬意を払うような無駄はしないだろう。

敬意は強要されすぎることが多かったし、ほとんどありとあらゆる場で、場違いに求められてきた（貧乏人は金持ちに敬意を払わなくてはならないとか、すべての女はすべての男に敬意を払わなくてはならないとか）。しかし、他者に対する敬意をこめた行動を、社会が節度と判断力をもって要請するならば、攻撃が抑止され自制が強化されて、理解がはぐくまれる余地ができる。そこに、感謝や愛情が育つこともあるだろう。

意見は、それ自体以外のもののための余地を残さないことがあまりに多い。

子どもであることに対して敬意を払うことを教えない社会に属する人が、自分の子どもを理解したり、評価したりすることを学べるとしたら――あるいはせめて、自分の子どもを単に好きになることを学べるとしたら――それは幸運なことだ。老齢に敬意を払うことを教えられない子どもたちは、老齢を恐れがちだ。彼らが年寄りを理解し、愛情を抱くようになるとすれば、それはたまたま幸運に恵まれたに過ぎない。

老齢であること、そのこと自体に敬意を払う伝統はある程度根拠のあることだ。毎日の生活をこなし、かつては簡単過ぎて気にもとめなかったことをするのが、年を取るにつれ、どんどん難しくなってくる。そしてやがては、そういうことをするのに、本物の勇気が必要になるかもしれない。老年期は苦痛と危険がつきもので、最後は不可避な死で終わる。そのことを受け入れるには勇気が必要だ。勇気は敬意に値する。

敬意の話はこれぐらいにして、「衰えて残り少ないもの」の話に戻ろう。

子ども時代は得続ける時期で、老年期は失い続ける時期だ。広告に携わる人たちは「人生の黄金期」と得意げに言うが、その黄金とは、日没の光の色のことなのだ。

もちろん、年をとることで起こるのは衰えだけではない。それよりもはるかに多くのことがある。成功を求めてしのぎを削る競争から降りても、まずまず快適な生活が送れるならば、今を楽しむ余裕ができ、心の平和を味わえるだろう。

記憶力が健全で思考が活発なら、年寄りの知恵は、驚くべき奥行きと幅をもつ理解力を含むものだろう。知識を集めることに以前より時間をかけることができ、比較や判断に習熟する時間もある。その知識は知的なものかもしれないし、実際的なもの、あるいは、感情にかかわるものであるかもしれない。高山の生態系についてのものかもしれないし、ブッダの本質に関するものかもしれない。あるいは怯えた子どもを安心させるにはどうしたらいいか、ということかもしれない。いずれにせよ、あなたがそういう知識をもった年寄りに会うことがあったら、そしてあなたに、モヤシがもっているほどの分別があったら、そういう人と一緒にいるのが、二度とないまれな機会だとわかるだろう。

長年携わってきた技術や芸術の能力を今も保っている年寄りにも同じことが言える。修練が完璧をつくる。どのようにするかを体得している人は、その技のすべてを知っている。彼らが苦もなくしていることから、美が流れ出る。

しかし、長生きによってもたらされるこのような生の豊かさは、瞬発力と持久力の減少という脅威にさらされている。知的な対処機構がいかにうまく埋め合わせをするにしても、身体のあちこちの部分の大小の故障が活動を制限し始める。その一方で、記憶力は過剰な負担や抜け落ちに苦しむ。これらの損傷や制限によって、老年における生は次第に衰え、縮小する。そんなことはない、と言っても無駄である。実際にそうなのだから。

大騒ぎをするのも、怯えるのも、どちらも無駄だ。誰もそれを変えることはできないのだから。
確かに、現在、アメリカでは寿命が伸びている。今の九十歳は昔の七十歳だ、などと言われる。それは一般には良いことだとみなされている。

どのくらい良いことなのだろう？　どういう点で良いのだろう？

カマドムシクイの問いかけについて、じっくり考えてみることをお勧めしたい。

あの問いにはたくさんの答えがある。ちゃんと向き合いさえすれば、「衰えて残り少ないもの《ザ・ディミニッシュト・シング》」の使い道はたくさんある。たくさんの人々が（老いも若きも）この問題と向き合っている。

まだほんとうの老年に至っていない人たちにお願いしたいのも、カマドムシクイの問いかけについて考えることだけだ——老齢そのものを縮小《ディミニッシュ》しようとはしないでほしい。老齢には構わないでほしい。あなたの高齢の身内や友人にも、あるがままにさせておいてあげてほしい。現実否認は何の役にも立たない。誰の役にも立たないし、いかなる目的にも役立たない。

ご理解いただきたいのだが、私は自分のことを語っている。私自身のつむじ曲がりの老齢の代弁をしている。もしかするとこの件で、「身が軽いですね」とか「元気はつらつですね」とか言われるのがお好きな八十代の人々が、怒り狂って、私にけんつくを食わせるかもしれない。お伽噺を信じたがる人からそれを取り上げるつもりはない。それに私だって、自分が望んでいる以上に長生きしたら、こんな言葉を聞きたくなるかもしれない——「あなたは年寄りなんかじゃありませんよ。年取っている人なんてひとりもいません。私たちは皆、いつまでも幸せに暮らすんです」

訳注

（1）米国の詩人、ロバート・フロスト（一八七四〜一九六三）の一九一六年発表の詩「*The Oven Bird*」に歌われている鳥のこと。

遅ればせながらの近況報告

二〇一四年十月

この前、ブログを更新してから二か月経った。私が八十五歳の誕生日を目前にしていること、そして七十五歳を超える人間が継続的に、かつ人目にたつように活動していないと死んだとみなされるおそれがあることを考え併せると、そろそろ生存している印を残したほうがよいと思った。墓場から手を出して、挨拶《あいさつ》するようなものだ。「皆さん、こんにちは。常若《とこわか》の国はどんな具合ですか。こちら老いの国では変てこなことばかりです」

変てこなことのひとつは、『ハウ』を電子書籍として自費出版したことで有名なヒュー・ウーリー(1)に嘘《うそ》つき呼ばわりされたことだ。嘘つき呼ばわりの理由は私が、出版社を応援し、作家を勇気づけ、アメリカの夢の進行を円滑にする、かの有名な博愛主義組織、アマゾン・ドット・コムに対して無礼だったことだ。ほかにも作家としての私の人生に変てこなことがいろいろあった。中には楽しめる出来事もあった。だが、人生における重大で影響甚大な異常事態は、なんといっても、車がないこと――多くの人々にとってアメリカの悪夢と言うべき状況――である。

うちには素敵なスバルがある。だが、私たちはそれを運転することができない。そもそも私は運転ができない。一九四七年に運転を学んだが、免許は取らなかった。私自身並びに私を知るすべての人々が、そのことを喜ばしく思っている。歩行者の中には、道路を横断しかけたかと思うと、さしたる理由もなく縁石に戻り、それからふいに、交差点にはいってくる車の前に立ちはだかる――そういう人がときどきいるが、私はそのひとりである。もうちょっとで事故を引き起こしそうになったことが何度もあるし、罵声を浴びたことなど数知れない。そんな私が自動車で武装していたら、どんな事態を引き起こしたかなんて、考えるだに恐ろしい。いずれにせよ、私は運転しない。そして八月以来、夫のチャールズが腰部脊柱管狭窄症による坐骨神経痛のために、運転できないし、歩くこともままならなくなった。私は歩ける（私も彼と同じものを患っているが、幸い、症状がずっと軽い）が、二、三ブロック歩くと、左足をひきずってしまう。私たちの家はいつも行くコープのマーケットから、急な坂を十ブロック登ったところにある。そういうわけで、私たちは、歩いて、もしくは車で好きなときに出かけて、必要なものを買うという自由を失ってしまった。

　それはすばらしい自由で、なくなるとつくづく残念に思われる。私は、週に一度、みんなで買い出しに行っていた子ども時代の習慣に戻らなくてはならなかった。気軽に走っていって、ディナーのために新鮮そうなものやおいしそうなものを選んだり、ミルク一クォート〔一リットル弱〕だけを買ったりすることはもうできない。すべて前もって計画し、買い物リストをつくらなくてはならない。火曜日に猫のトイレの砂を買い忘れたら、次の火曜日までそれなしで過ごさなくてはならない。猫はきっと、飼い主に疑念を抱くだろう。

　こんなふうに買い物をするのは、別に大変なことではない。実のところ、私は買い物の日が来るのを待ち望んでいる。というのは、友人のモウが連れていってくれるし、彼は買得品などによく気がつく買い物の達人だからだ。だが、それでも、ただやるだけじゃなくて、いつも前もって考えなくてはならないのは気が重い。

　でも、「ただ《ジャスト》、やる《ドゥー》だけ《イット》！」(2)と言えば、まさに、毎朝、ニケの翼のマークのスニーカー(3)で三十キロ走る人たちのモットーではないか。すぐに達成感を得るための呪文だ。チャールズと私には、「できるとも《シ・セ・プエド》」というモットーのほうがよさそうだ。あるいは、フランス人風のけだるさをこめた「なんとかなるよ《オニャリーヴ》」か。

医師の診察予約についていうと、老いることのパラドックスの格好の例は、医者に行かなくてはならない頻度が増すにつれて、そこにたどりつくことの難度が増すということだ。そして、ヘアカット！　毛が伸びすぎて目が隠れている小さな犬に、世界がどんなふうに見えるか、今の私にはよくわかる。さぞ恐ろしげ《ヘアリー》なところに見えるだろう。

概して、とても高齢であって、かつ不注意であることがもたらす主な影響は、絶対にやらなくてはならないこと以外のことをする時間が、以前に比べて一層少なくなることだ。すでに遅くなってしまった手紙の返事を書いたり、ブログ記事をアップしたり、地下室の本を整理したりするなど、たくさんのことがあるが、そういったことは皆、奥のコンロに置かれる。[4]奥のコンロが機能しているかどうかはよくわからない。何しろ、私たちはこのレンジを一九六〇年から使っているのだから。買い直せばいいとお思いかもしれないが、ご存じのように、このタイプのレンジはもう生産されていないのだ。

訳注

（1）ル゠グウィンはここでちょっとした言葉遊びによるほのめかしをしている。『ハウ（How）』という作品を書いたヒュー・ウーリー（Hugh Woolly）という作家は実在しないが、このラストネームの一部と作品名とを入れ替えると（綴り字ではなく発音上の話）、ある実在の作家名と作品名になる。

（2）「ジャスト・ドゥー・イット（Just do it.）」は、ナイキ社のブランドスローガン。やりたいことがあるなら、あれこれ考えず、行動せよ、という意味。
（3）ナイキ社製のスニーカー。ニケはギリシア神話の勝利の女神で、同社の社名の由来。
（4）「後回しにされる」という意味の、英語での慣用的表現。

パード日記

猫を選ぶ

二〇一二年一月

　これまで、猫を選んだことはない。これまでは、私のほうが猫に選ばれるか、あるいは、猫を譲ろうとする人に選ばれるかだった。バークレーに住んでいた子どもの頃、ユークリッド通り沿いの木の上で、子猫がみゃあみゃあ鳴いて、救助を求めていたこともある。その子猫は六キロをゆうに超えるサバトラの雄猫に成長し、わが家の周辺数ブロックにわたってサバトラの子猫を出現させた。また、美しい茶トラのミセス・タビー[1]が、恐らくハンサムな茶トラの兄（または弟）との間になした、数匹の茶トラの子たちを連れてきたこともあった。私たちはそのうちの二匹を飼うことになった。それがハーディとローレルだった。また、ウィリーが死んだあとには、獣医のモーガン先生に、よくあるように病院の玄関先に子猫が置き去りにされていたら、知らせてくれるよう、お願いした。先生は、子猫が生まれる時期をだいぶ過ぎているので期待できないだろうと言ったけれど、翌朝、ドアの外の階段に生後六か月のタキシード猫が現れた。先生から電話をもらい、引き取りに行った。この猫ゾロとは十三年間、ともに暮らした。

　昨春にゾロが死んだ後は、空白の期間が必要だった。

　そしてようやく、わが家にまた魂が必要だと思える時期が来た（あるフランス人が、猫は家の魂だと言った。私たちはそれに同感だ）。しかし、私たちを選ぶ猫はおらず、譲ろうという人もなく、木の上で哀れっぽく鳴く子猫も現れなかった。そこで、私は次女のキャロラインに動物愛護協会に一緒に行って、猫を選ぶのを手伝ってくれないかと頼んだのだった。

中年の穏やかで家好きな猫。八十代の飼い主夫婦にふさわしい猫。オス。理由はないが、私がこれまでとりわけ深く愛したのは皆、雄猫だった。希望は黒猫。私は黒猫が好きだし、一番貰い手が見つかりにくいという話を以前、読んだことがあったから。

けれど、細かい点にさほどのこだわりはなかった。それより、私は行くこと自体に緊張していた。実のところ、怖くて仕方なかった。

猫を選ぶなどということが可能だろうか？　そして、私が選べなかった猫たちは、どうなるのか？

動物愛護協会のポートランド支部はすばらしい施設だ。ものすごく広い。私が見たのはロビーと猫棟だけだが、猫のいる部屋が何室も何室も何室も続いていた。いつでもスタッフかボランティアが手近にいて、声をかければすぐ来てくれる。すべてがシンプルで効率よく組織され、余裕があってフレンドリーだ――つまり低ストレスな環境だ。もしあなたが、動物たちを預けに、あるいは、引き取りに来る大勢の人たちのひとりとしてここを訪れ、ひっきりなしに動物たちが出入りするようすを見て、スタッフたちが動物たちを受けいれ、預かり、養うためにおこなう終わりのない膨大な作業の一端に触れたとしたら、この余裕ある雰囲気を、信じがたいほどすばらしいものだと感嘆するに違いない。

最近では、人と動物のインターフェイス（接触面）は非常に問題が多い。ある意味、この愛護協会はそれをもっとも鋭く示している。ここで私が見たことはいろいろあったが、それでもそのひとつとして、人がこの問題に情熱と知恵を注ぎこめば、どれだけのことができるかも目の当たりにしたのだ。

　さて、猫棟に行って、しばらく見て回るうちに、現在、譲渡に適当な中年の猫が非常に少ないことがわかった。ここにいる中年の猫たちのほとんどは、ある同じ家からやってきた猫たちだった。新聞で読んで知っていたことだが、猫を九十四飼っていた女性がいて、本人はすべての猫を愛し、面倒を見ているつもりで、みんな元気だと思いこんでいたのだが……お察しどおりの悲しい成り行きとなった。この愛護協会では、その猫たちのうちの六十四を保護していた。私たちを案内してくれた感じのいいスタッフの話では、そういう状況で暮らしてきた割には体調は悪くなく、まずまず人にも馴れているけれども、まったく健康というわけでもないので、かなりの期間特別なケアが必要だということだった。

　その猫たち以外は、ほとんどが子猫だった。今年は「子猫どき」がとても遅くて、と彼女は言った。まるで農産物の話でもするようだと私は思った。

　六匹だか八匹だかの子猫がいた部屋で、キャロラインがナイロン製のトンネル状の遊具がバタバタ動いているのに目をとめた。元気な猫が少なくとも二匹、はいっているようだった――黒い猫と白い猫と。やがてトンネルから現れたのは小柄な猫、一匹だった。くっきりとした黒白柄で、得意げだった。この子はこの中では年上で、一歳だとスタッフが言った。私たちはその子と対面させてほしいと頼んだ。相談室で待っていると、彼女がその雄のタキシード猫を連れてやってきた。

　一歳にしてはずいぶん小さく見えた。三・二キロほどだそうだ。尻尾を高々と上げて、なんとも良い音で喉を鳴らす。高めの声で盛んにおしゃべりする。かと思うと、ときどきぱたんとひっくり返って、遊んでほしそうな、なでてほしそうな姿勢をとる。内心不安なのがはっきりとわかった。

無理もないと思う。スタッフが私たちと猫だけを残して去るまで、猫はずっと彼女のそばに寄りがちだった。だが、それほど臆病でもないようで、抱き上げたり、抱っこしたり、なでたりしても、嫌がらなかった。ただ、膝の上に落ち着こうとはしなかった。よく光る目をして、毛は艶がよく柔らかで、黒い尻尾がぴんと立っている。左後ろ脚に一か所、黒いぶちがあるのが、心を射抜かれるほどかわいらしかった。

戻ってきたスタッフに私は言った。「オーケイです」

彼女も娘もちょっと驚いていた。私自身もだったかもしれない。

「ほかの猫を見なくていいんですか？」スタッフが尋ねた。

いいのだ。この子を戻して、ほかの猫たちを見て、一匹を選ぶ。もしかしたら、この子ではない猫を？　そんなことできっこない。運命か、動物たちの神様か何かが、また私を猫に引き合わせてくれたのだ。これでいい。

元の飼い主は、愛護協会の質問用紙に丁寧に回答していた。彼女の答えは参考になるだけでなく、胸が痛むものでもあった。読み進めるうちに、この猫が最初の一年を母猫ときょうだい猫一匹と共に過ごしたことがわかった。家には、三歳以下の子どもと、三歳ないし九歳の子どもと、九歳ないし十四歳までの子どもがおり、大人の男はいなかった。

猫を三匹とも手放すことになったのはよんどころない事情による――「家計が苦しいため」。

この猫は、愛護協会に来て四日しか経っていなかった。来るなり去勢手術がおこなわれ、速やかに回復しているところだった。とても健康で――食事を十分与えられ、大切にされてきたのだろう――社交的でフレンドリーで、遊び好きで快活なかわいいペット。その家族の涙は、悲しすぎて想像したくない。

　彼がうちにやってきて、今日で一か月になる。元の飼い主からの注意書きにあったように、やや男性を怖がる。でも、それほどではない。そして子どもは怖がらない。必要な用心は忘れないが。私たちは、十三年間、内気で警戒心の強いゾロと暮らしてきた。ゾロには怖いものがたくさんあった——娘のキャロラインもその中に含まれていた。以前、やんちゃな大型犬を二頭連れて泊まりに来たことがあったためだ。そのことをゾロは十年経っても許さなかった。けれど、今度の猫は臆病ではない。実際、恐怖を知らなすぎるほどかもしれない。彼は家の中も外も自由に行き来できる環境で育った。うちでは、気候が暖かくなるまで外に出る気はないようだ。でも、そのうち出たがるに違いない。外の世界で何を怖がるべきか、わかっているといいのだけれど。

　若い猫にはよくあることだが、日に一度か、二度は雄鹿のように跳ねまわり、部屋の中を一メートルもの高さで飛び回り、物を倒して転がし、ありとあらゆるトラブルを巻き起こす。声をあげて叱っても効果はないが、お尻を軽く叩くと少しは効く。「駄目！」という声と鼻先を遮る手が何を意味するかは理解しているし、覚えている。けれど、気になるのは、警告の意味をこめて手をあげてみせると、はっと縮こまって殴られた犬のようにうずくまる場合があることだ。それが過去のどんなことに由来するのかはわからないが、見るのがつらい。そういうわけで、私にできるのは、大きな声とお尻叩きと「駄目！」しかない。

　友人のヴォンダ[2]がバケツ一杯のスーパーボールを送ってくれた。これはひとりサッカー遊びをして有り余るエネルギーを発散するのにうってつけだ。紐を使ったさまざまなゲームもお得意だ。《紐つき棒》を勝ち取ったときには、得意げにくわえていって、階段の下まで引きずっていくので、ガタン、バタンとすごい音がする。彼は《ドア下からお手々出し》でも非常に優秀だが、《階段の手すり子の間からお手々出し》はまだ、会得していない。これは、育った家に手すり子がなかったせいだ。そのことは、すぐにわかった。最初の数日、うちの階段をまるで未知なる地形のように探検していたからだ。その学習のプロセスは非常に滑稽で、また高齢の私たちにとっては危険でもあった。そもそも足元が不確かなところへもってきて、足をおろそうとしている段に、混乱した猫がお腹を見せて横たわっていたり、足のすぐ先をすごい勢いで横切ったりという事態が不意に起こるのだから。だが、彼はすべてをマスターし、今では私たちを遠く引き離して、ほとんど踏み板に触れもせず、駆けあがっては駆けおりている。まるで生まれてこの方、そうしてきたかのように。

　愛護協会のスタッフは、救助された猫たちがもちこんだと思われる猫風邪が蔓延中で、この子もおそらくかかっているだろうと警告した。その流行について彼らにできることはないそうだ。幼稚園にできることが何もないのと同じように。というわけで、彼は風邪を引いた状態でうちに来て、ひどい鼻づまりが二週間ほど続いた。だが、これは存外悪いスタートではなかった。というのも、彼が丸くなって眠っていることが多かったので、私たちは、ゆっくりとお互いに慣れることができた。私はあまり心配しなかった。熱はなかったし、一度も食欲が落ちなかったから。食事中、呼吸のたびに鼻を鳴らしていたが、食べること、食べること……。食べているのはカリカリだ。ああ！　カリカリ！　ああ、うれしい！　なんてご馳走、マグロと寿司と鶏レバーとキャビアがひとつになっている！　そう言わんばかりだ。きっと、これまでドライフードだけを食べてきたのだろう。だから、ドライフードこそが食べ物なのだ。彼は食べ物が大好きだ。心から愛している。彼は決して、気まぐれでわがままな味覚で私たちを困らせることはないだろう。しかし、この猫が丸々と肥えないようにするためには、（私たちの側の）非常に強い意志が必要になるはずだ。心しておこう。

　彼はかわいらしいが、特別に美しいのは目だけだ。しかも、よくよく見なくてはわからない。大きな黒い瞳孔の周りが緑色で、その外側は赤みがかった黄色をしているのだ。この魔法のような色の変化を宝石で見たことがある。そう、彼はクリソベリルの目の持ち主だ。ちなみにクリソベリルの一種、アレキサンドライト(3)は、三色性の石であるという。見る角度によって、エメラルドグリーン、赤、オレンジイエローと、違って見えるそうだ。

彼が風邪を引いて、いっしょにごろごろしている間に、私は名づけを考えていた。アレクサンダーでは皇帝風すぎるし、クリソベリルは荘厳すぎる。ピコは彼に似合いそうな気がした。パコでもいい。けれど、呼んでみて、必ずふり返ったのは、パードと言ったときだった。その名を思いついたのは、山猫《ガットパルド》（ランペドゥーサの小説のドン・ファブリーツィオ公爵）からだった。こんな小さな生き物にはガットパルドは長すぎたので、縮めてパルドとなり、そこからパードへと変わっていった。「相棒《パードナー》(4)」に含まれるパードと同じ発音だ。

ねえ、小さなパード。あなたがうちに落ち着いてくれたらいいな。

訳注

（1）ミセス・タビーは猫の呼び名だが、縞柄やぶちの猫をさす言葉、タビーがもとになっている。

（2）ヴォンダ・N・マッキンタイア。米国のSF作家。代表作に『夢の蛇』（一九七八）、『太陽の王と月の妖獣』（一九九七）など。二〇一九年四月に死去。ちなみに本書はこの人に献げられている。

（3）アレキサンドライトは太陽光のもとでは青緑色に、白熱光のもとでは赤色に見えること（変色性）でも知られている。

（4）「パートナー」から転訛した語。

猫に選ばれる

二〇一二年四月

彼がやってきた経緯《いきさつ》を書いてから四か月。その間に「小さなパード」は成長し、今では、「大きくはないが相当がっちりしたパード」になった。コビー（ずんぐり）と分類される体型の猫で、決してレッギー（脚長）ではない。おすわりしたところを後ろから眺めると、目に快い左右対称の球状で、つややかな黒い玉に頭と尻尾がついている。だが、太ってはいない。といっても、太ろうとする努力が足りないわけではない。パードは相変わらずカリカリを愛している。ああ、カリカリ、なんて美味しいカリカリ！　カリッ、カリッ、カリッと最後のひとかけらまで平らげ、とたんに底知れぬ悲哀をたたえた目になって見あげるのだ——腹ぺこです、死にそうです、もう何週間も食べていないんです……。彼は背脂のパルド《パルド・エル・ラルド》になる気満々でいる。だが私たちは無慈悲だ。一日の食事は二分の一カップと獣医師に言い渡されて、それを遵守してきた。朝七時に四分の一カップのカリカリ、夕方五時にまた同量。まあ、それに加えて、缶入りキャットフードひと缶の六分の一にお湯を足したものを昼時に出してはいる。水分を十分摂ってほしいから。けれど、彼はよくそれを残しておいて、五時に、彼にとって唯一の本物の食べ物であるカリカリが出てくるまで待つ。そして両方のボウルをきれいに空にしてリビングルームに行き、少し飛び回ることもあるが、たいがいはただじっと幸せそうに消化している。

　彼は鮮やかな対比を示す小さな生き物だ。若さとはなんと劇的なものか！　タキシードはあくまで黒く、あくまで白い。あくまで素直で、あくまでやんちゃ。暴れ馬のように荒れ狂うかと思えば、ナマケモノのようにじっとしている。今、宙を飛んでいたかと思えば、今度は眠りこけている。まったく予想がつかない行動をとる一方で、厳密なルーティーンを守る――毎朝、階段をおりてくるチャールズを迎えに駆け寄ると、廊下のラグの上に転がって腹を見せ、崇拝の仕草のように両方のお手々をぱたぱたさせる。だが、今でも誰の膝にも乗らない。いつか乗るようになるかどうかもわからない。彼は単に、猫は膝の上が好きという仮説に与《くみ》しないのだろう。

　朝、二十分も続く力強いゴロゴロ音で起こされるのはとてもいい気分だ。鼻先で首元を探られ、お手々で頭髪をそっと叩かれ……その間もゴロゴロ音はますます大きくなっていく。突撃が開始される頃には、こちらもすっかり目が覚めていて、すっきり起き上がれる。彼は私より先にバスルームに駆けこんで、跳ね回る。私のウエストくらいの高さまで跳びあがっては、あっちこっちに潜りこんでいく。バスタブの蛇口をひねってやると、はいって水とたわむれ、すぐに飛びだして、濡れた足で、床に花模様の足跡を散らす。洗面台にいるところに水を垂らしてやれば、排水口の栓を閉めてしまい、水たまりをつくりだす。洗面台のふちで見守るようすは、野生のヒョウが水辺に身を伏して、ディクディク(1)やガゼル、あるいは、昆虫が集まってくるのを待つ姿を連想させる。そのあと、私たちは一緒に下におりていく――一方は飛ぶように、もう一方はそうではなく。

　排水口の栓を閉めるのは、いかにも彼らしい行動だ。戸棚を開けるのもうまい。潜りこむのが大好きなのだ。はいれるものなら何でもいい――戸棚、引き出し、箱、カバン、袋、製作中のキルト、服の袖。彼は独創的で冒険心があり、意志が強い。いけないお手々をもつ善良な猫、と私たちは呼んでいる。彼はお手々のせいで厄介ごとに巻きこまれ、怒鳴り声やお小言を浴びせられ、取っつかまえられ、追っ払われる。その間、善良な猫は我慢強く、ユーモアたっぷりに耐えている。「いったいみんな、何を大騒ぎしているの？　ぼくは何も倒してないよ。お手々が倒したんだ」

かつては、この家のあちこちの棚に繊細な小物がたくさん飾ってあった。今はもうない。

チャールズはパードに赤いハーネスを買ってやった。装着されている間、パードは驚くほどおとなしくしていた。何週間もの間「血まみれの手のチャールズ」になるだろうと予期していたが、そうはならなかった。パードはハーネスを着けられながら、少々哀れっぽいトーンではあったものの、喉まで鳴らしていたのだ。ハーネスに伸び縮みするリードを取りつけ、裏口の階段から庭に出て、ふたりは散歩に出かけた。二度目の散歩までは順調にいった。ところが三度目の散歩に出ようとしていたとき、フェンスのすぐ外を走っていた男性の、バッタンバッタン、叩きつけるような足音にパードが震えあがり、いっぺんに家に戻りたくなってしまった。今、ようやく屋外の見慣れぬ物事すべてに対する恐怖心が薄れてきたところだ。

この雨がやんで、私たちも一緒に外ですわっていられるようになれば、きっと大丈夫な気がする。あの子にはどうしても飛び回れる広いスペースが必要だ。けれど、そうなるともちろん、心配がもちあがる。夢中になって、怖いもの知らずの大胆さで、ほったらかしの裏庭や丘のふもとの草むらに飛びこんでいってしまわないか、小鳥を追いかけて道路に飛び出さないか、迷子にならないか、「敵」と出会わないか。猫にとっての「敵」は、いろんな形でやってくる。猫は小型の哺乳類で、捕食者ではあるが、とても弱い。しかもパードには街なかの猫のこすっからさも荒野に生きる知恵もない。だが、彼は賢い。私たちが与えてやれる限りの自由を受けとる資格がある。雨がやんだら。

今のところ、彼は一日の大半を私といっしょに書斎で過ごし、私の右肘から三十センチほどのところにあるプリンターの上で寝ている。最初から私にべったりで、今でも二階へ、一階へと私について回り、そばにいることが多い。それでも、徐々にひとりでいる時間がふえてきた。いいことだ。

私が宇宙の中心になりたいなら、犬を飼うだろう。私の想像では、パードは一歳になるまで、狭い中に大勢ひしめきあう家に住んでいて、自分だけでいることがなかったはずだ。だから、慣れる時間が必要なのだ。孤独や静寂や退屈に。そして小さな子どもにしつこく追いかけられたり、熱烈に抱きしめられたりしないことにも。

宇宙の中心になる気がないからといって、猫にそばにいられると迷惑だというわけではまったくない。名づけはぴったりだったようだ。彼は相棒《パードナー》で、よき道連れだ。パードが枕に乗って私の頭のすぐ上で眠るときなど、毛皮のナイトキャップをかぶっているようでとてもいい。プリンターの上に陣取られることとの唯一の問題は、十五センチ先に私の「タイムマシン[2]」があることだ。タイムマシンは、バックアップ中に妙な音を立てる。かすかなブーン、カチカチといった音で、昆虫の気配そっくりだ。パードはこの箱の中に昆虫がいると睨《にら》んでいて、私が何と言おうと信念を変えない。この箱の中にはムシがいる。いつかお手々を突っこんで、ムシたちをつかみ出し、食べてやるぞ、とパードは固く決意している。

訳注

（1）アフリカ東部、南西部産のごく小型のレイヨウ。
（2）タイムマシンは、アップル社のパソコン、マックの機能で、一定の日時のファイルやデータを保存しておけるバックアップ機能。ここでは、そのために用いる外付けハードディスクのこと。

第二部　文学の問題

ウッジュー・プリーズ・ふぁっきんぐ・ストップ？

二〇一一年三月

この頃、本を読んでいても、映画を見ていても、どの登場人物も「ファック」以外のことは絶対《ファッキング》に言えない（ただし、「くそっ《シット》」は言える）。私が言いたいのは、彼らがファッキング・ファッキングな（つまり、とんでもなく度外れている）場合でも、描写するための形容詞を、ファッキング以外には持ち合わせていないということだ。そして、「シット」というのは、そういう人たちが「ファックされた（ボロボロになった）」とき、口にする言葉だ。「最悪の事態《シット》」が起こるとき、人々は「シット」あるいは「オー・シット」あるいは「オー・シット。私たちはボロボロだ《ウィー・アー・ファックト》」と言う。この言葉から想像されるものには、私たちをふらふらにするほどの打撃力がある。私は文字通りの意味でそう言っているのだ。

私の読んだある小説では、作家がファッキングな登場人物たちの全員に四六時中、「ファック」や「シット」を言わせるだけでなく、作家自身がさしたる理由もなく《フォー・シット・セイク》、このファッキングな行為に参加する。その結果、その小説は非常に感動的な駄文《シット》にあふれているものとなった。「その日没はめっちゃ《ファッキング》きれいで、めっちゃ《ファッキング》信じられないぐらいだった」

何が起こったのかというと、かつてはショッキングな言葉だったものが、単なる強調のためのノイズになったのだと思う。あるいは、言葉と言葉の間に橋をかけるためだけに生じるのかもしれない。「ファッキング」と「ファッキング」の間に挟まれる実体のある言葉が無駄言《シット》でもいいように。

罵《ののし》り言葉やショッキングな言葉はかつては、おおむね宗教に由来するものだった。「呪う」が原意のダム（damn）、それに由来するダミット（damn it）や地獄が原意のヘル（hell）、ゴッド（God、神）。そしてそれらを組み合わせた形のゴッダムド（Goddamned）、ゴッダミット・トゥー・ヘル（God damn it to hell）。イエス・キリストにちなんだジーザス、クライスト、ジーザス・クライスト、ジーザス・クライスト・オールマイティー等々。これらはいずれも怒りや絶望を表わす言葉だ。これらの語の一部は十九世紀の小説にまれにしか出てこず、出てきた場合も、――――という形や、もう少し大胆にG――!やd――n!という形で表現されるのが常だった。一方、ズワウンズ（swounds）やイギャッド（egad）、ゴーブライミ（gorblimey）(1)のような古風な、または方言的な罵り言葉は完全な形で印刷された。二十世紀の到来とともに、宗教的・冒瀆的《ぼうとくてき》罵り言葉は、最初は密やかに少しずつ、やがてわんさか印刷されるようになった。性的に露骨だと感じられる言葉への検閲は、それよりもはるかに遅くまで盛んにおこなわれた。かのニューヨーク・ヘラルド・トリビューン紙(2)のために書評を書いていたルイス・ガネットは、出版社が『怒りの葡萄』〔ジョン・スタインベックの小説。一九三九年刊行〕を出版する前にこの小説から取り除かなくてはならなかった箇所の極秘リストをもっていた。ある晩、食事のあとで、彼は自分の家族と私たち一家とを前にして、おもしろがってそのリストを声高に読み上げた。もちろん私はまだ子どもだったが、さほどショックを受けた記憶がない。それもそのはずで、私が覚えている限り、そのリストは、ジョード一家のだれかれが口にしたのだと思われる退屈な言葉の退屈なくり返しだけだった。それらの言葉は、せいぜい「おっぱい《ティティ》」ぐらいのショッキング度だったと思う。

第二次世界大戦中に、兄たちが休暇で帰郷したとき、家に残っていた私たちの前で、ただの一度も悪態をつかなかったことを、私は覚えている。大したことだと思う。だが、そのずっとあと、スカンクが罠のバネに挟まれたまま、ひと冬放置されていたのが見つかり、兄のカールが死体を取り除いて罠をきれいにするのを手伝ったとき、私は本物の罵り言葉とはどのようなものかを知ることになった。一度きりだが、生涯忘れられないほどすばらしく勉強になったこの授業で、私は七、八種の本物の罵り言葉を学んだのだ。陸軍でも海軍でも兵士はいつの時代も悪態をついてきた。ほかにすることがないのだから無理もない。だが、ノーマン・メイラーは『裸者と死者』〔一九四八年刊行〕において、婉曲的な造語「ファッギング（fugging）」を使うことを余儀なくされた。そして、こうしたことを決して見逃さないたちのドロシー・パーカーは、その機に乗じて「ああ、あなたなのね、ファック（fuck）の綴りも知らない坊やは」と彼をからかった。[3]

それから六〇年代がやってきた。男きょうだいから特別授業を受けておらずとも、誰も彼もが「シット」と言うようになった。そしてほどなく、「シット」や「ファック」は、印刷物の中にもちょいちょい見られ始めた。そしてついに、ハリウッドスターの口からも聞かれだした。そういうわけで、現在、「シット」や「ファック」から逃れていられる場所は、一九九〇年以前の映画や一九七〇年以前の本の中、そして、人の住まない荒野だけだろう。ただし荒野の場合は、ハンターがいないことをちゃんと確認しないといけない。そうしないと、血を流して倒れているあなたにハンターが近づいてきて、「なんてこった《オー・シット》。てっきりヘラジカ野郎《ファッキング・ムース》だと思ったぜ」とわめくようなことになりかねない。

私は罵り言葉が、現代の判断基準から見ると穏やかながらも、多様性に富み、しばしば個性豊かであった時代を覚えている。ひとつの芸術形態として悪態をつく人々がいて、破天荒さと意外さを見事に結びつけてみせてくれた。現在、たったふたつの語だけが罵り言葉として使われ、しかも多くの人が、それらを頻繁に使うあまり、その二語がなければ話すことも書くこともできなくなっているのは奇妙なことだと、私には感じられる。

このふたつの罵り言葉のうち、ひとつは排泄と関係があり、もう一方は、一見したところ、セックスと関係がある。排泄もセックスも、きっちりと存在を規定された領域である。宗教と同じように、厳しい境界があり、そこにあるものは、ある特定の時間と場所においてのみ、言及されうる。そういうわけで、子どもたちは「カカ」「ドゥードゥー」〔いずれもウンチの意の幼児語〕と叫び、大人たちは「シット」と叫ぶ。本来あるべきではないところに糞便をもちこもう、と言わんばかりに。

この原則、すなわち、物事を本来の場所から出す、境界を越えさせるという「悪態の基本原理」を、私は理解できるし、賛同できる。そして当惑したときに「オー・シット」とつぶやく癖をやめたいと本心から思っているにもかかわらず、また、三十五歳ぐらいまで「オー・シット」なしで不自由なくやってきたにもかかわらず、時を遡って「オー・ヘル」や「ダミット」まで戻るのには、今のところ、あまり成功していない。「シット」という言葉の「sh（シュ）」という始まり方と破裂音の「t（トゥ）」という終わり方、そしてそのふたつの間の短く小さな「i（イ）」に何か秘密がありそうだ。

けれど、「ファック」と「ファッキング」はどうだろうか。これらの語の響きは、「シット」と同じくらい罵り言葉にふさわしい。「ファック」という単語を、楽しげな感じや愛想のよい感じに聞こえるように言うのはとても難しい。しかし、この語はそもそも何を意味しているのだろうか。

意味のない罵り言葉が存在するとは思わない。もしも意味がなかったら、それらは役に立たない。「ファック」に第一に関係があるのは、セックスだろうか？　それとも男の攻撃的行為としてのセックスだろうか？　それとも単純に、攻撃だろうか？

二十五年ないし三十年前ぐらいまでは、私の知る限り、ファッキングは、あるひとつの種類のセックスしか意味しなかった。それは同意のあるなしにかかわらず、男が女に対しておこなうものだった。今では男も女もファッキングという言葉を性交の意味で用いる。この語は（いわば）脱ジェンダー化し、その結果、彼氏をファックする、と女も言えるようになった。従って、論理的には、挿入や強姦を強く暗示するものは、この語から抜け落ちたはずだということになる。だが、実際はそうなっていない。とにかく私の耳にはそうは聞こえない。ファックは攻撃的な言葉であり、威圧的な言葉だ。ポルシェに乗った男が「べらぼうめ《ファック・ユー》、馬鹿野郎《アスホール》」とどなるとき、その男は自分の部屋にあなたを誘い、夕べをともに過ごそうと言っているわけではない。「オー・シット、ウィー・アー・ファックト」と人々が言うとき、意味しているのは、意気投合して楽しい時間を過ごしているということではない。ファックという言葉には、支配、虐待、軽蔑、憎悪の響きが強くある。

つまり、少なくとも罵り言葉としての神は死んだが、憎悪とウンチは世にはばかり続けているのだ。「王は亡くなった《ル・ロワ・エ・モール》。新たに即位されたファッキング王、万歳《ヴィーヴ・ル・ふぁっきんぐ・ロワ》(4)」である。

訳注

（1）swounds は God's wounds の短縮形に由来し、egad は oh God! などの婉曲的転訛、gorblimey は God blind me! の短縮形に由来すると考えられている。

（2）一九二四年から六六年まで刊行されていた日刊紙。

（3）ドロシー・パーカー（一八九三〜一九六七）は詩人・著述家で、機知・皮肉で知られる。ただし、ノーマン・メイラーに対するこの発言が彼女のものであるとする説は、誤って流布されたもののようだ。

（4）Le roi est mort, vive le roi（かつてフランスで新王の王位継承を告げる布告に用いられた言葉）のもじり。

読者からの質問

二〇一一年十月

最近、受け取ったある読者からの手紙。彼は私の本が好きだと前置きした上で、ばかげた質問だと思われるかもしれない質問をします、答えなくてはいけないと思っていただくには及ばないが、自分としてはぜひ答えが知りたい、と書いていた。その質問は、ゲドの通称、スパロウホーク〔邦訳〈ゲド戦記〉ではハイタカと訳されている〕についてのものだった。彼の問いはこうだった。これは新世界のスパロウホーク、すなわち、Falco sparverius〔ハヤブサ属アメリカチョウゲンボウ〕ですか？　それとも、同じくFalco（ハヤブサ属）の旧世界のケストレル〔チョウゲンボウ〕でしょうか？　それともFalco（ハヤブサ属）ではなくAccipiter（ハイタカ属）である旧世界のスパロウホークでしょうか？

（ご注意　これらの鳥の名のややこしさに混乱されぬよう。多くの人は、スパロウホークという語とケストレルという語を相互に交換可能なものとして用いる。しかし、ケストレルは――ユーラシアのであれ、アメリカのであれ――皆、ハヤブサ属だが、スパロウホークがすべてケストレルであるわけではなく、逆もまた真である。私の言う意味がおわかりだろうか。まあ、私にとってはそういったことはどうでもよくて、ただ、美しい英国風の呼称、ウィンドホバー[1]が失われてしまったのが惜しまれる。でも、私たちにはG・M・ホプキンズ[2]のあの詩がある。）

私はできる限り迅速に返事を書いた。私の回答はこうだった。私にはその鳥はそのどれでもないように思われます。なぜなら、それは地球《アース》の鳥ではなく、アースシーの鳥だからです。そして、リンネ(3)がアースシーに、手持ちの名前のセットを持ちこむことはありませんでした。だが、私があの本を書いていたときに、想像の世界の中で見えていた鳥は、あの馴染み深い鳥——小柄でかっこいいアメリカの sparverius にそっくりだった。だから、強いて言うなら Falco parvulus terramarinus と呼ぶのが良さそうだ。（返事を書いていたとき、私は parvulus（小さい）という言葉を思いつかなかった。だが、あの鳥の名にはこの語がぴったりだ。スパロウホークはハヤブサ属の中ではかなり小さい。そしてゲドはやんちゃな少年だったが、背が低かった。）

その手紙に返事を出したあと、私はわれながら、ずいぶん迅速に、かつ喜んで返事を書いたものだと思った。そして、返事を出さなくてはならない手紙の、決して減ることのない山に目をやり、それらの返事を書くのを先延ばししたくてたまらないことを改めて自覚した。というのは、それらの手紙の多くは返事を書くのがとても難しく、不可能だと思えるものもあったからだ。とはいえ、それらの手紙に返事を書くことを、私は強く望んでもいるのだった。なぜならそれらの手紙を書いたのは、私の作品を好きだと思ってくれている人たちや、少なくとも、私の作品に反応してくれている人たち、私に問いたいことがある人たちで、それを私に告げるという労をとってくれたのだから、私も返事を書くという労をとる——それは時には喜びでもある——べきなのだ。

著者への手紙の多くを、返事を書きにくいものにしているのは何か？　返事が書きにくい手紙の共通点は何だろうか？　私はそのことについて、何日も考えている。そして、今、到達している考えは次のようなものだ。

そういう手紙は、大雑把で一般的な質問をしてくる。そういう質問が、私よりも手紙の書き手本人のほうがはるかに精通している学問分野——哲学、形而上学、情報理論など——に根ざしている場合もある。

タオイズムやフェミニズム、ユング心理学、情報理論から、私がどんな影響を受けたかという大雑把で一般的な問いかけをする手紙もある。そういう質問に対しては、博士論文でしか答えられない場合もあれば、「大した影響は受けていない」と言うしかない場合もある。

はたまた、作家がどのように仕事をするかについての、大雑把で一般的な誤解に基づく、大雑把で一般的な質問をする手紙もある。たとえばこんな問いだ。どこからアイディアを得ますか？　あなたのこの作品のメッセージは何ですか？　どうしてこの本を書いたのですか？　どうしてものを書くのですか？

この最後の質問（実のところ、非常に形而上学的な質問だ）をするのは年若い読者が多い。作家の中には、実際にはものを書いて生計を立てているのでなくとも、「金のためです」と答える人がいる。この答えは確実に、さらなる議論を阻止する。行き止まりの中の行き止まりというべき答えだ。この質問に対する私の正直な答えは、「書きたいから」だ。だが、その答えが質問者の聞きたいものであることはめったにないし、教師が読書感想文や期末レポートの中に見出したいものであることもまれだ。彼らは何かしら意味のあることを求める。

意味——おそらくこれが共通項だ。それこそが私が探していた悩みの源泉だ。この本の意味は何ですか？　この本のこの出来事の意味は？　この物語の意味は？　何を意味しているのか教えてください。

でも、それは私の仕事じゃないの。あなたの仕事よ。

私は自分の物語が自分にとって何を意味するのか、少なくとも部分的には知っている。同じ物語が、あなたにとってはまったく違うものを意味することは大いにありうる。そして、一九七〇年にその物語を書いたときに、それが私にとって意味していたことは、一九九〇年にそれが私にとって意味していたこととも、二〇一一年の今、意味していることとも、まったく異なるかもしれない。誰にとってにせよ、それが二〇二二年に意味するであろうことは、一九九五年に意味していたことと、ずいぶん異なっているだろう。その物語がオレゴン州でもつ意味は、イスタンブールでは理解不可能かもしれない。しかも、その物語がイスタンブールで、作者の私が意図しようもなかった意味を獲得することだってあるかもしれないのだ……。

芸術《アート》における意味は、科学における意味と同じではない。言葉が理解されている限り、熱力学第二法則の意味は、誰がいつ、どこで読んでも変わらない。『ハックルベリー・フィンの冒険』の意味は変わる。

書くことは、危険な賭けだ。保証は何もない。一か八かやってみなくてはならない。私は喜んで賭ける。そうすることが大好きだから。そういうわけで、私の書いたものは、読み間違えられ、誤った受け取られ方、誤った解釈をされるだろう――別に構いはしない。それが本物である限り、無視され、抹消され、読まれないこと以外のあらゆる試練に耐えて生き延びるだろう。

あなたにとって「何を意味するか」は、あくまでもあなたにとっての意味だ。それが自分にとって何を意味するのか見定め難いときに、書いた私に訊きたくなる気持ちはわからなくもない。だけど訊かないでほしい。書評家や評論家やブロガーや研究者の書いたものを読めばいい。彼らは皆、本が自分にとって意味することについて書く。そうすることで、本を説明して、ほかの読者にとって役に立つ、適切な共通の理解を打ち立てようと努める。それが彼らの仕事であり、彼らの一部は非常にうまくやってのけている。

私自身も書評を書くときには、そういう仕事をやっていて、それを楽しんでいる。しかし、フィクションの書き手としての私の仕事は、フィクションを書くことで、解説することではない。アートは説明ではない。アートはアーティストがおこなうものであり、アーティストが説明するものではない。（少なくとも私にはそのように思われる。そのせいで、私は、昨今の美術館の展示によくある、作品をどう見るか、どう「体験」するかを知るのに、その作品についてアーティストが言っていることを読まねばならないような類のものが苦手だ。）

陶芸家の仕事は、よい壺《つぼ》をつくることだ。それをつくった方法や場所や理由、陶芸家自身が考える用途、その壺がほかのどんな壺の影響を受けているかや、その壺自体の意味すること、あなたにその壺をどのように体験してほしいかについて述べることではない。もちろん陶芸家がそうしたいなら、そうしてもよい。しかし、陶芸家は、そうすることを他者に期待されて当然なのだろうか？　どうしてそんなことが言えるのだろう？　私は陶芸家がそういったことを説明するのを期待しないし、説明してほしいとも思わない。私が優れた陶芸家に期待することは、仕事場に戻って、良い壺をもっとつくってほしいということだけだ。

スパロウホークについての質問のような質問――大雑把でもなく、一般的でもなく、形而上学的でもなく、個人的でもない質問、詳細についての質問、事実（フィクションの場合は、想像上の事実）についての質問、特定の作品についての限定的で具体的な質問――なら、大抵のアーティストが喜んで答えようとするだろう。そして技術面についての質問も、限定的な事柄についての明確な質問なら、アーティストの興味をかきたて、考えてみようという気にさせるだろう（たとえば、「水銀の合金を含む釉薬を使ったのはどうしてですか？」や、「この部分を現在時制で書いているのは（あるいは、書かなかったのは）どうしてですか？」というふうな質問だ）。

意味などについての大雑把で一般的な質問は一般論でしか答えられず、私はそのせいで、落ち着かない気持ちになる。一般化して話すときに正直であることはとても難しいからだ。詳細をすっ飛ばしたら、自分が正直に語っているかどうか、どうやってわかるのだろう？

しかし、限定的で具体的で明確な質問なら、どんな質問でも、正直に答えることはできる――

「正直言って、わかりません。そういうことについては考えたこともありません。これから考えます。質問してくださってありがとう！」そういう質問はありがたいものだ。そのおかげで、考え続けることになるから。

さて、ホプキンズと「The Windohover（チョウゲンボウ）」に戻ろう。

けさ、私は見た。朝の寵児、光の国の世継の御子《みこ》
まだらな夜明けにひきつけられ、隼《はやぶさ》は乗る、
うねりはあるとも平らかな空に。身の下をやまず吹く風。颯爽と行く。
天高く……

私たちはこれについて説明し、何を意味しているか、どういう理由で、どういう仕方で、そういう意味のことを意味するのか、話し合うことができる。そういうふうに議論するのはいいことだと思う。

しかし、詩人は私たちにその仕事を任せて、ハヤブサのように去る。

訳注

（1）ケストレル（チョウゲンボウ）が空中で停止（ホバリング）して獲物を探すことに由来する呼び名。

（2）ジェラード・マンリー・ホプキンズ（一八四四〜八九）。イギリスの詩人、聖職者。作品中に「The Windhover」と題したソネットがある。これについては、平井正穂編『イギリス名詩選』（岩波文庫）でホプキンズの原詩と平井氏による邦訳と注釈を読むことができる（邦訳タイトルは「鷹」）。

（3）カール・フォン・リンネ（一七〇七〜七八）はスウェーデンの博物学者で、動物・植物・鉱物の分類体系を編み出した。

子どもたちからの手紙

二〇一三年十二月

子どもたちからファンレターをもらうのが嬉しいと私が言うと、びっくりした顔をする人がたまにいて、こちらのほうがそのことにびっくりする。

十歳にもならない子が自分で——大抵は親の助言も少し取り入れて——書いた手紙には、実にほほえましいものがある。しばしば「あなたのさい大《ユア・ヒュージェスト》のファン」と自称していて、その表現から、私はその子がエンパイア・ステート・ビルよりも高く聳え立って、にこにこしているところを思い浮かべてしまう。だが、私の受け取る手紙のほとんどは、授業で〈空飛び猫〉シリーズの本を読んだクラスから送られてくる。そういう手紙に対しては、少なくとも、それぞれの子どもの名前とともに「ありがとう」と書くようにしている。通常はそれが精一杯だ。

対応の厄介な手紙もある。先生が子どもたちに「著者に手紙を書く」ように命じ、子どもたちの気持ちや能力に頓着せず——私の気持ちや能力にも頓着せず——それを、必須課題にした場合だ。著者に手紙を書くよう強制されたある十歳の子は、破れかぶれになって、私にこう書いた。「ぼくは表紙の字を読みました。とても良かったです」私はこの子に何と言ってやれるだろう？　この子の先生は、この子と私の両方を窮地に陥れたまま、立ち去ってしまったのだ。ずいぶんひどい話だ。

先生たちはしばしば、その本のどこが気に入ったか著者に伝えることと、質問をすることを生徒に指示する。気に入った部分、というのは別に構わない。いくらでもでっちあげられる。だが、その子がほんとうに訊きたいことがあるのでない限り、質問をしなさい、というのは的外れだ。それに、二、三の標準的なトピックのバリエーションが大半を占めるにせよ、二十五ないし三十のさまざまな質問に、現役の作家が返事をすることができるという、実現不可能な期待を抱かせるのは、配慮に欠けることだ。

先生が子どもたちに、何でも自分の書きたいことを書きなさいと言うのは、子どもたちに書きたいことがあるならうまくいく。その場合の質問は、本心からのものだ——中にはスフィンクスも当惑するような答えにくい問いもあるけれども。「空飛び猫にはどうして翼があるんですか?」「あなたが本を書いた理由は何ですか?」「表紙の字をななめにするのは、どうしたらいいか、知りたいです」「うちのねこのブーは九才です。わたしは十才です。あなたのねこは何才ですか? ねこがねずみをつかまえるのはフェアなことですか?」そして、いろいろと興味深い批評がある。子どもたちは率直そのものだ。ほめるときにも、けなすときにも。子どもたちのコメントを読めば、何が彼らの関心を引き、何が彼らの気持ちに添わないかがわかる。「ジェイムズはフクロウ「に襲われて負ったけが」から、回ふくしましたか」「わたしはおかあさんねこのミセス・ジェイン・タビーがだいきらいです。子どもたちを家からおいだすなんてひどい」

学校のクラスから送られてくる郵便物の中で、私が一番楽しめるのは、先生の指導のもとに、生徒たちが本に書かれている場面を絵に描いたり、〈空飛び猫〉の冒険の続編や後日談をつくったりしたものだ。

しばらく前に、私のサイト、ursulakleguin.com に掲載されていた『空飛び猫5』と『空飛び猫6』は、このようなアプローチの例だ。先生の指導と協力のもとに、生徒たちがストーリーをつくりあげ、それを彩る挿絵を、自分たちの描いた絵の中から選んだのだ。そういう活動は、創造的なプロジェクトにおけるチームワークの練習としてすばらしいもので、それが生み出した結果は魅力にあふれている。もっとも、大人によるコントロールが、それぞれの子どもの想像力から出てきたままのストーリーや絵の突拍子のなさを和らげることは避けられない。とはいえ、このような挿絵や物語や小冊子は、ほぼ混じりけのない純粋な喜びを私に与えてくれる。

　その喜びに時折混じってくる異物は、現代では避けられない、電子ゲームをまねた物語の中に見出されるもので、大人によるコントロールのうちでも、とりわけ警戒すべき例である。そういう物語の中で、空飛び猫たちは「ポータル（出入り口）」を通り抜けて、敵だかモンスターだかを百万単位で殺戮する戦いを含む支離滅裂な冒険のまっただなかにはいる。明らかに、その子はそういう物語しか知らないのだ。意味もなく、何の解決ももたらさず、刺激を与え続けるための増強作用しかない、暴力行為の際限のないくり返しの中に閉じこめられた精神を目の当たりにするのは、恐ろしいことだ。今のところ、その種のものは男の子からしか来ていない。せめてもの希望の印なのかもしれない。一九三七年に私のすぐ上の兄の部屋から、彼が冒険物語をつくりつつ、演じているのが聞こえてきたのを覚えている。闘いを挑む怒鳴り声、くぐもったドスンという音。「あいつをやっちまえ！」とくり返す叫び声、そしてマシンガンの連射。兄はその狂乱の世界をくぐり抜け、まったく非暴力的な大人になった。しかし、破壊に対して即時に報酬が与えられるゲーム――そのキャラクターとアクションは既製品のアクションフィギュア（戦闘人形）であり、唯一のゴールは「勝利」である――は、依存性をもたらすよう設計されている。だからこそ、卒業することも、ほかのものに乗り換えることも難しい。際限のない、無意味なフィードバックループに閉じこめられて、想像力は飢え、やせ衰えている。

　私が子どもたちの物語や小冊子から得る喜びについて言えば、その大部分は、とても多くの子がすごく楽しんで本を書いているのが見てとれることにある（本といっても五十語ぐらいの長さのものだったりするが）。子どもたちは本を書き、挿絵をつけることに誇りを感じている。章分けをして、目次を書き、表紙をつけて、献辞を書くことに、明らかに喜びを覚えている。そして最後に、誰もが誇らしげな華やかな字体で、完《ジ・エンド》と記す。誇らしく思って当然だ。先生もこの子たちのことが誇らしいだろう。私もこの子たちが誇らしい。この子たちの家族もこの子たちを自慢に思ってほしいと思う。六歳や八歳や十歳で、一冊の本を書き終えるということは、とてもクールなことだ。それはほかのクールなこと——たとえば恐れを知らない読書とか——につながる。自ら本を書いた者がどうして、本を読むことを恐れるだろうか？

　経験を積んだ専門家として言わせてもらうと、子どもたちの手による手紙と本の最良のものは、全面的に手作りである。コンピュータを使えば書くことは楽になるかもしれない。だが、それは必ずしも良いことではない。楽であることは、ぞんざいさと饒舌さを誘発する。ビジュアルな観点から見ると、すべての個性を消して標準的なフォントに落としこむプリントアウトは、小ぎれいだが、無味乾燥だ。一方、ローテクの手書き文字は生命力にあふれている。コンピュータのスペルチェック機能は、非規範的、創造的スペリングに由来する味わいを奪い取ってしまう。そのような味わいこそ、読み手に大きな喜びを与えてくれるはずなのに。プリントアウトでは、誰も私に、その本の「おきにりのかしゃ（favrit pert）[1]」について教えてくれない。「おぎにりのかしょ（favroit prt）」や「おにぎりのかし（faevit palrt）」についても、また「おぎにかし（favt pont）」についても教えてくれない。プリントアウトでは誰も、私に「なで、そらどびねこをかことおもたのれすか？（Wi did you disid to writ cat wigs?）」と訊いてはくれない。さらに、すばらしい最後の挨拶もない。手書きの手紙では、たとえば[2]「さら（Sensrle）」という文句が書かれていて、「さよな（San serly）」や「さなら（Sihnserly）」が手がかりを与えてくれるまで、私をまったく途方に暮れさせた。また、

「ごきげよろしゅ（Yours trully）[3]」は「ぎょろ（chrule）」とも書かれる。そして、若きジェイン・オースティンを思い出させる「あなたのども（Your freind）[4]」という表記もしばしば見られる。そして、まったくの謎である別れの挨拶にも時折出会う――「デリクがらさも（mth frum Derik）」とか「さられば、アンナ（Fsrway, Anna）」とか。

さられば、勇気ある先生たち、勇気ある子どもたち（引用させていただき、ありがとう）。

アーシュラがらさも。

訳注

（1）正しい綴りは favorite part。
（2）これらの正しい綴りは Sincerely。
（3）正しくは Yours truly。
（4）正しくは Your friend。

私のケーキをもち続けること

二〇一二年四月

諺《ことわざ》が理解できないのは、何かの症状だという。統合失調症《スキゾフレニア》だったろうか？　それとも妄想症《パラノイア》だったろうか。いずれにせよ、何かとても厄介なものだ。ずいぶん前にそのことを聞いたとき、私は悩んだ。何であれ、何かの症状について耳にすると、私はいつも心配になる。私にはそういうところがあるかしら？　ある、ある、ある、ある！　どうしましょう？

　そして私にはパラノイアであるという（あるいは、スキゾフレニアであるという）証拠があった。非常によく耳にする諺で、意味がまったく理解できないでいるものがあったのだ。

YOU CAN’T HAVE YOUR CAKE
AND EAT IT TOO.
（自分のケーキをもっていて、しかも、それを食べることはできない。）

　私自身の論理では、「ケーキをもっていなかったら、食べられるわけ、ないじゃない」となった。このことについて議論することができなかったので、誰にも言わず、その疑念をもち続けた。その結果、私はジレンマに陥った。この諺が筋の通らないものである（それなのに、賢そうな人たちが口にするのはなぜだろう？）のか、私がスキゾフレニア（あるいはパラノイア）なのか。

長い年月が過ぎた。その間、私は時折、この諺のことで自分が抱えている問題について考えた。そして、「have《ハヴ》」という語にはいくつかの意味、あるいは、いくつかの色合いの意味がある、ということがだんだんにわかってきた。第一の意味は、「自分のものとしてもつ」「所有する」だが、それよりは使われる頻度の低い含意のひとつとして「もち続ける」「とっておく」がある。

YOU CAN'T KEEP YOUR CAKE
AND EAT IT TOO.
（ケーキをとっておくことと、食べることの両方はできない。）

ああ、なるほど！　やっとわかった。いい諺だ。私はスキゾフレニック・パラノイアじゃなかったんだ！

しかし、自分がもっと早く「have《ハヴ》」に「keep《キープ》」の意味があることに気づかなかったのは、奇妙なことだという気がした。このことについても、私はしばらく頭を悩ませた。そうして、ようやく、次のような結論に達した。

ひとつには、動詞の順番が不適切であるように、私には思われる。詰まるところ、ケーキを食べる前に、そのケーキをもっているのは当たり前なのだから。この諺の表現が「You can't eat your cake and have it too.（ケーキを食べてしまって、なおかつ、もっていることはできない）」だったなら、私にも理解できていたかもしれない。

そしてまた、「ハヴ」にかかわる別の種類の混乱がある。私が育った西海岸の方言では、「I ate

cake at the party.（パーティーでケーキを食べた）」という意味で、「I had cake at the party.」と言う。つまり、「You can't have your cake and eat it too.」は、私には、ケーキを食べることと食べないことの両方はできないと言っているふうに聞こえたのだ。

子どものとき、この諺をそういうふうに聞いて、私はあれっと思ったが、何も言わなかった。あれっと思うことを大人が言うたびに、問いただすことなど、子どもには到底、無理だからだ。それで、自分で謎を解き明かそうとした。だが、いったん自分が「ハヴ」するケーキが、自分が食べられないケーキであるという非論理性にぶちあたって行き詰まってしまうと、これが「とっておくこと対食べてしまうこと」の話で、どっちかを選ばなくてはならず、中間の道は存在しないということなのではないかという考えは、ついぞ頭に浮かばなかった。

そろそろ、もうケーキの話はたくさんだ、とお思いだろう。失礼しました。

けれども、私がよく考えているのは、この種のことなのだ。

名詞（ケーキ）、動詞（ハヴ）などのさまざまな単語、それらの言葉の用法や誤用、言葉とその意味が時と場所が変わると、どのように変化するか。昔からある語から、あるいはほかの言語の語から、新たな語が派生すること。言葉は私を魅了する。ボックスエルダー・ビートル〔カメムシの一種でカエデ類によくつく色鮮やかな昆虫〕がわが友パードを魅了するように。パードは現時点では外に出ることを許されておらず、屋内での狩りに精を出すしかない。現時点では、屋内にネズミはいない。しかし、ムシがいる。そうですとも、主《しゅ》よ。うちにはムシがいます。パードがムシの気配を耳にするか、においを察知するか、姿を見るかしようものなら、たちまち、そのムシが彼の全宇宙を占領する。パードは何があっても諦めない。屑入れを捜索し、壊れやすい小さなものをひっくり返して破壊し、大きくて重い辞書を押しのける。いきなり空中に飛び上がったり、壁に飛びついたりする。かと思うと、一匹のムシが動いているシルエットが透けて見える、届かない照明器具を十分間も身じろぎもせず、見つめている。……そして、運良くムシをつかまえたとき、彼にはわかっている。ムシをとっておくことと、ムシを食べることの両方はできない、と。だから食べる。即座に食べる。

残念ながら、この特別な興味や熱中を分かち合える人がそんなに多くはないとわかっている。私の言っているのは、ムシではなく、言葉についてのことだ。ただし、チャールズ・ダーウィンがほとんどパードと同じくらい強く、ムシに魅せられていたことを指摘しておきたい。ダーウィンの目指すところは、パードのそれとは少々異なっていたけれども。ダーウィンはムシを口に含んだことさえあったのだ。それは、ムシを食べることによって、自分のものとしてもち続けようという破れかぶれの作戦で、やはりうまくは行かなかった*。それはともかく、奇抜でイメージ喚起力の強い言葉の意味や歴史について書かれたものを楽しんで読む人は多いが、ありふれた表現において「ハヴ」という動詞のもつ意味合いについて何年も考える人は多くはない。

物書き連中でさえ、皆が皆、私のようにおもしろがって、言葉や用法を求めて何冊もの辞書や屑入れをあさっているわけではないようだ。私が公然と口に出して、これをやり始めたら、物書きたちの一部は、恐怖あるいは同情の眼差しで私を見るか、黙って立ち去るかするだろう。そういうわけで、私は自分の言葉好きが、物書きであることと何らかの関係をもっているという確信がもてない。

だが、やっぱり関係していると思う。物書きであることとではなく、私が物書きであること、物

＊〔原注〕ダーウィンの自伝から。「私の熱意の証《あかし》をここに記そう。古い樹皮をはがすと、そこに二匹の珍しい甲虫がいた。私は左右それぞれの手で一匹ずつとらえた。そのとき、三匹目が目についた。新たな種類だった。私はこれをつかまえる機会をのがすことに耐えられなかった。そこで右手にもっていた甲虫を口の中に放りこんだ。ああ、なんということだろう。そいつは非常に刺激性の強い液体を発射した。舌が灼けた。それで私はそいつを吐き出すしかなかった。そいつは逃げていった。三匹目も見失った」

書きとしての私のあり方と。日頃何をしているかについて話してほしいと頼まれるとき、私はしばしば書くことを、機織り、陶芸、木工などの手仕事になぞらえてきた。言葉に対する私の情熱は、彫刻家や大工や家具製作者に共通する木材への情熱によく似ていると思う。彼らは、古い栗材の上質な断片を見つけて喜び、よく調べて、木目を見てとり、感覚的な喜びとともに取り扱い、これまで栗材がどのように用いられてきたか、自分はその栗材に対して何ができるかを思い巡らす。彼らは木材自体を愛する。それは単なる物質、彼らの手工芸において取り扱う材料に過ぎないけれども。

　しかし、私は自分の技を彼らの技になぞらえるとき、少しおこがましい気がしないでもない。木工家、陶芸家、織物作家は実体のある材料を扱っている。彼らの作品の美しさは、完全に、そして見事なまでに物質的な美しさだ。それに対して、書くことはなんと非物質的で精神的な営みであることか！　その起源は、単なる巧みな弁舌だ。そして話された言葉は息に過ぎない。文字に残すことやほかの方法で言葉を記録することは、それに実体をもたせること、保存可能にすることだ。カリグラフィー〔装飾的な書体〕や印刷のための植字の技術は、美しさを達成する物質的な技だ。私はそういうものがあってありがたいと思う。けれども実のところ、それらが私がしていることに対してもつかかわりは、機織りや陶芸や木工が私のしていることにもつかかわりと大差ない。自分の詩が美しく印刷されているのを目にするのは、晴れがましいことだ。けれども詩人にとって——少なくともこの詩人にとって重要なことは、どこに、どんなふうにであれ、その詩が印刷されていて、人々が読むことができる、ということだけだ。それさえ叶えば、詩は心から心へと伝わっていく。

　私は自分の心の中で働く。私がすることは、私の心の中でおこなわれる。それを書き留めているとき、私の手がそれに対してしていることは、織物作家が糸に対してしていることや、陶芸家が粘土に対してしていること、家具製作者が木材に対してしていることと同じではない。私がする仕事、私のつくるものが美しいとしても、それは物質的な美しさではない。それは想像上の美であり、心の中で生まれるものだ——私の心で、そして読者の心で。

こんなふうにも言えるだろう。私にはさまざまな声が聞こえ、私はそれらの声が本物だと信じている（それは私がスキゾフレニアだということを意味するのかもしれない。でも、諺テストで、私がそうでないということははっきりしたのだ。そうですとも。ね、ドクター）。そして私は自分に聞こえる声を書くことによって、読者もそれらの声が本物であると信じるように仕向ける、あるいは、そのように強《し》いる。……いや、この説明では、うまく言い表せていない。そういう感じではない。一生かかって自分がやってきたこと、この言葉の仕事がどういうものなのか、私にはよくわからない。

だが、私にもわかっていることはある。それは、自分にとって、言葉はものだということだ。ほぼ非物質的だと言っていいけれど、実在する、本物のもの。そして私はそれらが大好きだ。

私は言葉のもっとも物質的な側面——言葉の音が好きだ。心の中で聞こえる言葉の音も、声によって話される言葉の音も。

そしてそれとともに——それとは切り離せないこととして——言葉同士のダンスが好きだ。文やテキストの中で、言葉同士の相互関係が複雑に変化していき、それによって想像上の世界が建設され、人々の間で分かち合われる。書くことは、私を言葉のもつこのふたつの側面の両方にかかわらせる——尽きることのない営みの中で。その営みこそが私のライフワークだ。

言葉こそ私の素材——私の材料だ。言葉は私にとっての織り糸、そして粘土の塊、そして、まだ彫刻されていない木片。言葉は私の魔法のケーキ、非諺《ことわざ》的なケーキ。私はそれを食べる。そしてなお、もち続ける。

ホメロス父さん

二〇一三年六月

ホメロスのことを考えていたとき、彼のふたつの物語は、ふたつの基本的ファンタジーではないかという考えが頭に浮かんだ。そのふたつのファンタジーとは戦争と旅だ。

そんなことを思いついた人はほかにもたくさんいるだろう。それはホメロスの要《かなめ》とも言えることだから。昔から人々は彼のところに行き、新しいことや古いことを発見してきた。初めて発見したり、再発見、再々発見したりして、そのことを表明してきた。それはこの二、三千年の間、ずっと続いている。それは何かが誰かにとって意味のあるものになるための、驚くほど長い時間だ。

とにかくそういうわけで、『イリアス』は戦争であり（とはいえ、戦争はこの物語のほんの一部でしかない。終わり近くに戦争の話が出てくるが、終わり自体は違う）、『オデュッセイア』は旅（ホビットのビルボ[1]の言い方では「ゆきてかえりし物語」）だ。

思うに、ホメロスはどちらかの味方にならなかったことで、戦争について書いたほかの書き手たちより上を行った。

トロイア戦争は善と悪との戦いではなく、そのように描くことのできないものだった。それは単なる戦争だった。不経済で無益で不必要で馬鹿げていて、だらだらと長引いた残酷な混乱だった。

そして、それは勇敢、卑怯、高潔、裏切り、そして手足をぶったぎったり、内臓をえぐりだしたりといったむごたらしさなど、人間のさまざまな側面を示す個人の行為に満ちていた。ホメロスはギリシア人だったから、ギリシア側に肩入れしたとしても不思議ではなかったが、ギリシア人の特性だと思われる正義感あるいはバランス感覚をもっていた――いや、むしろ、ギリシア人がホメロスからそういうことを学んだのかもしれない。彼の公平さは、単に冷静であるというのとはまったく違う。『イリアス』は、寛大だったり、唾棄すべきものであったり、気高かったり、とるにたらなかったりする、さまざまな激情的な行動の奔流である。彼の公平さは、偏見のなさなのだ。『イリアス』で描かれた戦いは、悪魔と天使の戦いではない。聖戦を戦う戦士と異教徒との戦いでもなければ、ホビットたちとオークたちとの戦いでもない。単なる人々と人々との戦いだ。

　もちろん、どちらかに肩入れしてもいいし、誰だってそうしている。私はそうしないようにと努めるものの、うまくいかない。私はギリシア人よりもトロイア人のほうが好きなのだ。けれど、ホメロスは真実、どちらにも肩入れしない。そして、彼は物語が悲劇的に展開することを許す。悲劇によって心と魂は悲しみを知り、広がりをもち、高められる。

　戦争自体に、悲劇に昇華し、魂に広がりをもたせ、高める力があるのかという問題は、私よりももっと直接的に戦争にかかわってきた人たちに委ねよう。私が思うに、戦争自体にそういう力があると考えている人はいるし、そういう人は、英雄的行為と悲劇が生まれる機会を与えるという点で、戦争というのは良いものだと言うかもしれない。私にはわからない。私にわかるのは、戦争についての詩に何ができるかということだけだ。いずれにせよ、戦争というのは人間がすることであり、それが止むという兆しはない。だから、戦争を糾弾したり、正当化したりすることよりも、戦争を悲劇として受け止めることができることのほうが重要だ。

　だが、どちらかに肩入れしたとたん、その能力がなくなる。

私たちの間にはびこる宗教のようなもののせいで、私たちは戦争が善玉《グッドガイ》と悪玉《バッドガイ》との間のものであってほしいと願うのではないだろうか？

正と邪の戦争の中に存在するのは、神聖な、もしくは人間を超えた正義であって、人間の悲劇ではない。正と邪の戦争はその定義から言って喜劇的だ（『神聖喜劇（神曲）』[2]におけるように）。グッドガイが勝ち、ハッピーエンディングになる。バッドガイがグッドガイに勝ったら、アンハッピーエンディングだが、それは単なる裏返し、同じコインの裏側に過ぎない。著者は公平ではない。ディストピアは悲劇ではない。

キリスト教徒であるミルトン[3]は、片方に肩入れせざるを得ず、喜劇を避けることができなかった。ただ、崇高で英雄的で、好ましくさえ思えるルシファー[4]の姿を借りて悪をなすことによってのみ、彼は悲劇に近づくことができた。それは見せかけに過ぎなかったが、彼はうまくごまかしおおせた。

正義は善良な人々を贔屓《ひいき》すべきだと主張したくなるのは、キリスト教的思考習慣のせいだけではなく、私たちの誰もが成長過程で感じる困難さのためでもあるだろう。

結局、「もっとも優れた者《ザ・ベスト・マン》に勝たせよ」というのは、「善良な方《ザ・グッドマン》が勝つ」ということを意味しない。それが意味するのは「えこ贔屓なし、他者の介入なしの公正な戦いだ」ということだ——だから、もっとも優れた戦士《ザ・ベスト・ファイター》が勝つ。狡猾な乱暴者が、ナイスガイを公正なやり方で打ち負かしたら、狡猾な乱暴者がチャンピオンであると宣言される。これが正義だ。だが、それは子どもには耐えられない種類の正義である。彼らは激怒し、「そんなのフェアじゃない！」と言う。

だが、子どもたちがずっと、それに耐えることを学ばないままだとしたら、彼らはそれに続いて、純粋に道義的な戦いや競争（純粋に道義的とはどういうことかはさておいて）以外の戦いや競争での勝利や敗北が、誰が道義的に正しいかということとはまったく関係がないということを、学ぶ機会を逸してしまう。

力があれば正しいわけではない——そうですよね？従って正しいからといって力がもてるわけではない。おわかりですよね？だが、私たちはそうあってほしいと思いがちだ。「私の力は十人力。私の心が純粋だから」[5]と。現実世界で、最終的な勝者はグッドガイであるに違いないと主張するとしたら、私たちは力に対して、正しさを生贄《いけにえ》として差し出しているのだ（それは、ほとんどの戦争のあとで、歴史がすることだ。歴史は勝者を、戦力の卓越についてだけでなく、徳の卓越についても誉め称える）。もし私たちが、グッドガイが戦闘では負けても戦争には常に勝つように、競争の条件を歪め、手心を加えるとしたら、私たちはすでに現実の世界を離れ、ファンタジーの世界——願望的思考の国にいる。

　ホメロスは願望的思考はしなかった。

　ホメロスのアキレウスは上に対して反抗的な武将だ。むすっとした、自分に甘いティーンエイジャーで、味方と一緒に戦おうとしない。アキレウスがいつの日か、時が来て成長するかもしれないことを示す兆しは、親友パトロクロスへの愛情だ。しかし、アキレウスが、レイプの対象として下賜された女を返さなくてはいけなくなったことに激怒するさまは興ざめで、パトロクロスへの愛の物語の印象を弱めているように、私には思われる。私にとって、アキレウスはグッドガイではない。しかし彼は優れた戦士であり、偉大な闘士だ。トロイア随一の戦《いくさ》上手であるヘクトルよりも優れている。ヘクトルはあらゆる面でグッドガイである。良き夫、良き父であり、すべての点について責任を果たしている。よくできた人物だ。しかし、正しいからと言って、力がもてるわけではない。ヘクトルはアキレウスに殺される。

　かの有名なヘレネは『イリアス』では、ごく小さな役割しかもたない。私は彼女が終始、美しく整えた金色の髪の一筋も乱すことなく、この戦争全体を生き抜くことを知っているので、利にさとく、倫理感が欠けていて、情の深さがクッキー用の天板の深さほどしかない人だと思っている。けれども仮に私が、グッドガイが勝利して、有徳な人々にご褒美が与えられるものだと信じていたとしたら、私は彼女のことを、運命に痛めつけられたが、ギリシア人に救われた無垢な美女として見なくてはならないだろう。

　そして確かに、彼女をそのように見る人々も多い。ホメロスは私たちひとりひとりに、自分自身のヘレネをつくらせてくれる。そういうわけで、ヘレネは永遠に死なない。

　このような心の高潔《ノーブル》さ（公平で孤高を貫く「貴《ノーブル》」ガス[6]の「ノーブル」の意味で言っている）が、現代のファンタジー作家に可能であるかどうか、私にはわからない。あまりに一生懸命、「フィクション」と「歴史」を区別してきたため、私たちのファンタジーは不吉な警告か、単なる悪夢、そうでなければ願望の充足になっている。

『イリアス』と比較できるような戦争物語と言えば、ただひとつしか思い浮かばない。それはあのインドの大叙事詩『マハーバーラタ』だ。この物語の五人兄弟は確かに英雄だ。そしてこれは彼らの物語だ。（だが、同時に、彼らの敵の物語でもある。彼らの敵も同じく英雄であり、その中にはほんとうに大した人物もいる。）そして物語全体は巨大で複雑で、さまざまな正とさまざまな邪、さまざまな含意、ギリシアの神々以上に直接的に介入する神々にあふれている。そして結局、この物語の結末は悲劇的なのだろうか？　それとも喜劇的なのだろうか？　この物語全体は、尽きることのない食べ物のはいっている大鍋のようなもので、フォークを突っこむたびに、そのとき、あなたがもっとも必要としている滋養物が引き出せる。しかし、次のときには、まったく違う味がするかもしれない。

『マハーバーラタ』の全体としての味はどうかというと、『イリアス』のそれとは非常に異なる。何よりも、『イリアス』は（神々の不当な介入を別にすれば）戦争で起こっていることについて驚くほど写実的で、血腥《ちなまぐさ》い場面も淡々と描かれている。『マハーバーラタ』の戦争は、人間離れした離れ業やかっこいい武器など何でもありの、めくるめくファンタジーだ。このインドの英雄たちは、霊的な苦しみにおいてのみ、胸が裂けるほど、心模様ががらっと変わるほどのリアルな姿をふいに示すのだ。

さて、旅の話。

『オデュッセイア』の実際の旅の部分は、誰かが海路または陸路の旅に出て、不思議なものや恐ろしいもの、誘惑や冒険に出会い、場合によっては旅の過程で成長し、結末には家に帰るという構造をもつ、私たちのファンタジー物語のすべてと縁続きである、あるいはその先祖である。

ジョーゼフ・キャンベル[7]のようなユング派の人たちは、このような旅を、原型的な出来事やイメージのセットの形に一般化した。そういう一般論は批評においては役立ちうるが、私はそういうものは信用しない。致命的に還元主義的だからだ。「ああ、『夜の海の航海[8]』ね」と私たちは叫び、何か重要なことを理解した気になる。だが、私たちは単にその名前を知ったに過ぎない。実際にその航海が始まる前には、私たちは何ひとつ理解してはいない。

オデュッセウスの旅には、すばらしい冒険の数々が含まれているので、私は、この書のどのくらい多くの部分が彼の妻子についての記述——オデュッセウスが旅をしている間、郷里で何が起こっていたか、彼の息子がどのようにして父を探したか、オデュッセウスの帰郷にからむさまざまなこと——に割かれているか、忘れがちだ。『指輪物語』について私が大好きな点のひとつは、英雄が世界中で「千の顔」を見せている間に、故郷の農場で起こっていることの重要性を理解していることだ。けれども、あなたがフロドたちとともにそこに戻るまで、トールキンは決してあなたをそこに連れていかない。ホメロスはあなたを英雄の故郷に連れていく。十年間の航海の間、読者は、一心にペネロペのもとへ帰ろうとするオデュッセウスになったり、一心にオデュッセウスを待つペネロペになったりを——つまり、航海とゴールの両方を交互に経験する。時と場所を織り交ぜた物語作品として、実にすばらしいものだ。

　また、ホメロスとトールキンはふたりとも、遠く旅して故郷に帰ってきた英雄であることの困難さを極めて率直に描いた。オデュッセウスもフロドも故郷に長くとどまることができない。妻のヘレネをともなって帰郷したメネラオス王がどんな気持ちだったかについて、ホメロスが何か書いてくれていたらよかったのに、と私は思う。メネラオスとそのほかのギリシア人たちはこのヘレネを奪い返すために十年も戦ったのだ。その間、ヘレネはトロイアの城壁に守られて、美男子のパリス王子とともに優雅に暮らしていた（そして、パリスが死ぬと、彼の弟と再婚した）。どうやら、ヘレネには、亭主第一号のメネラオスが、海岸にいて雨に降られているときにEメールか、せめてショートメールでも送ろうという考えは浮かばなかったようだ。しかし、その頃、メネラオスの一族は、一世代か二世代の間、ちょっとびっくりするほど不運続きだった——まあ、今で言う機能不全家族だったので、それも仕方がないかもしれない。

　ホメロスの時代まで遡ってたどっていけるものは、ファンタジーだけではないようだ。

訳注

（1）ビルボはトールキンの『ホビットの冒険（*The Hobbit*）』の主人公。「ゆきてかえりし物語（There and Back Again）」は同書の副題であり、また、物語の終わり近く、ビルボ自身が自分の記した冒険の記録をそのように呼んでいる。

（2）ダンテの『神曲』。イタリア語の原題は *La Divina Commedia*（神聖喜劇）。英語の訳題はそのまま *The*

Divine Comedy。

（3）十七世紀のイギリスの詩人、ジョン・ミルトン。代表作『失楽園』は、旧約聖書の「創世記」をテーマにした壮大な叙事詩。

（4）堕天使。『失楽園』において、イヴを誘惑し、禁断の実を食べさせる。サタン。

（5）イギリスの詩人アルフレッド・テニスンの詩、「ガラハッド卿」からの引用。

（6）貴ガスとは、ヘリウム、ネオン、アルゴンなどの化学的に非常に不活性な元素群をさす用語。

（7）米国の神話学者。著書に『千の顔をもつ英雄』（邦訳はハヤカワ・ノンフィクション文庫ほか）など。

（8）ユング心理学における死と再生の原型。神話や物語の中で、しばしば苦難の体験として表現される。

大いに必要とされている文学賞

二〇一三年一月

私がサルトル賞のことを知ったのは、タイムズ文芸付録[1]の、いつも確実に楽しませてくれる最終頁「ＮＢ」の、Ｊ・Ｃという署名のある記事からだった。一九六四年にノーベル賞を拒否した作家にちなんで名づけられたこの賞の名声は、急速に高まっているそうだし、そうであるべきだと思う。この二〇一二年十一月号にＪ・Ｃが書いているところによれば、「〈賞辞退者のためのジャン＝ポール・サルトル賞〉のステイタスはとても高く、サルトル賞にノミネートされることを期待して、全ヨーロッパ・アメリカの作家たちが賞を辞退しているほどだ」。この賞について伝えることを誇らしく思っていることを感じさせる筆致で、彼はこうつけ加える。「サルトル賞自体は一度も拒否されたことがない」

サルトル賞の新たな最終候補は、ＰＥＮ（国際ペンクラブ）のハンガリーセンターからオファーされた賞金五万ユーロの詩の賞を辞退したローレンス・ファーリンゲティ[2]だ。この賞の賞金の一部は抑圧的なハンガリー政府によって提供されている。ファーリンゲティは丁寧な言葉で、その賞金を「全面的な言論の自由を擁護する著作をおこなっているハンガリー人著者の作品を出版するための基金を設立するのに使ってほしい」と述べた。

もし莫言[3]が彼のノーベル賞の賞金の一部を、全面的な言論の自由を擁護する著作をおこなっている中国人著者の作品を出版するための基金を設立するのに使っていたら、どんなにクールだったろうと、私は思わずにはいられない。だが、そういうことはまず、ありえないことだろう。

サルトルがノーベル賞を拒絶した理由は、名誉騎士団[4]やほかの似たような組織に加わることを拒んだのと一貫しており、いかにも、へそ曲がりの実存主義者に似つかわしい。彼は言った。「私がジャン＝ポール・サルトルと署名するのと、ノーベル賞受賞者ジャン＝ポール・サルトルと署名するのは、同じではない。物書きは自分自身が他者によって権威づけられることを拒まねばならない」もちろん、彼はすでに「権威」だった。だが彼は、個人としての自律性を重んじたのだ（彼がいかにして、そのような価値観と毛沢東思想との折り合いをつけたのかは、私にはわからない）。彼は権威ある組織に自分を所有させなかったが、反政府的民衆運動には加わり、一九六八年の五月危機のストライキを支持する街頭デモにおいて、市民的不服従のかどで逮捕された。ド・ゴール大統領は、「ヴォルテールをつかまえるわけにはいかんだろう」という見事なまでにフランス人的なせりふとともに、ただちに彼を放免した。

〈賞辞退者のためのサルトル賞〉が、私の真の英雄のひとりの名にちなんで、〈ボリス・パステルナーク賞〉と名づけられたのならよかったのに、と私は思う。だが、それはやはり不適切であっただろう。厳密に言うと、パステルナークは一九五八年のノーベル賞を辞退することを自ら選んだのではないからだ。彼は辞退せざるを得なかったのだ。もし、彼が授賞式に行こうとしていたら、ソ連政府は彼を速やかに、かつ、嬉々として逮捕し、シベリアの強制労働収容所《グーラーグ》に送りこんで、永遠の沈黙を強いただろう。

私も一度、受賞を拒んだことがある。私の辞退理由はサルトルのそれよりもしょぼいが、まったく関係がないわけではない。それは米ソの冷戦がもっとも冷えこみ、狂気の沙汰であった時代のことで、エスエフという名の小さな惑星でさえ、政治的な分裂と内輪もめが起こっていた。私のノヴェレット、「バラの日記」[5]が、アメリカSF作家協会（SFWA、現アメリカSFファンタジー作家協会）からネビュラ賞を授与されることになった。そして、ちょうど同じ頃、同じ組織が、ポーランドの小説家、スタニスワフ・レムから名誉会員資格を奪った。会員の中にかなりの数の冷戦の戦士がいて、その人たちは、鉄のカーテンの後ろに住んでいて、アメリカのSFについて無礼な口を利く男は共産主義スパイに決まっている、SFWAにはそんなやつの席はない、と感じていた。彼らはレムから会員資格を奪うために細かい規定をもちだし、それを適用するよう主張した。レムは気難しく傲慢で、ときには周囲を耐えられない気持ちにさせたが、勇気のある人だった。作家として一流であり、ソ連支配下のポーランドで可能だと思える以上の精神的独立性をもって、ものを書いていた。私はSFWAが彼に向けた粗野で浅ましい侮辱に憤慨した。私は自分の会員資格をかなぐり捨てた。そして、まさに政治的不寛容を見せつけたばかりの集団から、政治的不寛容についての作品で賞を受け取ることは恥知らずな気がして、ネビュラ賞の最終候補のリストから降りることを申し出た。受賞者発表の直前のタイミングだった。SFWAが電話してきて、競争から降りないよう説得しようとした。実のところ、私の作品の受賞が決まっていたからだ。だが、私はそれを受け入れるわけにはいかなかった。そして——高邁な倫理的理由に基づいて気高いポーズを決めた者を待ち受けている皮肉な結果として——私がもらうはずだった賞は次点の人に行った。冷戦の戦士たちのリーダーであるアイザック・アシモフに。

　私のささやかな受賞辞退を、サルトルの大きな受賞辞退に関連づけるものは、ある組織から賞をもらうことは、その組織に取りこまれること、その組織の体現者となることだという感覚だ。サルトルは一般的原則として、そういうことを拒否した。一方、私は特定の事態に対する抗議として行動した。しかし、自分自身を自分以外のものと同一視されるがままにすることに彼が抱いていた不信感には、私も共感できる。彼はノーベル賞が額に貼りつける「成功」という大きなラベルのせいで、いわば、自分の顔が隠されてしまうだろうと感じたのだ。自分がひとりの「ノーベル賞受賞者」となり、サルトルとしての権威は弱まってしまうだろう、と。

もちろん、それこそがまさに、ベストセラーシステムや文学賞システムの商業的機構が望んでいることなのだ。製品としての名前と、表紙に箔押《はくお》しされた成功のマーク（メダルの姿）が売上を保証してくれる。ノーベル賞作家なにがし。ベストセラー作家だれそれ。三十週連続でニューヨークタイムズのベストセラーに載っている何たらさん。ジェイン・D・ピュリツァー賞取り《ワンザピュリッツァー》。ジョン・Q・マッカーサー基金天才賞《マッカーサージーニアス》受賞者。(6)

賞を設立した人たちが、賞にそのような働きや意味をもたせたいと思っていると言っているのではない。現にそういうふうに賞が利用されているということだ。書き手に栄誉を与える方法として、賞には純粋な価値がある。だが、企業の商業主義によってマーケティング上の戦略に利用されること、またときには、賞を与える側によって政治的な仕掛けとして用いられることが、賞の価値を危険にさらしている。そして、賞の格や価値が高ければ高いほど、一層、損なわれやすくなる。

それでも私は、サルトルよりはるかにタフなマルクス主義者であるジョゼ・サラマーゴが、ノーベル賞を辞退しなくてよいと考えたことを喜んでいる。彼は知っていた。自分は何事にも――「成功」によってさえも――危険にさらされることはないし、いかなる組織にも取りこまれることはない、と。彼の顔は最後まで、彼自身の顔だった。そしてノーベル委員会の度重なる奇妙な選択と見落としにもかかわらず、ノーベル(7)文学賞は大きな価値をもち続けている。それはまさにノーベル賞が、パステルナークやシンボルスカやサラマーゴといった書き手たちと一体だとみなされているからだ。ノーベル賞は少なくとも、彼らの顔から放たれる光の反射で、わずかな輝きを帯びている。

それでもやはり、〈賞辞退者のためのサルトル賞〉は時宜に適った貴重な賞として、そしてそれ以上に、利用されて汚《けが》されるおそれの少ない安全な賞として、広く知られるべきだと、私は思う。誰かほんとうに軽蔑すべき輩《やから》が、私に賞をくれたらいいのに、と思う。そしたら、ただちに辞退して、サルトル賞の候補になれるだろうから。

訳注

（1）イギリスの週刊書評誌。一九〇二年にタイムズ紙（ロンドンタイムズ）の文芸付録としてスタートし、一九一四年に独立。

（2）一九一九年米国ニューヨーク州ヨンカース生まれのビートニク世代の詩人、出版業者。

（3）ばくげん。モー・イエン。一九五五年中国山東省生まれの作家。二〇一二年ノーベル文学賞受賞。

（4）レジオンドヌール勲章のフランス人受勲者からなる組織。サルトルはレジオンドヌール勲章を辞退したので名誉騎士団に加わることもなかった。

（5）短篇集『コンパス・ローズ』（邦訳は、ちくま文庫ほか）所収。

（6）ジェイン・Dは、裁判で用いられる仮名、ジェイン・ドウから。ジョン・Qは、平均的市民を意味するジョン・Q・パブリックという表現から。ワンザピュリツァー、マッカーサージーニアスはいずれも、著者が語呂合わせでつくったラストネーム。

（7）ポーランドの詩人。一九九六年ノーベル文学賞受賞。

TGANとTGOW

私が若い小説家だった頃、『それを眠りと呼べ』[1]のような埋もれた作品や『裸者と死者』のような大当たりした作品を、「偉大なアメリカの小説《ザ・グレート・アメリカン・ノヴェル》〔頭文字をとればTGAN〕」であると、書評家が熱をこめて宣言することが、割合しばしばあった。若い作家たちはこのフレーズを半分冗談で使った。「最近は、何を書いているんだい?」「ああ、もちろん『ザ・グレート・アメリカン・ノヴェル』さ」という具合に。このフレーズが用いられるのを見聞きしなくなって、少なくとも二、三十年は経っていると思う。たぶん、私たちは偉大さを断念したのだろう。そうでないにしても、アメリカ的な偉大さを断念したのだろう。

　私はかなり前から、文学の偉大さというものに、抵抗を感じるようになってきた。どれか一冊の本をTGANであると宣言するのはもちろん、「偉大なアメリカの本」のリストをつくるのも嫌だという意味だ。その理由だが、ひとつには、ジャンル小説を含まない卓越した作品のカテゴリーや、合衆国の東半分にいる男たちによる作品を、習慣的に無条件に贔屓している賞や必読リストや規範《カノン》が私にとってはまったく意味がないということがある。だが、主な理由は、時代が変わっても価値を失わないものが何であるかは、実際に時が経たなくてはよくわからないということだ。昔もそう思っていたし、今もそう思っている。かなり長い時間が経たなくては、どれがもちこたえられるかわからない。五十年、六十年はいわば序の口だ。

もちろん、すぐに感じられる卓越性、すなわちその瞬間を体現する芸術の本物のインパクトは、卓越性の中でも卓越した性質のものだ。そのような小説は、今、この瞬間にあなたに話しかける。それは、何が起こっているかを知ることが必要なときに、何が起こっているかを教えてくれる。それは、ほかの誰も代弁してくれない、あなたの属する年齢層や社会的グループに向かって話しかける。あるいは、今まさに悩んでいることを具体的に表現したり、そのときあなたがいるトンネルの先の明かりを見せてくれたりする。

永続的な卓越性をもつ本は皆、実は最初からすぐに感じられる卓越性をもつものであったのだと私は思う。それは当初、人目についたかどうかとは関係がない。それらの本の特別な質の高さは、その瞬間を超えて続く。それが携えている即時性、インパクト、意味は時が経っても減じないか、むしろふえていく。それは作者が対象だと考えていたのとはまったく違う年齢層、まったく違う人々にも伝わる。

ザ・グレート・アメリカン・ノヴェルといえば、『白鯨』の名が挙がるだろうか？　出版されたときには、さほど注目されなかったが、二十世紀にカノンとなった。たしかに、「偉大なアメリカの小説」のひとつに違いない。そして、「偉大なアメリカの小説家」（カノンになった小説家）といえば、ホーソン、ジェイムズ、トウェイン、フォークナー等々がいる。だが、ある二冊の本――私にとってほんとうに、即時かつ永遠に卓越している二冊の本は常に、そういうリストから外れている。偉大という言葉がお好きなら、この二冊をこそ、そう呼んでほしい。そして、この二冊は骨の髄までアメリカのものだ。

『アンクル・トムの小屋』について語るつもりはない――この本が大好きで、すばらしい本だと思っているけれども。今はもう一冊の本について語りたい。

暗い路地で、鋭いナイフをもって近づいてきた誰かに、「ザ・グレート・アメリカン・ノヴェルの名を言え。さもなくば命はないぞ」とおどされたら、私は声を絞りだして言うだろう。「『怒りの葡萄[2]』です」と。

一年前なら、そのようには言わなかっただろう。

この本を最初に読んだのは、十五、六のときだ。この小説は、バークレー高校の生徒だったちっぽけな女の子のおつむを遥かに超えていた（彼女の「レーダー」には引っかからない低位置にあった」というのがより正確かもしれない。もっとも一九四五年当時は、海軍にいるのでもない限り、レーダーのことなどあまり知らないのが普通だった）。最初のほうの陸亀についての章が私は好きだった。最後のローズ・オヴ・シャロンと飢えた男との場面は、魅了されるとともに、恐怖と困惑を覚えた。そのため、この場面を忘れることも、それについて考えることもできなかった。

この本の中のすべてが、私自身の経験の外にあり、私はこの本に出てくる人々を知らなかった。彼らは私の知っている人たちがすることをしない人たちだった。同じバークレー高校の生徒にもジョード家の子どもたちのような人がいたのに、そのことは私の頭にはまったく浮かばなかった。私は社会的に無知だった。それはミドルクラスの白人の町で育った白人の子どもにのみ可能なあり方だった。

ぼんやりと変化を意識してはいた。四〇年代には、造船所その他の軍事産業の雇用に応じて、南部や中西部の南のほうから、多くの人々がバークレーに流入した。おやと思ったのは、何の議論も通知もなく、突然、高校の食堂が、白人生徒側と黒人生徒側に分かれた――自然に分かれた――のに気づいたときだった。

ああ、なるほど。こういうふうになったのね。私より三歳上の兄のカールが在学していたときには、生徒会長は黒人の生徒——バークレーの地元の子ども——だった。あの、小さな、人工的につくられた平和な王国は、永遠になくなってしまったのだ。だが、私はそこに住み続けることができた。食堂の白人側で。

私は親友のジーン・エインズワースとともにそこにいた。ジーンの母のベスは、ジョン・スタインベックの姉だった。夫に先立たれた彼女は三人の子持ちで、シェル石油で働くとともに、自宅の一部を間貸ししていた。その家はバークレーヒルズの、私のうちよりも高いところ、ユークリッド通りをのぼっていったところにあり、入り江を見下ろす眺めがすばらしかった。まさに平和な王国だった。

私が東部の大学に進み、ジーンがニューヨーク市で働いていた時期に、同じくニューヨーク市に住んでいた「ジョンおじさん」と、私も知り合いになった。彼は美しい赤毛の姪を気に入っていた。もっとも、彼女が機知においても、情においても、自分と対等の存在だということがわかっていたかどうか、私にはわからない。

彼とジーンとともに、オハイオ州クリーブランドで催された盛大な結婚披露宴に招かれて、よく茂った低木の下に隠れるようにすわり、シャンパンを飲んだことがある。ときおり、ジーンか私が出ていって、新しい瓶を調達した。これはジョンおじさんのアイディアだった。

今では古臭い決まり文句だと感じられる、あるフレーズが大まじめに口にされるのを、私が初めて聞いたのは、その披露宴でだった。人々がジャッキー・ロビンソン[3]について話していたとき、ひとりの男が深刻そうな重々しい口調で、「この調子で行くと、今にやつらが隣に越してきますな」と言ったのだ。

その件のあと、私たちはシャンパンをもって茂みの陰に引っこんだ。「退屈な連中から離れて平和に飲もう」とジョンおじさんは言った。

晩年の彼は、そのふたつのことの両方を少々やりすぎたかもしれない。彼は贅沢な暮らしを愛した。『怒りの葡萄』を書いていた頃のようなストイックさには二度と戻らなかった。誰が彼を責められよう。名声と金が彼の上に降り注いでいたのだ。だが、もしかすると書けたはずの何冊かの本が書かれずに終わったかもしれないし、書いた本の何冊かは、もっと良いものになるはずだったかもしれない。

彼は若い日にスタンフォード大学で学んだ。そこで言われるままに輪くぐりの輪を次々くぐらなかったことについて、私は彼を尊敬している。まあ、何度も戻っていっては、ウォーレス・ステグナー[4]のような人たちから、ザ・グレート・アメリカン・ノヴェルはどのようなものであるべきかについて、いろいろ言われてはいた。彼はそれらの人たちの誰よりもはるかにうまく書くことができた。だが彼らは、彼が自分の技を磨くのを手助けしてくれたかもしれない。少なくとも、生まれ故郷のサリナスでの農場生活が与えてくれなかった種類の、作家としての自信をもっているかのようなふるまい方を示してくれただろう。もっとも、サリナスでの農場生活はほかのものをたくさん与えてくれたのだが。

さて、ジーンと私がまだ高校にいた一九四五年かそのあたりに、私は彼女の有名なおじさんの有名な小説を読んで、畏敬の念にかられ、退屈し、恐れおののき、さっぱり理解できなかった。

そして六十数年が経ち、私は思った。そうだ今こそ、スタインベックの作品を読んで、そのもち具合を調べてみよう、と。そしてパウエルズ書店に行き、『怒りの葡萄』を入手した。

本の終わり近くまで来たとき、私は読むのをやめた。苦しくて読み続けられないぐらいにはっきりと、結末を覚えていた。そして今回は、登場人物のすべての人々に共感し、彼らの心の中にはいりこんでいた。私はトムや「母さん」やローズ・オヴ・シャロンと夜も昼も一緒に暮らし、長い旅や強い希望、短い喜び、際限のない苦しみを共にしていた。彼らを愛し、この先何が起こるか、考えるのに耐えられなかった。それを体験したくなかった。私は本を閉じ、逃げ去った。

　翌日、本を手に取り、終わりまで読んだ。終始、涙に暮れていた。

　もはや本を読みながら泣くことはあまりない。ただ詩だけはべつで、言葉の短いほとばしりに、髪がぞわぞわし、心臓が膨《ふく》らみ、目が涙でいっぱいになる。しかし、音楽を聴いているときや、悲劇を観ているときに時々ある、胸が張り裂けるような思いを、小説を読んでいて経験することはまずない。だが、この小説ではまさにそうなった。

　読者を泣かせる本が偉大な本だと言っているわけではない。涙はすばらしい基準になりうるが、その基準が常に通用するわけではない。涙腺は効果的な感傷的刺激、すなわち心の琴線に触れる刺激に、膝蓋腱反射《しつがいけんはんしゃ》のように反応してしまう。たとえば、物語を読んでいて動物の死の場面に出会うと涙を流す人は多い。このこと自体は興味深いし、大切なことだ。まるで私たちが自分に、そういう場面ではささやかな涙を流してよいという許しを与えるかのようだから。けれどもそういう涙は、今、本題としている涙とは違う、もっと浅いものだ。音楽や悲劇がときおりするように私たちを泣かせる本は――深い涙、すなわち世界の中にある悲しみを自分自身の悲しみとして受け入れることから生じる涙を流させる本は――何か偉大なものを帯びているに違いない。

　アメリカにおける良いものと悪いものについてもっとも多くのことを教えてくれる本は何か？　もっともアメリカらしい本は何か？　ザ・グレート・アメリカン・ノヴェルは何か？　もし誰かにそう訊かれたら、私は何と答えるだろうか？　一年前なら――欠点もあるけれども――『ハックルベリー・フィンの冒険』だと言っただろう。だが、今なら――欠点もあるけれども――『怒りの葡萄』だと答えるだろう。

　『怒りの葡萄』の映画も観た。なかなかいい映画だ。この本の中の、映画が扱える要素に忠実だ。それに、ヘンリー・フォンダも良かった。

しかし、映画は目に見えるもので、小説は言語でできているものだ。そして、この小説において美しく力強いのは、その言語、すなわち、作者の目に映ったものを私たちに見せるだけでなく、感情の分かち合いにとって可能な限りの生々しさで、作者の激しい悲しみ、憤《いきどお》り、愛を味わわせてくれる技なのだ。

訳注

（1）ヘンリー・ロス著 *Call It Sleep*（一九三四）。一九六〇年代に、高く評価された。作品全体としては邦訳がないようだが、バーバラ・コーエンなど編、常盤新平訳の『ニューヨーク拝見』（白水社）では『それを眠りと呼べ』というタイトルで、また柴田元幸著『生半可版英米小説演習』では『コール・イット・スリープ』として紹介され、それぞれ抜粋が読める。
（2）原題は *The Grapes of Wrath*。本エッセイのタイトルのＴＧＯＷは、この原題の頭文字をとったもの。
（3）米国のプロ野球選手。一九〇〇年以降の、黒人選手が締め出されていたメジャーリーグにおいて、初めての黒人選手としてプレイし（一九四七～五六）、活躍した。
（4）米国の小説家、歴史家、自然保護活動家。スタンフォード大学などで教えた。

再び、TGANについて

二〇一三年十一月

「ニュー・ブックエンズ」欄が取り上げた問い、「女性による偉大なアメリカの小説はどこにあるのか?」に、パキスタンの小説家、モーシン・ハミッドから興味深い問いが寄せられていた。*

……「偉大なアメリカの小説《ザ・グレート・アメリカン・ノヴェル》」は死すべきだと唱える私を許していただきたい。

問題はこのフレーズそのものにある。「偉大な《グレート》」と「小説《ノヴェル》」は悪くない。だが、「ザ(the)」は不必要に排他的だ。そして「アメリカの《アメリカン》」は残念ながら、視野が狭い感じがする。各単語の語頭を大文字で書いてあるのを全体として見ると、おそらくは植民地時代の名残である、根強い自信のなさに訴えかけようとしているように思われる。ホメロスの『イリアス』やルーミー(1)の『精神的なマスナヴィー』を「偉大な東地中海の詩《ザ・グレート・イースタン・メディテレイニアン・ポエム》」と呼んだら、どんなに奇妙に聞こえることだろうか。

私はこの文章がとても好きだ。

だが、タイトルの問いかけ自体にもったいぶった、押しつけがましい感じがあり、私は、頭を下げ、角を前方に向けて、闘牛場に突っこみたい気分になる。** 私ならこの質問に対して、もうひとつの質問を返すだろう。「誰によるものであれ、ザ・グレート・アメリカン・ノヴェルなんてどこにあるの?」と。そして、自分でそれに答える。「そんなこと誰も気にしちゃいないわ」と。

それは、ハミッド氏がもっと丁寧な言い方で言っていることにかなり近いと思う。彼は書いている。

［芸術は］黒人か白人か、男か女か、アメリカ的か非アメリカ的かといった概念よりも大きい。人間は必ずしも、人種、ジェンダー、国籍によってきっちり分かれた箱の中に（もしくは、その箱に対応して）存在するものではない。私たちが考えなしに、人々をそういう箱にふり分けてしまうことはしばしばあるけれども。そのような構造を強化することを文学に求めるのは誤りである。文学はむしろそういう構造を砕くものだ。文学こそ、私たちが自らを解き放つ場である。

この主張に、万歳三唱と「そうなりますように《アーメン》」を捧げよう。

* 〔原注〕次に示す引用部は、『ニューヨークタイムズ・ブックレビュー』（訳注――ニューヨークタイムズ日曜版の一部をなす書評誌。この部分だけの定期購読も可能）二〇一三年十月十五日号に掲載された「ニュー・ブックエンズ」欄のモーシン・ハミッドのコラムからのもの。

** 〔原注〕一九二〇年代、私設闘牛場のあるペルーのアシエンダ（大農園）で、私の両親は見習い闘牛士が雌牛と戦うのを観た。動物を傷つけることだけを除いて、完全な形で儀式がおこなわれた。最後にも殺戮はなかった。これが最高の訓練になるのだと、両親は教えられた。雌牛で練習したあと、雄牛を扱うのは容易だから、とのことだった。怒った雄牛は赤い旗に向かっていくが、怒った雌牛は闘牛士に向かっていく。

だが、私はひと言、こうつけ加えたい。私にとってこのフレーズ、「ザ・グレート・アメリカン・ノヴェル」の要《かなめ》は「アメリカン」の語ではなく、「グレート（偉大な）」という語だと。抜群の、あるいは独特の達成という意味での「偉大さ《グレートネス》」は、密かに性別を示唆する語だ。普通の用法と一般的な理解において、「偉大なアメリカ人」は偉大なアメリカ人男性を、「偉大な作家」は偉大な男性作家を意味する。性別を変えるためには、「偉大な《グレート》」が女性性をもつ名詞を修飾するようにしなくてはならない（「偉大なアメリカ人女性」とか「偉大な女性作家」とかいうふうに）。「偉大な」から性別の示唆を取り除くには、「男女を問わず、偉大なアメリカ人／作家は……」といった特殊な表現形式で用いるしかない。一般的な抽象概念としての「偉大さ」は未だに男性の領域のものだと考えられている。

ザ・グレート・アメリカン・ノヴェルを書こうと企てる作家は、自分自身をその領域の自由な市民だとみなしているに違いない。生きている人であれ、死んだ人であれ、ほかの作家と対等な立場で競い合って、輝かしい賞や比類ない名誉を目指しているのだと考えている。彼のキャリアはコンテストであり、戦闘であり、ほかの男たちを打ち負かすことがそのゴールだ（女たちのことを競争相手だとは考えていないだろう）。作家は特権をフルに享受する男性で、戦士であり、文学はトーナメントであり、偉大さとは他者を打ち負かすことだとする、そういう見方においてのみ、「ザ」・グレート・アメリカン・ノヴェルという概念が存在する。

こういうのは、今日、十四歳を超える作家たちの大半にとって承服し難いことだ。賭けてもいい。「ザ・グレート・アメリカン・ノヴェル」は、読者やファン、広告宣伝に携わる人たち、書評家たち、作家の作品を読まず、有名人として作家の名前を知っているだけの人たち、ブログのネタが必要な人たちなどの間ではいざしらず、作家たちの間では、よく普及している意味のある概念などでは、まったくない。

こんなことを言うと、競争心に価値を置き、女のいけないところは、競争をすべきではない、あるいは競争できないと考えることだとする女たちから非難されるかもしれない。だが、それでも私は言う。ザ・グレート・アメリカン・ノヴェルを書くつもりだ、とか、書きたい、という言葉が女の作家の口から出るのを聞いたことが一度もない。それはとても納得できることだ。

実のところ、私は、女の作家が「ザ・グレート・アメリカン・ノヴェル」というフレーズを、軽蔑や憤りの響きなしに口にするのを聞いたことがない。

競争心にどんな価値があるにせよ、女は今でも社会によって、男の偉大さより偉大な偉大さを求めることに慎重であるよう、骨身にしみるほど深く教えこまれている。ご存じのように、男が当然の権利のように自分たちの分野だとみなしている分野で、男たちと競争して成功を収めると、そのために罰せられる危険がある。文学は、非常に多くの男たちが当然の権利として自分たちのものだと考えている分野だ。ヴァージニア・ウルフはその分野において競争し、成果を収めた。彼女は最初の、そしてもっとも効果的な罰——死後、文学のカノンから外されること——を何とか免れた。しかし、八十年ないし九十年たった今でも、俗物性や心の弱さに対する非難が、彼女の名誉を傷つけ、彼女を卑小化するのに用いられている。マルセル・プルーストの弱みや神経症的傾向は、少なくとも彼女と同程度に顕著だった。しかし、プルーストが自分だけの部屋を必要としたのみならず、コルクで内張りした部屋が必要だったということは、天才の証《あかし》とみなされている。だがウルフが、鳥がギリシア語でさえずるのを耳にしたのは、彼女が病んでいたことしか示さない。

男たちが「本来の姿の二倍のサイズに映る」[2]ことを必要とする限り、女の作家は彼らと公開で競争するのは危険だと知っている。ザ（またはア）・グレート・アメリカン・ノヴェルを書きたいと思っていても、それを書く計画があるとか、書いたとかいうことは、まず口にしない（男の作家はときどき、そういうことを言う）。そして女の作家は自分がピュリツァー賞、あるいはブッカー賞、あるいはノーベル賞に値すると感じたり、くれるなら貰ってもかまわないと思っていたりしても、ほとんどの文学賞が、男たちをひどく贔屓した選考をするので、重要な賞のほとんどに関係する社会的な努力や人脈づくり、注意深いセルフプロデュースなどに大変な労力を費やしても見返りが望めないことを知っている。

　だが、リスクを避けることだけが、女の作家たちが競争をしない理由ではない。一番になるため、文学の世界で最高位に立つための競争は、女たちにとって、男たちの目に映るほど、華やかな可能性に満ちたものとは感じられないので、たったひとつの偉大さ——たったひとつの偉大な何かになること——という概念は、男の想像力を刺激するほどには、女の想像力を刺激しないのかもしれない。リストに載っている騎士たちは、賞が手にはいりうること、その賞には勝ち取るだけの価値があることを信じるしかない。前座試合や控え枠に追いやられた人々には選手権大会の判定の不確かさがはっきりと見え、輝かしい賞の価値を疑うことが可能になる。

「ザ」・グレート・アメリカン・ノヴェルが欲しいのは一体、誰だろう？　宣伝広告に携わる人たちだ。ベストセラーはほかの本よりよく売れるから、ほかの本より良い本なのだ、そして、賞を取った本は賞を取ったのだから、一番良い本なのだと信じている人たち。疲れた先生たち、臆病な先生たち、文学を構成する偉大で複雑な本をたくさん読むよりも一冊の決められた本を読むほうがいい怠け者の学生たち。

　芸術は競馬ではない。文学はオリンピックじゃない。ザ・グレート・アメリカン・ノヴェルなんかに用はない。私たちは今必要とする偉大な小説群をちゃんともっている。そして今、この時にも、ある男、あるいは、ある女が書いている——将来、私たちが読んで初めて、これこそ自分たちが必要としていた小説だと知ることになる新しい小説を。

訳注

（1）十三世紀のペルシアの詩人。

（2）ヴァージニア・ウルフの次の文章を踏まえた表現。「過去何世紀にもわたって、女性は鏡の役割を務めてきました。鏡には魔法の甘美な力が備わっていて、男性の姿を二倍に拡大して映してきました」（『自分ひとりの部屋』片山亜紀訳、平凡社ライブラリーより）。

道徳的な難問を突きつける語りの才能

二〇一二年五月

語りの才能――そう呼んでいいだろうか？　書き物の世界で発達してきたような、ストーリーテリングの技のことだ。

ストーリーテリングは明らかに天賦の才、生まれつきの特殊な能力だ。まったく持ち合わせていない人たちもいる。突っ走るように話したり、だらだら話を続けたり、出来事の順番をごっちゃにしたり、大切なことをすっ飛ばしたり、どうでもいいことをくどくど言ったりしたあげくに、クライマックスを台なしにしてしまう。誰でも親戚にひとりぐらいいるのではないだろうか――どうか冗談を言おうとしないでくれ、一族の歴史を語り出さないでくれ、とみんなが祈っている人物が。そういう人の冗談はまったく笑えないし、一族の歴史は退屈だ。でも、親戚に、こんな人もいるかもしれない。くだらない、どうでもいいような出来事を取り上げて、本の宣伝文句でよく言う、胸が苦しくなるような、はらはらする物語にしたて、最後に大爆笑を引き起こすような人。いとこのヴァーンの言うとおり、確かにいとこのマイラは、物語を語る術を知っている、とか――そういうこともあるだろう。

もし、そのいとこのマイラが文学に進めば、作家たちには手強《てごわ》い競争相手ができる。

だが、フィクションを書くことにとって、そのような技はどのぐらい重要だろうか？　その技がどのくらい、そして、その技のうちのどういう種類のものが、優れた創作に必須だろうか？　そして、語りの才と文学的な質との間にはどういう関係があるだろうか？

私はストーリーについて話している。プロットについてではない。E・M・フォースター[1]はストーリーを軽視していた。彼は、「王妃が死んだ。それから王が死んだ」というのがストーリーで、「王妃が死んだ。それから、王が悲しみのあまり、死んだ」はプロットだと言った。彼にとってストーリーは単に、「こういうことが起こった。そしてそれから、こういうことが起こった。それからこういうことが起こった」、つまり関係はないが、続いているものだ。プロットは結びつきや因果関係を導入し、ゆえに、形状や形式をもたらす。プロットはストーリーを納得のいくものにする。私はE・M・フォースターを尊敬しているが、この説は信じていない。子どもたちはよく、「こういうことが起こって、それから、こういうことが起こった」という話し方をする。大人も何のてらいもなく夢や映画の内容を語るときに、同じことをする。だが、文学においては、フォースターの言う意味でのストーリーは存在しない。どんなにくだらない金儲けのための「アクション」小説でも、無関係な出来事の単なる連なりだということはない。

私はストーリーを重視している。私はストーリーこそ、語りに必要不可欠な軌道だと思う。一貫した前向きの動き。読者を「ここ」から「あそこ」へと連れていくもの。プロットは、私にとってはストーリーの動きのバリエーション、あるいは複雑さである。

ストーリーは進む。プロットはその進行を細かく作りこむ。

プロットはためらったり、立ち止まったり、後戻りしたり（プルースト）、予想したり、飛躍したり、同じような軌道を二度、三度通ったり（ディケンズ）、ストーリーラインの上に幾何学的な図形を描いたり（ハーディ）、ストーリーをアリアドネの糸にして迷路を通り抜けさせたり（ミステリー一般）、ストーリーをクモの巣に変えたり、ワルツにしたり、全体のリズムを合わせた雄大な交響楽的構造にしたり（長篇小説一般）する。

すべてのフィクションには限られた数（三つとか五つとか十とか）のプロットしかないと考えられている。私はこれにも納得できない。プロットはたくさんあっていいし、いくらでも精巧でありうるし、結びつきや因果関係や複雑な作りこみにも限りはない。だが、プロットのひねりや意外な展開、引っかけやまやかしの間をくぐり抜けて、ストーリーの軌道は存在し、前に進んでいく。それが前へ進まなかったら、フィクションは失敗に終わる。

ストーリーを伴わないプロットは可能だと思う——たとえば、読み通すのにGPSがいりそうな、とんでもなく複雑で知的なハードルの高いスパイスリラーとか。そして、文学的フィクションでは、プロットを伴わないストーリー（ウルフの短篇「壁のしみ」[2]はたぶんこれにあてはまる）が時折ある。文学的ノンフィクションには、もっとしばしばある。たとえば、伝記は、対象者が自ら進んでプロットを（それを生きることによって）提供してくれない限り、プロットをもつことができない。しかし、偉大な伝記作家なら、その人生のストーリーに、プロットのあるフィクションがもつのと同等の美的な完璧さがあると読者に感じさせてくれる。拙《つたな》い伝記作者や回想録筆者はプロットをでっちあげ、事実に即したストーリーに無理やりくっつける。彼らは事実に即したストーリーを、それだけで十分読めるものとして信頼しておらず、それゆえに却って一層、信頼できない代物にしてしまうのだ。

プロットがあってもなくても、良いストーリーが正しく語られれば、そのままで、それ自体で、満足できるものになると私は信じている。だが、この「正しく語られる」ということが、私にとっての難題であり、解くべき謎である。書き方がへたなせいで、良いストーリーが損なわれるというのは、ほんとうにへたくそな場合だけである。いたって伝統的な平凡な散文でも、読者の心を惹きつけ楽しませるストーリーを語ることができる——書き手にその天賦の才があるならば。

この前の冬、ストーリーテリングがすばらしくて、最初からずっとページをめくり続けずにはいられない本を読んだ。書き方はまあ標準的で、凡庸の域を脱しているのは、一部の会話だけだ（労働者階級の人々の方言を聴きとる著者の耳は完璧だ）。登場人物の何人かは生き生きと、あるいは共感をこめて描かれている。だが、みんなステレオタイプだ。プロットには大きな穴がたくさんある。だが、信頼性をひどく損なっているのは、そのうちのひとつだけだ。ストーリーラインは次のようなものだ。舞台は一九六二年から六四年にかけてのミシシッピ州ジャクソン。二十代前半の野心に富む白人女性が、メイドをしている黒人女性たちに対して、過去や現在の白人の雇用者たちとの間で経験したことを語るよう説得する。黒人のメイドたちの話をもとに本を書き、ハーパー&ロウ社に売りこんで世界の人に読んでもらい、ニューヨークに行って富と名声を得る、というのが彼女の目標だった。メイドたちは語り、彼女は本を書いた。そして、二、三の高慢で意地悪な白人女性が面目を失ったことを別にすれば、この件でひどい目に遭った者はひとりもいなかった。

　梃子《てこ》を置く、しっかりとした場所さえあれば、地球だって動かせる、とアルキメデスは言った。ストーリーの軌跡も同じだ。深く暗い川に浮かべた板の上に立っても、ストーリーを遠くまで届かせることはできない。しっかりした足場が必要だ。

　それとも、そうではないのだろうか？

　この著者は足場として、うんざりするほどセンチメンタルな概念しかもっていなかったのに、そこから見事な球を投げているではないか。

ストーリーそのものが、精神や感情、そして芸術としての誠実さにまさる力を発揮しているのが、こんなにはっきりと示されているのを見たことは、これまでにあったにしてもごくまれだ。

そして私はこのことについて考えなくてはならなかった。というのは、その数か月前に、明晰な思考、率直な感情、一途な情熱を支えるために語りの才能が発揮されている本を読んだところだったからだ。その本では非常に複雑なストーリーが語られている。そのストーリーは何十年にもわたっていて、世の中から隔絶された研究所で細胞のクローンをつくる遺伝学者から、黒人ばかりの農村の掘っ立て小屋に住む家族まで、非常に多くの人がかかわっている。科学的なコンセプトや議論が明晰に説明される一方で、ストーリーが前に進んでいく勢いは一瞬たりとも止まらない。そのストーリーはかかわっている人々を、人間的な共感と安定した聡明な倫理感をもって取り扱う。途中で読むのをやめることができる人がいたら、大したものだと思う。私にはできなかった。注釈に至っても、索引に至ってもやめられなかった。もっと続けて、もっと教えて、と叫びたい気持ちだった。


この二冊の読んでおもしろい本は、文学的な質において大きな差異があると思う。その違いは、具体的な性質的特徴と関係しているに違いない――とりわけ、忍耐強さ、正直さ、そして危険を冒すことに。

『ヘルプ』[3]の著者である白人女性キャスリン・ストケットが書いたのは、白人女性が、白人の召使いとして働く黒人女性たちを説得して、その生活の中の不公正と困難さをこまごまとした事柄に至るまで語ってもらうという話だ。一九六二〜六四年のミシシッピだということを考えると、その企ては到底、ありえないことだと感じられる。白人雇用者が黒人女性たちが言いつけ口をしているのではないかと疑い始めたときも、同じように説得力のない計略のおかげで、女性たちは職を失わずに済む。女性たちの唯一の動機は、自分たちの話が印刷されているのを見たいということだ。あの時、あの場所で証言することで、彼女たちが冒したであろう死の危険は、真剣な想像の産物ではなく、サスペンスを盛り上げる手段として利用されているだけだ。その白人女性の動機は一種の高尚な野心だ。彼女の冒す危険はすべて報酬に変わる。彼女は邪悪な友人たちや偏狭な恋人と別れ、大都会での輝かしいキャリアを求めてミシシッピを去る。黒人女性たちへの著者の共感や、彼女らの毎日の生活についての理解は確かに認められるが、私の感じるところでは、ほかの人たちの代弁をする権利を得ていないのに自分にそれがあると著者が思いこんでいることで、それすら疑わしいものに見え、ストーリーがありそうもない方向に都合よく捻じ曲げられることで、すべてが台なしになった。

『不死細胞ヒーラ――ヘンリエッタ・ラックスの永遠なる人生』[4]を書いた白人女性、レベッカ・スクルートは何年もかけて科学研究、盗み、発見、誤り、欺瞞、隠蔽、搾取、償いの織りなす複雑で巨大なクモの巣を調査した。そしてそれと同時に、信じがたいほどの辛抱強さと善意をもって、その厖大な研究と利潤追求の端緒となったヘンリエッタ・ラックスの人生からもっとも直接的に影響を受けた人々――すなわち、彼女の家族の信頼を得るよう努めた。その人たちは、誰であれ白人を信用したら、危険にさらされ、裏切られるだろうと感じていても無理のない理由をもつ人たちだった。スクルートが彼らの信頼を得るには、文字通り、何年もかかった。彼女は辛抱強く、喜んで耳を傾けて学ぶ姿勢と、厳密な意味での正直さをもち、過去において誰がそして何が真の危険にさらされていたのか、現在はどうなのかを深い共感とともに認識した。そしてそれによって、自分が彼らの信頼に値することを示したのだ。

「もちろん、彼女のストーリーのほうが優れている」とグラッドグラインド氏[5]が言う。「ノンフィクション、つまり、事実だからね。フィクションはデタラメに過ぎない」

あら、でもグラッドグラインドさん。ノンフィクションにもデタラメなのはいっぱいありますよ。昔、私のお母さんは私にひどくつらくあたった。でも、やがて私は幸せを見つけた。ドコデモナイ国《こく》の素敵な古いお城を買って、手を入れて、特別なお客様のためのグルメB&Bを開いたのだ。そしてその一方で、村の子どもたちに、現代的な教育の機会をもたらした……とかね。

そして逆に、私たちが多くの真実を学べる小説もある——たとえば、グラッドグラインドさんの出てくる小説とか。

いや、問題はそこじゃない。問題は——私にとっての問題はストーリーを語る才能に関することだ。

私がとりあげた二冊の本の片方が薄汚れた綿埃で、もう一方が純金だとしたら、どうして私はそのいずれも、読むのをやめられなかったのだろう?

訳注

（1）エドワード・モーガン・フォースター。イギリスの小説家。作品に『ハワーズ・エンド』『インドへの道』等。

（2）原題 *The Mark on the Wall*。邦訳は『壁のしみ——短編集（ヴァージニア・ウルフ・コレクション）』（みすず書房）、『ヴァージニア・ウルフ短篇集』（ちくま文庫）などに所収。

（3）原題 *The Help*。邦訳は集英社文庫。

（4）原題 *The Immortal Life of Henrietta Lacks*。邦訳は講談社。

（5）ディケンズの小説『ハード・タイムズ』（原題 *Hard Times*。邦訳は英宝社、あぽろん社）の登場人物。事実だけを重んじ、情を解しない現実主義者の代名詞。

そのあり方でなくてもいい

二〇一一年一月

妖精の国の基準［によると］2たす1が3にならないという想像はできないが、実がならない木は容易に想像できる。実がならない木に、燭台がなったり、しっぽでぶらさがっている虎がなったりするのも想像できる。

右に掲げたのは、G・K・チェスタトン[1]の文章の引用で、タイムズ文芸付録二〇一一年六月十日号に掲載されたバーナード・マンゾによる興味深い記事から孫引きさせてもらった（マンゾはチェスタトンの著作の何から引用したのか明らかにしていない）[2]。この文章は私に、民話からファンタジーまでの想像力の文学がどのような働きをするかを考えさせ、想像力の文学と科学との関係について自問させた。もっとも、科学との関係は、これから書く文章の最後にならないと出てこない。

空想的な物語では、物理的法則を一時的に停止させてもかまわない。絨毯は空を飛び、猫はにやにや笑いだけを残して消える。蓋然性の法則に対しても同様で、三人兄弟のうち、花嫁を得るのは決まって末っ子だし、川や湖に投げこまれた箱の中の赤子は無事に生き延びる。しかし、空想的な物語が現実に対して反抗するのは、そこまでである。数学的秩序に異議が申し立てられることはない。コシチェイ[3]の城でも、アリスの不思議の国でも2たす1は3だ（とりわけ、不思議の国では間違いなくそうだ）。ユークリッドの幾何学、それともリーマン[4]の幾何学かな、とにかく誰かの幾何学が配置図を支配する。そうでなかったら、不整合が生じて語りを止めてしまう。

子どもっぽい空想と想像力の文学とをはっきり分ける違いがある。「お話をする」子どもは想像上のものと、半分しか理解できていないものとの間を、そのふたつの違いもわからないままうろつき回る。彼らは言葉の響きと純粋な空想遊びに満足している。空想遊びに特に目的はなく、それこそが魅力なのだ。だがファンタジーは、民話であれ、洗練された文学であれ、要求水準の高い大人に応える物語だ。一部の物理的法則が無視されることはあるが、因果関係の法則が無視されることはない。ファンタジーは、ここに始まり、あそこに行く（ここに戻ってくる場合もある）。旅の方法は普通ではないかもしれないし、ここもあそこも飛びきり風変わりで馴染みのない場所かもしれないが、それでも、その世界の地図での位置があり、私たちの世界の地図とも関係がある。そうでなかったら、その物語の聞き手、あるいは読み手は、筋の通らない矛盾したことばかりの海を漂流する羽目になるだろうし、さらに悪い場合には、作者の願望的思考の水たまりで溺れてしまうだろう。

そのあり方でなくてもいい——それがファンタジーの主張することだ。「何でもいい」とは言わない。それは無責任だ。2たす1が5だの47だのになったら、物語の帳尻が合わなくなる。ファンタジーは「あるのは無だ」とは言わない。それはニヒリズムだ。そしてファンタジーは「こういうふうであるべきだ」とも言わない。それはユートピア的理想主義で、ファンタジーとは別の企てだ。ファンタジーは改善を目指すものではない。ハッピーエンディングは、どんなに読者に喜ばれるとしても、登場人物たちにとってのものだ。ファンタジーはフィクションであって、予言でも処方箋でもない。

そのあり方でなくてもいいは、フィクションというコンテキストで言われるときには——つまり「現実のこと」だと主張することがない場合は——遊びを含んだ宣言だ。だが、それでもやはり、物事を転覆させる勢いをもつ。

転覆は、人生への適応がうまくできていると感じていて、物事が現状通りに続いてほしいと願っている人には気に入られない。また、物事はあるべき状態になっていると請け合ってくれる権威からの援助が必要な人にも好かれない。ファンタジーは「物事が現状通りに続いていかなかったらどうなるだろうか」と問いかけはしないが、違うふうに変わったら、どんな感じなのかを示し、そうすることで、物事は今の通りでなくてはならないという信念の土台を侵食する。

そして、ここに、想像力と根本主義（ファンダメンタリズム）[5]との相克が始まる。

丁寧につくられた想像上の世界は、多くの点で宗教その他の宇宙論に似た心的構築物である。正統的な考えの人がもしこの類似に気づけば、深く悩まされることになるかもしれない。

根本的な信念がおびやかされるときの反応は、怒り、あるいは拒否という形をとりやすい。つまり、「忌むべきものだ！」か「くだらない《ナンセンス》！」のどちらかだ。ファンタジーは宗教的根本主義者からは、嫌悪すべきものとして扱われる。この人たちの現実を形づくる頑《かたく》なな心的構築物は、問いかけに触れられただけでぶるぶる震える。そしてファンタジーは、実際的根本主義者からは、ナンセンスという取り扱いを受ける。この人たちは現実を、じかに知覚できるもの、じかに利益が得られるものに限定したいのだ。根本主義はすべて、想像力を用いることを厳しく制限する。その制限を破ると、根本主義者の想像力そのものが暴走し、神と理性、そして資本主義的な生活の仕方が埋もれてしまうような恐ろしい砂漠や、虎たちがしっぽで木にぶらさがり、自らの燃えるような輝きで狂気への道を照らす夜の森[6]を思い浮かべる。

ファンタジーをはねつけるにしても、もう少し穏やかに、極端に頑強なスタンスからではなく、そうする人たちは、ファンタジーを「夢」あるいは「逃避」と呼ぶ。

夢と幻想文学が関係しているのは、心の中の、通常は覗けないほど深いレベルにおいてだけだ。夢は知性の制御から自由だ。夢における語りは非合理的で不安定だ。そして審美的な価値があるとしても、それはたまたま生じたものだ。幻想文学はほかのすべての言語芸術と同じく、審美的能力と知性の両方を満足させるものでなくてはならない。奇妙に聞こえるだろうが、ファンタジーは完璧に合理的な企てなのだ。

逃避ではないかという非難について言えば、そもそも、逃げるとはどういうことなのか？　現実の生活から、責任から、命令や義務や敬神から逃げるというのが、その非難に含意されていることだ。犯罪的に無責任だったり、あわれなほど無能力だったりする場合を除いて、誰も牢獄に逃げこみはしない。逃げる方向は、自由に向かう方向だ。ならば「逃避」というのは何に対する非難なのだろう？

「物事はどうして現状のようなのだろう？　こういうふうでなければならないのだろうか？　もし、こうじゃないとしたら、どんなふうだろう？」このような問いを発することは、現実の偶然性を認めること、あるいは、少なくとも、現実に対する私たちの知覚が不完全かもしれず、それに対する私たちの解釈も恣意的であったり、間違っていたりするかもしれないということを認めることだ。

哲学者たちから見れば、私が言っていることは、子どもじみていて愚かだということはわかっている。だが、私の頭では哲学者たちの議論についていけないし、ついていきたいとも思わない。だから、愚かなままでいくしかない。哲学の訓練を受けていない普通の人にとって、この質問――どうして物事はこのようでなくてはならないのか、今、ここにあるような、あり方でなくてはならないのか、こういうものだと教えられてきたような、あり方でなくてはならないのか――は、重要な問題かもしれない。ずっと閉じられたままだったドアをあけることは、重要な意味のある行為だ。

政治的・社会的・経済的・宗教的・文学的などのさまざまな面で、現状を維持したり、擁護したりしている人たちは、想像力の文学をけなしたり、邪悪なものとして見たり、無視したりするかもしれない。それは、想像力の文学がその本質からして、ほかのいかなる種類の書き物にも増して転覆させる勢いをもっているからだ。想像力の文学が、抑圧に対する抵抗のための有効な道具になることは、何世紀にもわたってくり返し証明されてきた。

しかし、チェスタトンが指摘したように、ファンタジーはニヒリズムの暴力――すべての法を破壊し、すべての船を燃やすような暴力――の手前で止まる（トールキン同様、チェスタトンも、想像力の文学の書き手であるとともに実践を伴うカトリック教徒だったので、緊張や限界をとりわけ強く意識していただろう）。2たす1は3。ふたりの兄が冒険に失敗し、末っ子がやりとげる。作用は反作用に出会う。コロノス[7]やサウスダコタ州におけると同様、中つ国[8]でも悪しき運命と幸運と必然性は厳然たるものだ。ファンタジーは「ここ」に始まり、「あそこ」で終わる（あるいは「ここ」に戻る）。そこでは、語りの芸術の、把握しがたく避けられない義務と責任が物語を動かす。下の固い地面の上では、物事は、あらねばならぬあり方をしている。何事もそのあり方でなくてよいのは、その地面を離れた上の世界だけである。

あなたが自由と不確実性を恐れているのでない限り、ファンタジーの中には何も恐れるべきものはない。だからこそ、私には、科学が好きなのにファンタジーが嫌いな人がいるのが想像しがたい。科学とファンタジーはどちらも、不確実性を許容し、答えられていない問いを喜んで受け入れることに深く根ざしている。もちろん、科学者は物事がどのようなあり方をしているかを探求しているのであり、ほかにどんなあり方を示しうるか想像しているわけではない。だが、このふたつの働きは、相反するものなのだろうか？　それとも関係しているのだろうか？　私たちは直接に、現実に疑問を投げかけることはできない。自分たちの慣例や信条、正統的な伝統、現実構築の仕方について問いただすことによってのみ、それができる。ガリレオが言ったことも、ダーウィンが言ったことも、要するに「私たちが考えていたようなあり方とは限らない」ということなのだ。

訳注

（1）ギルバート・キース・チェスタトン。イギリスの批評家、小説家。作品に〈ブラウン神父〉シリーズの推理小説など。
（2）チェスタトン著の『正統とは何か』（原題 *Orthodoxy*。邦訳は春秋社）の第四章が出所と思われる。
（3）スラヴ民話に登場する悪い魔法使い。
（4）ドイツの数学者。彼の創始したリーマン幾何学は非ユークリッド幾何学のひとつである。
（5）宗教上の基本的な掟や教えに厳格に従うこと。原理主義。キリスト教においては、聖書に書かれていることすべてを文字通りに信じることで、通例、根本主義と訳される。
（6）ウィリアム・ブレイクの詩「虎」の冒頭の詩句を思い出させる。
（7）古代ギリシアのアテナイ近郊の地。ソフォクレス作の悲劇『コロノスのオイディプス』の舞台でもある。
（8）『指輪物語』などのトールキンの作品に描かれている世界の中の主要な大陸。人間、エルフ、ホビット、ドワーフなどさまざまな種族が住む。

ユートピア〈陰〉、ユートピア〈陽〉

二〇一五年四月

ユートピアとディストピアについての考察を少々。

「良い場所」に対する昔の素朴なビジョンは、今ここで、自分がコントロールできないものをコントロールし、今ここで所有していないものを所有するという埋め合わせ的な空想だった。そういうわけで、秩序正しい平和な天国が思い描かれた——たとえば天女《フーリー》たちのいるイスラム教の楽園。つまり理想の世界だ。そこに至る方法は簡明だが、峻烈でもあった。それは死ぬことだった。

トーマス・モアの非宗教的で知的な心的構築物である『ユートピア』もやはり、ここと今に欠けているもの——人間の生活の人間による合理的なコントロール——への欲求の表現だったが、彼の「良い場所」は「どこにもない場所」だと明示された。[1] それは頭の中にしかない。建設予定地のない青写真に過ぎない。

それ以来、ユートピアはあの世にではなく、地図にないところ、海の向こうか山の向こう、未来、あるいはほかの惑星など、住みよいけれども到達できないどこかに位置してきた。また、『ユートピア』以降の、すべてのユートピアは、良い場所と悪い場所の両面をもっていた。それが明示される場合も、曖昧《あいまい》に示唆されるだけの場合もあったし、実際のこととして示される場合も、可能性として示される場合もあった。著者の判断においてそうである場合も、読者の判断による場合もあった。いずれにせよ、すべてのユートピア[2]はディストピア[3]を包含し、すべてのディストピアはユートピアを包含する。

陰陽のシンボル[4]のそれぞれの半分は、自分の中にもう一方の一部を含んでいる。それは双方が完全に相手に依存し、それぞれが絶え間なくもう一方へと変化していくことを意味している。図は静止しているが、それぞれの半分が変化の種子を含んでいるのだ。そのシンボルが表わしているのは静止状態ではなく、過程である。

遠い昔からある中国のシンボルと関連づけて、ユートピアについて考えてみるのは有益かもしれない。〈陽〉は〈陰〉より優れているという男性優位論的前提を捨て、〈陽〉と〈陰〉が相互依存し、お互いに向かって変化することを、このシンボルの本質的な特徴だと考えるなら、なおのことだ。〈陽〉は男性的で、明るく、乾いていて、頑《かたく》なだ。能動的で、侵入していく。〈陰〉は女性的で、暗くて、湿っていて、物柔らかだ。受け入れて、包みこむ。〈陽〉はコントロールで、〈陰〉は受容。いずれも、他方なしに存在することはできず、常に、他方に変化する過程の途中にいる。

ユートピアもディストピアも、周囲を人の手のはいらない自然に囲まれ、そこだけ最大限のコントロールがなされている孤立した地であることが多い。バトラーの『エレホン』[5]、E・M・フォースターの「機械が止まる」[6]、エヴゲーニイ・ザミャーチンの『われら』[7]などでそうなっているように。ユートピアの善良な市民は荒野を危険で、人間に対して敵意をもつ住むに耐えないところだと考える。冒険好きな、あるいは反抗的なディストピア人にとって、荒野は自由と変化を体現している。私はここに、陰と陽のお互いに向かう変化の例を見る。暗く、謎に満ちた荒野は、明るく安全な場所を囲む「悪い場所」だが、それはやがて「良い場所」になり、明るく開放的な未来として、暗く閉鎖的な牢獄を取り囲む。その逆の変化もあるだろう。

過去半世紀、このパターンは、擦り切れてしまうのではないかと思うほどくり返し使われた。このテーマに沿ったバリエーションは、ますます決まりきった、先の読めるものになったし、そうでなければ、単なる行き当たりばったりな代物だった。

このパターンから外れた例外として著名なものをあげると、まず、ハクスリーの『すばらしい新世界』がある。ここで描かれているユーディストピア（eudystopia）[8]では、荒野が減少し、コントロールの強い〈陽〉世界状態に完全に支配されている。その支配が完全であるがゆえに、このユーディストピアが自由と変化を提供してくれるかもしれないという希望を抱いても、必ず幻に終わる。そしてもうひとつはオーウェルの『一九八四年』。この純然たるディストピアでは、〈陰〉の要素が〈陽〉によってほぼ完全に除外されている。〈陰〉の要素はただ、コントロールされている大衆の受動的な従順さの中に見られるのと、操作されているまやかしの荒野や自由として示されるものだけである。

支配者である〈陽〉は、常に自らが〈陰〉に依存していることを否定しようとする。ハクスリーとオーウェルは、その否定をやりきった場合の結果を妥協なく示した。心理的ならびに政治的コントロールを通して、これらのディストピアはいかなる変化も許さず、動きのない静止状態を達成した。バランスは不動だ――片方が上がり、片方が下がったままだ。すべてが永遠に〈陽〉だ。

〈陰〉のディストピアはどこに行ったのだろう？　ホロコーストを生き延びた人々の物語や、ゾンビの群れがよろよろと歩くようなホラーフィクション、盛んに喧伝される社会崩壊の予想、まったくのコントロール不能状態、つまり混沌と暗闇の中にあるのだろうか？

〈陽〉は〈陰〉を、否定的なもの、劣ったもの、悪いものとしてしか感じとらない。そして、〈陽〉

は常に良いものとされてきた。しかし、〈陽〉と〈陰〉は相互作用をもち、変化していくものだから、片方だけが良いものであるはずがない。

現在、私たちはディストピアばかり書いているようだ。ユートピアを書けるようになるためには、おそらく、〈陰〉っぽく考える必要があるのかもしれない。私はそういうユートピアを『オールウェイズ・カミングホーム』で書こうとした。その企てはうまく行っているだろうか？

〈陰〉のユートピアというのは用語として矛盾しているだろうか？　というのは、馴染み深いユートピアはすべて、それがうまく働くようにするコントロールに依拠しているが、〈陰〉はコントロールはしないからだ。それでも〈陰〉は偉大な力だ。それはどのように働くのだろうか？

これは推測に過ぎない。私の推測では、人間による支配と無制限な成長というゴールを、人間が適応して長期にわたって生き延びるというゴールに変える方法として、〈陽〉から〈陰〉へとシフトすることを、私たちはようやく考え始めている。その考え方には、非永続性や不完全さの受容、不確実性やその場しのぎに対する我慢強さ、水や闇や大地との友情が含まれている。

訳注

（1）空想上の理想社会という意味で用いられるユートピアという語は、もともとは、イギリスの人文主義者、トーマス・モアが一五一六年に、当時の国際的共通語であったラテン語で出版した書物『ユートピア』で描いた理想的な国家の名、Utopia（ウートピア、英語での発音はユートピア）である。Utopia は、モアがギリシア語の否定詞 ou と topos（場所）を組み合わせてつくったラテン語の造語で、「どこにもない場所」を意味する（『ユートピア』の主旨からは「良い場所」であると考えられるが、語源的には「良い」という意味はない）。ところで、モア（もしくは彼の友人）によるギリシア語由来のラテン語の造語で、語源的に「良い場所」を意味する語は別にある。「良い」という意味の接頭辞 eu- と topos（場所）を組み合わせたeutopia（エウトピア）である。モアの生存中に出た四つの版の『ユートピア』には、宣伝や内容紹介の目的で、詩や書簡が巻頭に付されているが、その中の「ユートピア島についての六行詩」（ユートピア国の桂冠詩人が国を称えるという体裁のもの）に、utopia（ウートピア）と語呂合わせになった形で、この語が出てくる。少なくとも英語ではutopiaとeutopiaは発音がまったく同じ（ユートピア）になるという事情もあり、ユートピアという語は、「どこにもない場所」と「良い場所」の二重の意味を担っていると言える。

（2）この一文では、ル＝グウィンはutopiaではなく、eutopiaの綴りを用いている。「良い場所」という意味を明確にするためであろう。

（3）ディストピア（dystopia）はユートピアの反対語として使われるようになった語。空想上の悲惨な場所、社会を意味する。dys-は、「良くない」「困難な」という意味のギリシア語由来の接頭辞。

（4）太極図のことを指していると思われる。太極図には、さまざまな描かれ方があるが、一例として、次のようなものがある。全体は円で、黒い勾玉と白い勾玉が組み合わさっていて、黒の勾玉の中には白い小円、白い勾玉の中には黒い小円がある。

（5）イギリスの作家サミュエル・バトラーの小説（一八七二）。原題*Erewhon*はnowhereの逆綴り。邦訳は岩波文庫ほか。

（6）E・M・フォースターの短篇（一九〇九）。邦訳はみすず書房『E・M・フォースター著作集5　短篇集I　天国行きの乗合馬車』所収。

（7）ザミャーチンはロシア（ソ連）の作家。長篇『われら』（英語版一九二四、ロシア語版一九二七。邦訳は集英社文庫ほか）で管理社会を批判。

（8）ユーディストピアは、ル＝グウィンの造語と思われる。訳註（1）に述べたように、eu-は「良い」と言う意味の接頭辞。

パード日記

トラブル

二〇一三年一月

これまで、正面から挑戦してくる猫はいなかった。私は猫に服従を求める気はない。猫とのかかわりに、犬とのような上下関係や順位はないし、猫には罪悪感もなければ、恥の感覚もほぼない。猫というものは、調理台に食べ物を置いておけば、盗み食いするものだと私は思っている。見つかったら叩かれることが完全にわかっていて、やる。食い意地と、そして、もしかすると盗む楽しみもあるのだろうか、それがわずかな恐怖に勝ってしまう。調理台に食べ物を置いておくなんて、私という人間のほうがまぬけなのだ。猫というものは、過去にテーブルに上がって怒鳴られ、払いのけられたことがあっても、またテーブルに上がってそこら中に足跡をつける。私がその場にいないときにテーブルに上がるのを控える理由はないからだ。足跡があとで見つかっても、その犯罪はすでに時効になっている。猫を納得させるには、悪さをしたその瞬間に罰さないといけない。私だけでなく猫のほうもそれをよく心得ている。だから、私にとって、自分がいないときに悪さをされるのは当然だが、いるときにされるのは想定外だ。

　私の目の前でする悪さは、関係に緊張を強いる。叱ったり、払いのけたり、怒鳴ったり、逃げる猫を追いかけたりすることが必要となり、必然的に大騒ぎになる。私の目の前でする悪さは挑戦であり、意図的な挑発行為だ。そこがパードと、これまで共に過ごした、さまざまな猫たちとの相違点だ。これまでの猫たちは皆、私に似ていた――トラブルを避けたがった。

パードは、トラブルを起こしたがっている。

彼は問題の多い猫ではない。衛生面は非の打ち所がなく、性格も優しい。盗み食いは決してしない。（無論、これは猫用ドライフード以外を食べ物だと認識していないからに過ぎない。腹をすかせて夕食の四分の一カップのカリカリを待っている間に、ポークカツレツを調理台に置いておいても、上がって匂いを嗅ぐことさえしない。カリカリの上にベーコンをひと切れのせてやったら、カリカリを食べてベーコンを残すに違いない。舌平目のフィレを背中に載せてみたら、嫌な顔をしてふり落とし、立ち去るだろう。）

彼は禁じられていることをわざとやって、私に挑戦する。しかも、考えてみれば、禁じられていることなどほとんどない。暖炉の上の飾り棚《マントルピース》に飛び乗って、カチナ人形[1]を落とすこと以外には。

テーブルに上がるのも許されていないが、上がったところでやれるのは足跡をつけることぐらいだ。マントルピースはパードにとってさえ相当な高さにあり、わが家に唯一残された、繊細な小物をむき出しで飾っているスペースだ。ほかの飾り物はすべて、空飛び猫にも手を出せない安全な場所に避難させた。というわけで、マントルピースに飛び乗ることがパードにとってのゴール、すなわち挑戦となった。

ただし、それは私がその場にいるときに限る。

彼は一日中、居間で過ごしていても暖炉には目もくれない――私が居間にはいってくるまでは。しばらく一緒にいるうちに、パードはマントルピースをちらちらと見始める。目が丸くなり、黒々としてくる。パードは何気なく、暖炉のそばの椅子の肘掛けに乗ったり（これは許可されている）、サイドテーブルに上がったり（これも許可されている）する。やがて後ろ脚で立ち、ランプシェードや、暖炉の火の粉避けの衝立《ファイアスクリーン》の上端をいかにも興味ありげに徹底的に嗅ぎ回る。その間に必ずじりじりとマントルピースに近づいていく。そしてついに、大抵は私がことさら注目してはいないけれど、そっぽを向いているのでもない瞬間に、ぱっと飛び上がり、マントルピースに乗って、何かを落っことす。とたんに、叱りつける声、怒鳴り声を浴びて、逃げ出し、追いかけられ……。わーい、トラブル発生、任務完了、というわけだ。

　最近になって、新たな要素が加わった——霧吹きだ。パードがマントルピースのほうを見るやいなや、私は霧吹きを手にとる。マントルピース目がけてジャンプしようとするところへ水を吹きかけたら、最初の二回ほどは仰天していた。飛んできた水と霧吹きとが結びつかないようだった。今では理解している。けれど、それもただトラブルに新しいフレーバーかスパイスを加えただけで、パードをマントルピースから遠ざける効果はない。

　先日、ついに降参して、小型のカチナ人形をすべて避難させ、大型の二体と変わった美しい石をいくつか飾るだけにした。ところが、今朝、私が暖炉にお尻を向けて、ヨガのダウンドッグのポーズをやっている隙に、パードがマントルピースに飛び乗り、チベット産のトルコ石にぶつかって落とした。石は炉の床を打ったはずみで、一か所欠けてしまった。

　それに続くトラブルは、非常に激しいものだった。もっとも、引っぱたこうにも、手が届くほど近づけなかった。私がかんかんに怒っているのは、パードもわかったはずだ。それからずっと、パードは恐ろしく行儀がよい。しょっちゅうおなかを見せ、いかにも無邪気そうに、かわいらしくお手々をふってみせる。しばらくはこの調子でいくだろうが、夕方にみんながリビングルームに集まる頃には、またトラブルが恋しくなっているに違いない。

　人間の期待をそのまま形にしたかのような小さな猫、歴代でもっとも従順なこの猫の中に、焔のように純粋で意志的な狂乱が宿っていようとは。

何割かは退屈のせいだろうと思う——年寄りに飼われた若い猫、それも室内飼いの猫だから。でも、パードには室内暮らしを強いてはいない。彼が好んでそうしているのだ。

猫ドアは、パードの要請によって、また、私たちの側の促しとともに、日中はいつでも通行可能だ。パードはときには、デッキまで出て、庭を見下ろし、小鳥を何分か眺めて帰ってくる。そうではなくて、外に出るなり、すぐに方向転換して戻ってくることもある。あるいはこんなふうに言っているように思えるときもある。「ありがとう、でも結構です。外はとても広いし、この時期はまだ寒いから、ちょとの間、猫ドアから体を半分出すだけにして、すぐ引っこみます」と。そういうわけで、外に長居することはない。気候が暖かくなってきて、私たちも外に出るときには、つきあうこともあるだろう。けれど、熱心にそうしたがることはないだろう。ちょっと出かけていって、吐き気を催す草を食べ、家に戻ってきてラグの上に吐き戻す。これはトラブル・メイキングではない。ただの猫らしいふるまい《キャット・ビーイング》だ。

この話に教訓はない。結論もない。霧吹きが功を奏するよう、私のために祈ってほしい。

訳注

（1）アメリカ先住民のホピ族やズニ族の伝承の精霊をかたどった木製の人形。またそれをまねたみやげもの。

パードとタイムマシン

二〇一四年五月

私をSF作家と認識している方々は、書斎にタイムマシン(1)があると聞いても驚かないだろう。これまでのところ、タイムマシンによってイーロイとモーロックのもとや、恐竜の時代に送りこまれたことはない。私はそれで結構。今のこの時代がいい。私のタイムマシンがしてくれることといえば、コンピュータのバックアップを取ることと、私の猫の興味を引き、忙しくさせることだけだ。

うちにやってきた年、パードは多くの時間をムシに費やした。なにしろたくさんムシがいたのだ。ポートランドでは今、ボックスエルダー・ビートルというのが、大量発生している。当初はもっぱらボックスエルダー（トネリコバカエデ）にたかっていて、この木はうちにはないのだが、その後ビッグリーフメープル（ヒロハカエデ）につくようになった。こちらの木はうちの庭にもたくさん生えている。そういうわけで、うちにムシが出るようになったのだ。家の羽目板の下に住みついて繁殖し、群れになり、ありえないことに、あるはずのない窓枠の隙間を通り抜けて室内に侵入する。そして、日の当たる窓にびっしりくっついていたり、何とも頭に来ることに、気の向くままにうろついたりしている。枕の下、書類の間、足の下などにいて、何にでもはいりこむ。カップの紅茶やチャールズの耳の中にまで。いつもは歩いているが、驚くと飛ぶ。小型でわりときれいな昆虫だし、害もないのに耐えられないのは、（人類と同じで）彼ら自身のためにならないほど数が多すぎるからだ。

　パードは以前はこの昆虫を、動くカリカリだとみなして、楽しそうに追いかけ、飛びついて、ばりばり食べていた。けれど、明らかに〈ミャオ・ミックス〉のキャットフードやデンタルケア用スナック〈グリニーズ〉ほど美味しくないようで、もうムシは結構、という感じになった。今では、私たち人間と同じくらい、もしくはそれ以上に徹底して、ムシを無視している。

　しかし、以前はタイムマシンの内部がカチカチ、ブーンというムシっぽい音を立てるたびに、パードは中にムシがはいっている、見えないけれど必ずいると思いこんで、なんとか中を探ってやろうと、長い時間を費やしてがんばっていた。タイムマシンは縦横二十センチ、高さ四センチの白いプラスチック製だが、幸い、非常に頑丈なプラスチックでできていて、どの面も隙間なく圧着してあり、大きさの割にとても重い。パードがどんなにがんばっても、わずかにひっかき傷がつく程度だった。タイムマシンにはねつけられているうちに、ムシへの興味も冷めていったこともあり、タイムマシンをあけようとするのはやめてしまった。そして、ほかの用途の可能性に気づいた。

　タイムマシンは、通常の温度も高い。触れるとずいぶん温かく感じる（うかがい知ることのできない神秘的な接続作業によって、噂のバーチャリティーか、不可知の 雲《クラウド》(2) か知らないが、どこかに内容を保存しているときには、さらに熱くなるように思う）。

　私の書斎は半分が窓で風通しがよく、冬などはかなり寒い。空飛ぶ若さを脱して、書斎にいる私のそばで横になって過ごす時間が長くなってくると、パードはいかにも猫らしく、「あったかいとこ」を見出した。

　彼は今もそこにいる。今日は四月の末日、温度計は華氏七十七度〔摂氏二十五度〕を示し、まだ上がりつつあるのだが。彼はぐっすり眠っている。タイムマシンに乗っているのは全身の五分の一ほどで、残りはお手々などを含めて、机の上に広がっている。その一部は、美しく手ざわりのよいアルパカ製のメビウスの輪状のマフラーの上に乗っている。これは親切な読者の方が送ってくださったもので、先見の明に富む手紙が添えられていた。「ご自身でお使いにならなくても、猫ちゃんが気に入ってくれるのではないかと思います」と。また、別の一部はアメリカ南西部のお守りのクマ[3]をかたどった小さなウールのマットに乗っている。これは友人からもらったものだ。マフラーについて、私に勝ち目はなかった。机で包みを開いていると、パードがやってきて無言で取り上げたのだ。私から十数センチ離れたところへ引っぱっていき、その上にすわりこんで、両のお手々でこねくりまわし始めた。うっとりした表情で静かに喉を鳴らしながら。そしてそのまま眠ってしまった。もう彼のマフラーだった。そのあと届いたウールのマットも、たちまち彼のものになった。彼はマットの上にすわった。猫がマットの上にすわったら、それは猫のマットだ。問答無用。そういうわけで、マフラーとマットは机の上の温かいタイムマシンのすぐ脇に配置され、猫はその三つの上に日々、好みの配分で体を横たえ、喉を鳴らし、眠っている。

　彼が見つけたかもしれないタイムマシンのもうひとつの用途は、私にとって、純粋に思弁的な可能性である。これには、非物質化がかかわっている。

　パードはあまり外出しないし、誰かが一緒にいない限り、外に長居することもない。外では眠れず、横たわって少しくつろぐこともできないくらいだ。始終落ち着かず、警戒してびくびくしている。「おうちの中」とそこにいる同居人は彼のお手々の内にあるが、「外」には自分の知識もコントロールも及ばないことがわかっている。そこは自分の居場所ではない。なんと賢い猫だろう。というわけで、たまにパードの姿が見えなくとも、裏口のドアから出てしまって、帰ろうと思っても猫ドアが閉まっていて帰れないでいるのでは、とひどく気を揉みはしない。パードなら家の中のどこかにいるはずだから。

けれども時として不在が長引き、外にも内にもどこにも姿がないことがある。地下にもいないし、暗い屋根裏にもいない。クローゼットにも戸棚にもベッドスプレッドの下にもいない。彼は存在しない。非物質化してしまった。

私は心配になって、食事の合図にいつもするように、ティキ、ティキ、ティキと呼ぶ。そして、グリニーズのはいった缶をふって誘ってみる。いつもなら、これで階段の上からでも下からでも、ほとんど踏み段に足を触れることなく飛んでくる。

静寂。不在。猫はいない。

私はやきもきするなと自分に言い聞かせ、チャールズにもそう言われ、やきもきするのをやめようとしたり、やきもきしていないふりをしたりしながら、目の前の用事をこなしつつ、やきもきする。

わけのわからない感じがずっと心につきまとい、重苦しさを募らせる。

そして唐突に、彼は出現する。再物質化して私の眼の前にいる。ほら、尻尾を背中に向けて弓なりに掲げ、機嫌よく友好的な、いつでも食べ物をもらう準備はできていますよ、という顔をして。

パードったら、今までどこにいたの？

沈黙。柔らかな物腰。謎。

思うに、彼はタイムマシンを使っているのだ。きっと、タイムマシンでどこかに行くのだ。サイバースペースにではない。あそこは猫のための場所ではない。もしかしたらパードは、タイムマシンを使って、一時的な隙間をつくりだすのかもしれない。ボックスエルダー・ビートルが窓枠の空間ならざる空間を通って家にはいってくるように。バステト(4)の知る、獅子座の星々に照らされた秘密の抜け道をとおって、パードは秘密の領域、外の世界よりもさらに外の、彼にとって安全で完璧に居心地のいい場所を訪れているのだろう。

訳注

（1）H・G・ウェルズの『タイムマシン』における未来世界のふたつの人種。

（2）「不可知の雲」は、十四世紀後半にイギリスで書かれたキリスト教神秘主義の古典の書名。ここでは、コンピュータ用語のクラウドに掛けている。

（3）アメリカ先住民のズニ族がつくる伝統的な小さな細工物のクマ。

（4）エジプト神話に登場する女神。猫の姿や、猫の頭部をもつ姿で表現される。

第三部　世の中を理解しようとすること

兄弟たちの一団、姉妹たちの川

二〇一〇年十一月

私は男の集団の結束力を人間社会における非常に強い力——おそらく、二十世紀後半のフェミニズムが考慮していた以上に強い力だと考えるようになった。

生理的な違いやホルモン分泌の違いを考えると、男と女がほとんどの点で似ているのは驚くべきことだ。とはいえ、女性一般が直接的な競争心や支配欲にかられることは男より少なく、それゆえ、皮肉にも、階級的で排他的な集団の中で女同士絆を結ぶ必要を感じることも少ない、というのは事実だと思われる。

男同士の間には対抗心が働く。また、個々の男の中では、ホルモンの作用にかきたてられて支配的な意志が生じる。この支配的な意志に、しばしば、その男自身がふりまわされる。男の集団の結束力は、男同士の競争心を制御し、方向づけることと、個々の男の支配的な意志を抑制し、集団内でひとつにすることから生まれるに違いない。ここに、注目すべき反転が起こっている。個人個人の対抗心と競争に勝とうという野心の破壊的で無秩序なエネルギーが、集団とリーダーへの忠誠心に転換され、多少なりとも建設的な社会事業に向けられるのだ。

そのような集団は閉鎖的であり、自分が向かい合っている相手であっても集団外の人であれば、よそ者だと決めつける。彼らは第一に、女を受け入れることを拒む。それから年齢層、種類、階級、国籍、成功の度合いなどの異なる男を拒む。そのような排斥は、排斥する側の結束と力を強める。

男の結束は、大昔からある社会的大組織を形成した主要要因であると私には思われる——政府、軍隊、聖職者組織、大学、そしてそれらすべてをのみこもうとしているのかもしれない新顔である企業。階層や構造が整然としていて、一貫性や耐久力のあるこれらの組織の存在とそれによる支配は、非常に古くまで遡れ、ほとんど普遍的に認められ、大抵は単に「世の習い」「世間」「分業」「歴史」「神の意志」などと呼ばれるぐらいだ。

女たちの結束について言うと、それがなかったら、人間社会は存在していないだろう。だが、それは依然として、男たちや歴史や神の目には見えないも同然だ。

女の結束《ソリダリティー》は流動性《フルーイディティー》と呼ぶほうがふさわしいかもしれない——固体《ソリッド》ではなく流体《フルーイド》、固定した構造物というよりは、流れや川のようなものだから。これが何らかの役割を果たして形成されたと、私がほぼ確信している組織は、部族と、もうひとつ、あの形の定まらないもの——家族だけだ。男たちによる社会の切り回し方が、女たちが自分たちで仲間としての情を育《はぐく》むことを許容する環境ではどこでも、女たちの結びつきは、カジュアルで、定式化されておらず、非階層的な傾向を示す。固定的というよりは、臨機応変、厳格というよりは融通が利き、競争するというよりは協力し合う。それが公共的な局面ではなく、私的な局面で主に機能してきたのは、男たちが社会を支配してきたこと、そして男たちが「公共的」と「私的」を定義し、切り離したやり方のせいだ。女たちの集団がいくつも寄り集まって大きなセンターをなす可能性があるかどうか知るのは難しい。そのような大集団の形成に反対する男たちの体制からの容赦ない圧迫がそれを阻んできたからだ。だが、もしかすると、そうでなくとも大集団の形成は起こらないのかもしれない。女性の結束は、力を求めて攻撃することを厳しく制限されている中で蜂起するためではなく、自分たち同士、助け合いを必要とし、そうしたいと願うことに由来するものだ。そしてしばしば、抑圧からの自由を求めるためのものでもあった。とらえどころのなさは、流動性の本質だ。

　そういうわけで、女同士の助け合いが、女の男への依存、ならびに出産・育児・家族の世話、男の世話など女にふりあてられた役割をおびやかすものとして感じとられたとき、女同士の助け合いなどそもそも存在しないと宣言するのは簡単だ。女には真心などない、女は友情の何たるかを理解していない、等々。恐怖にかられている者にとって、現実否認は有効な武器だ。女の独立と助け合いという概念は、男女を問わず、男たちが優勢であることから利益を得ている者たちの憎悪と冷笑に迎えられた。女嫌い《ミソジニー》は決して男だけのものではない。「男中心の世界」で生きる多くの女が、男たちと同様、またはそれ以上に、自分を含めた女たちに対して不信と恐怖を抱いている。

　一九七〇年代のフェミニズムが恐怖をもてあそんだことに限って言えば、あれは火をもてあそぶようなものだった。「女たちの絆《シスターフッド》は強力だ」と私たちは叫んだ——そして彼らはその言葉を信じた。男女両方のミソジニストたちが恐怖にかられて、「家が焼け落ちかけている」とわめいた。ほとんどのフェミニストは、マッチがどこにあるかもわかっていなかったのに。

　シスターフッドの本質はブラザーフッドのもつ力とはまったく異なっているので、それが社会を変える可能性があるにしても、どのようにしてそうするのかは予測しがたい。いずれにせよ、それがもたらすかもしれない効果がどのようなものか、私たちはまだ、ほんのわずかしか見ていない。

　過去二世紀の間に、偉大で古めかしい男たちの組織に、女たちがじわじわとはいりこんでいる。それはすばらしい変化だ。だが、女たちを締め出していた組織にはいりこむことに成功した女たちは、大抵、組織にとりこまれてしまい、男の目的のために働き、男の価値観を擁護する。

　そういう理由から、私は軍務についている女たちが戦闘に参加することに懸念を抱かずにはいられないし、「偉大な」大学や企業で——そして政府でも——女たちが出世していくのを、不安に満ちた目で見守らずにはいられない。

男たちの組織で、女たちは男の模造品になることなく、女として働けるだろうか？　もしそうならば、彼女たちがその組織を根底から変え、そのため、おそらく男たちがその組織に二流のレッテルを貼り、給料を下げて、そこから手を引くことになるだろうか？　それはいくつかの分野で程度の差はあれ、実際に起こったことだ。その分野とはたとえば、教育や医療の現場で、そういうところはますます、女たちの手に委ねられるようになってきた。もっとも、そういう分野でも経営や権力、事業目的の規定などは今でも男たちのものだ。問題は未解決のままになっている。

二十世紀後半のフェミニズムをふり返ると、あれには女たちの結束の特色がよく示されていたと思う――みんな対等な働き手で、人に指図をするばかりの人はいなかった。あれは、非階層的で、さまざまな人を受け入れ、融通無碍に協力し合える、明確な体制をもたない、その場その時に最適な集団を創造しようとする企てだった。その集団は各ジェンダーをよいバランスで一緒にするためのものだった。

私が思うに、その目的に向かって働きたいと思う女たちは、つかみどころがなく、非常に貴重で、決して破壊されることのない種類のものである、自分たちの結束を認識し、尊重することが必要だ（男たちも同じこと――女たちの結束を認識し、尊重することが必要だ）。さらに彼女たちは、男の結束にもすばらしい価値があることと、ジェンダーごとの結束が人間同士の結束に劣るということとの両方を認識する必要がある（男たちも同じだ）。

女たちが自分たち自身のやり方で、お互いとともに、また男たちとともに働くならば、そして、男も女もともに男の規定した価値について問いただし続け、ジェンダーに基づく排斥を拒み、助け合いを肯定し、攻撃に信頼を置かず、自由を求める——常にそうするならば、フェミニズムは存続するだろうと、私は思う。

エクソシスト

二〇一〇年十一月

今日と明日、合衆国のローマ・カトリック教会司教たちがボルティモアで祓魔《エクソシズム》についての会議をもつ。多くの司教と六十人の司祭が参加し、悪魔が憑依したときの症状――並外れた力を発揮したり、知らない言語で話したり、神聖なものに対して激しく反応したりする人は、悪魔に取り憑かれているかもしれない――ならびに、エクソシズムの儀式――憑依されているとみなされた人に聖水をかけたり、両手をあてたり、朗読をしたり、神に祈ったり、その人の顔を強打したりすることを含む――を学ぶ。

教会は一九九九年にその儀式に修正を加え、「万事にわたり、エクソシズムが魔法や迷信であるという受け取られ方を避けるように、実施されなくてはならない」と助言した。これはまるで、自動車の運転についての指示を出す一方で、万事にわたり、動く乗り物が操縦されているという受け取られ方を避けるよう、実施されなくてはならない、と注意を与えるようなものだ。

重量挙げ選手と外国語学習者に助言したい。今週末はボルティモアに近寄らぬように。神聖なものに激しく反応する人たちにはどう助言したらよいかわからない。どの人たちのことを言っているのかわからない。どのような種類の激しい反応を指しているのかわからないし、「神聖なもの」が何を指すかは、神聖さについての感じ方次第で、まったく異なってくるからだ。つがいのワシが風に乗ってともにダンスしているのを見たときや、第九交響曲の最終楽章の主題の出だしの音を聞いたときに、私が名状しがたい強い感情にかられて、わなわなと震えたら、悪魔に取り憑かれていることになるのだろうか。私にはわからないが、とにかくボルティモアからは離れていよう。

逆にボルティモアに馳せ参じるべきだと思うのは、合衆国最高裁判所の四人の男性判事だ。彼らの全員が教皇ラッツィンガー(1)並びに超反動的カトリック集団オプス・デイ(2)のメンバーたちの方針の信奉者である。エクソシズムについての講習は彼らのレパートリーを豊かにするのに大いに役立つだろう。最高裁にいる五番目のローマ・カトリック信徒は女性であり、それゆえ、「神の御業《みわざ》」をおこなうことから除外されている。

訳注

（1）第二六五代ローマ教皇ベネディクト十六世。在位は二〇〇五～二〇一三。ラッツィンガーは本名。十一世紀頃からの習慣で、教皇に選出されると、過去の聖人の名から選んだ名を名乗る。

（2）オプス・デイはラテン語で「神の御業」の意。

ユニフォーム

二〇一一年二月

合衆国がドイツや日本との戦争に加わったとき、私は十二歳の子どもだった。覚えていることのひとつは、たったひと晩で（と私には思えた）がらっと変わり、バークレーの通りにユニフォームがあふれたことだ。戦争の間じゅう、ダウンタウンでは、私服の男たちは少数派だった。しかし、ユニフォームはバークレーに均一性《ユニフォーミティ》をもちこんだわけではなかった。何か取り立てて言うことがあるとすれば、ユニフォームは大恐慌の終わりの時期の着たきり雀のくすんだ服から見れば、進歩であった。

　陸軍と陸軍航空隊は、茶色み、緑み、黄色みの程度がさまざまに異なるカーキ色のユニフォームを着ていた。かっこいい上着、折り目のついたズボン、ぴかぴかに磨かれた黒靴、すべてきちんとしていた。だが、海軍のユニフォームにはどうしたってかなわなかった。海軍の水兵たちは、夏には白いチュニックとズボンを着て、小さな丸くて白い帽子をかぶっていた。そして冬には、セーラーカラーの紺のウールのチュニックに紺のズボンだった。そのズボンは、前の開きを覆う四角いフラップを十三個のボタンで留めるようになっていた。嘘だと思うかもしれないが、ほんとの話だ。あのズボンだと小さな丸いお尻がかわいらしく見えて素敵だった[1]。バークレー近辺には、私の知っている限り、海兵隊の基地はなかった。とにかく海兵隊員はあまり見かけなかった。だが、ニュース映画の中の海兵隊員はなかなか立派に見えた。

長兄のクリフの乗っている軍艦がサンフランシスコ港に配置されることになり、私たちは儀式に参列した。それはなかなかの壮観だった。正式で伝統的で、おしゃれな礼装の軍人たちが大勢いて華やかだった。甲板に並んだ男たちはかっこよかった。紺と白と金色とが日を浴びて輝いて見えた。男の子ならきっと誰でも、こんなふうに見えたいと願うだろう。こんな姿をみんなに見てもらいたいと思うだろう。

軍のユニフォームは、十八世紀に少しずつ使われ始めたときから、新兵集めの強力な助けになることで知られている。

ただし、それは第二次世界大戦で、女性たちに手渡されたユニフォームにはあてはまらなかったと、私は思う。女性のためのユニフォームは、言うまでもなく男性用のそれをまね、ズボンをスカートに替えたものだった。しかし、デザインがまずかったので、元は引き締まった快活なイメージだったのが、女性が着ると、窮屈で堅苦しい印象になってしまった。布地の割当が乏しかったことを考慮に入れたとしても、そのユニフォームは不必要にゆとりを切り詰め、堅苦しく、みっともなかった。私がユニフォームを着たいがために、海軍婦人予備部隊や陸軍婦人部隊にはいりたいと思うことは絶対になかっただろう。あのユニフォームだけどはいりたいと思うことはあったかもしれないが。海軍婦人予備部隊にとっても、陸軍婦人部隊にとっても、私にとっても幸いだったことに、私が十五歳のときに戦争は終わった。

その後のアメリカのいくつかの戦争の間に、ユニフォームの概念全体が、体に合っていて見栄えがいいということから離れて、臆面もなく実用的なカジュアルさや、だらしなさ、がさつさに向かう方向に変わっていった。今や、私たちの国の兵士たちは、総じて、ぶざまで汚らしい、しみだらけのパジャマを着ているように見受けられる。

　こういうユニフォームはヴェトナムのジャングルやアフガニスタンの砂漠では、有用で快適なのかもしれない。だが、飛行機でリノからシンシナティまで行くのに、カモフラージュが必要だろうか？　五番街でコンバット・ブーツが必要だろうか？　軍人たちは今でも、礼装用軍服をもっていると思う。海兵隊員がもっているのはわかっている。海兵隊員はほかの軍組織と比べて、礼装用軍服を身につける機会がずっと多いような気がする。ワシントンD・Cでカメラマンに写真を撮られることが多いということかもしれない。それにしても、きりっとしているように見える兵士を、最後に街頭で見かけたのはいつだったか、私は思い出せない。

　多くの少年たちや男たちにとって、迷彩服が、かつて、ぱりっとしたユニフォームがもっていたような魅力をもつようになったのだということはわかっている。私の目には異様に映るが、彼らの目には、男らしく、かっこよく見えるのだろう。ということは、ユニフォームは今でも、あれを着てみたい、ああいう格好がしたい、ああいう兵士になりたいと思う若者を引き寄せ、新兵集めの助けになっているのだろう。そして、若者たちがそれを着ることを誇らしく思っているということに、私は疑念を抱かない。

　だが、大半の民間人にとって、迷彩パジャマユニフォームがどんなふうに感じられるかについては、大いに危ぶんでいる。私たちが自国の兵士たちに、刑務所や精神病棟のような服装をさせ、かっこよく、きりっとして見えないこと、潰れたサーカス団から来たピエロみたいに見えることで、彼らを自分たちから切り離すのは、兵士たちのステイタスを下げるからというだけでなく、あってはならない腹立たしいことだと私には思われる。

　ユニフォームのスタイルにおける変化はすべて、戦争のスタイルの変化やそれに伴う軍務に対する感じ方の変化の一部なのかもしれない。もしかしたら、それは、新たに現実的なものになった戦争についての意見、すなわち、戦争を美化することへの拒否を反映しているのかもしれない。戦争を本質的に崇高なもの、人を崇高にするものだと考えるのをやめたら、戦士を誉め称えることもなくなる。そうなると、ぱりっとしたユニフォームは単なる見せびらかし、戦争での無意味な残虐行為を隠すための虚飾のように思えてくる。そうすると、「作業着」こそ実際的に有用だということになる――見栄えや着ている人の自尊心のことを度外視すれば。いずれにせよ、ほとんどの戦争が軍隊同士の間でおこなわれるのではなく、民間人を殺す機械によっておこなわれている今、軍服に意味なんてあるのだろうか？　爆撃された村の瓦礫《がれき》の中で死んだ子どもは、兵士と同じように、祖国のために死んだのではないか？

　だが、私は、軍がそんなふうに考えて、戦争を醜いと考えるように私たちを仕向けるために、ユニフォームを醜くしているとは思わない。たぶん、作業着的ユニフォームは、軍が意識しておらず、決して認めることのない国民の意識を反映している。戦争の性質が変化したことよりも、国民の戦争に対する意識が変わったことが大きいのだ。今や私たちは、戦争を美化しているわけでもなく、現実を見ているわけでもない。ただ、無関心なのだ。私たちは自分の国の戦争に対しても、それを戦っている人々に対しても、ほとんど目を向けていない。

　事の是非は別として、一九四〇年代には、私たちは自分たちの軍人を称えた。私たちは彼らと共にその戦争の渦中にいた。彼らのほとんどは召集された人たちだった。中には戦争に行きたくなかった人もいただろう。だが、彼らは私たちの兵士であり、私たちは彼らを誇りに思った。事の是非は別として、一九五〇年代以降、とくに一九七〇年以降、私たちは今、どの戦争がおこなわれているのかを視野の外に、そして心の外に置くようになった――その戦争を戦っている男たちや女たちも一緒に。今日、その人たちのほとんどは志願者だ。それなのに――いや、それだから、だろうか？――私たちは彼らが自分と関わりのあるものだとは考えない。私たちは自分たちの勇敢な守り手としての彼らに儀礼的な称賛を与え、どこであれ、私たちの国が今戦っている国に送り出す。くり返し何度も送り出し、彼らのことは考えない。彼らは私たちではない。彼らは私たちがまともに目にしたい人たちではない。刑務所にはいっている人たちや、精神病棟の人たちと同じく。私たちが観に行こうとも思わない三流のサーカスの、おもしろくもないピエロと同じく。

さて、そのサーカスを維持するために、私たちがどのくらい金を払っているか、そしてそのせいで、私たちの将来がいかに追い詰められているかについて語り合おうか?

いや、それは話題にするようなことではない。議会でも、ホワイトハウスでも、そしてどこにおいても、それについては語られることはない。

訳注

（1）このズボンは後ろに紐を使って編み上げる部分があり、きゅっと締めるようになっていた。

あるメタファーにしがみつくこと

二〇一一年九月

一般の人々が利益を得られない限り、経済成長は金持ちへの助成金に過ぎない。
——リチャード・フォーク「ムバラク後の革命の先行き」
アルジャジーラ　二〇一一年二月二十二日

私が経済について書くなんて、経済学者（ごく一部の人を除く）が弱強五歩格の詩における句またがりについて書くのと同じくらい馬鹿げている。しかし、経済学者たちは図書館に住んでいるわけではないが、私は経済の中で暮らしている。経済学者たちは、自分がそうしたければ一生、詩と無縁でいられるが、私の生活は、好むと好まざるとにかかわらず、彼らの扱うもの——経済にコントロールされる。

そういうわけで私は、どうして経済学者たちが相変わらず、成長を望ましい経済的目標だと言い続けられるのか、考えてみた。

自分の事業や国の経済全体が衰退や不況に陥ったとき、パニックになる理由は理解できる。それはシステム全体が競争についていくこと、勝ち抜くことに基礎を置いているからだ。そうすることができなければ、つらい事態に直面して、倒れて砕ける。

しかし、そのような事態を回避したり、起こらなくしたりする方法を見つけるために、システム自体の適否を問い返すことを決してしないのはなぜだろうか？

ある程度までなら、成長は納得のいくメタファーだ。生きているものは成長する必要がある。まず、適正なサイズに成長し、それからあとは古びた部分を新しくする——年に一度（多くの植物の場合）、あるいは継続的に（たとえば哺乳類の皮膚などの場合）。赤ちゃんは大人のサイズになり、そのあとの成長とは安定性、恒常性《ホメオスタシス》、バランスを維持するためのものだ。それをはるかに超える成長は、肥満につながる。赤ちゃんがとめどなく成長したら、異様に巨大になり、いずれ致命的な結果に至る。

制御されない、限界のない、やむことのない成長を、経済の健康のための唯一の処方箋だと考えるということは、適正なサイズという概念や、有機的組織体をバランスのとれた状態に保つという概念を捨てたということだ。

もしかすると、適正なサイズというもののない有機的組織体というものもあるのかもしれない。アメリカの中西部全体の下に広がっていると聞くキノコの巨大なネットワークみたいなもの——いや、ウィスコンシン州だけの話だったかな。だが、何千平方キロにもわたって地下をのたくっているキノコが、人間の経済のもっとも有望なモデルなのだろうか。

経済学者の中には機械論的な用語を使うのを好む人たちもいる。しかし、私の考えでは、生きている有機体同様、機械にだって適正なサイズというものがある。小さな機械ができる以上のことを大きな機械ができるのは、ある程度までで、それを過ぎると、重量、摩擦などが効率性を損ない始める。メタファーは同じ限界に直面する。

そこで登場するのが社会ダーウィン主義だ。歯と鉤爪を赤く染めた銀行家たちが適者生存で生き残り、ゴキブリやネズミは滴り落ちる血で命を繋ぐ……。進化のプロセスについての大きな誤解に基づくこのメタファーは、すぐに行き詰まる。捕食を巡る競争では、大きいことは役に立つ。だが、ディナーを得る方法は、ディナーになる相手よりも大きいこと以外にも、いくらでもある。小さくても賢さで優《まさ》ればいい。小さくても、より速ければいい。小さくても毒を出せれば、翼をもっていれば……。相手の体内にはいって、中から食べることだってできる。連れ合いを得ることについて言うと、闘いが、優位に立つための唯一の方法であれば、大きいほど有利だろう。だが（私たちが闘いに対してもつ執着とは裏腹に）、ほとんどの競争は闘いを含まない。繁殖レースに勝てる方法はいろいろだ。優雅にダンスをすること、目のような模様で飾られた青緑色の尾羽根をもつこと、花嫁のために素敵なあずまやをつくること、うまい冗談が言えること……。棲息するスペースについては、体を大きくして、近隣の者たちを押し出すこともできるが、ネズの木のように付近の水を独り占めしたり、（イソギンチャクが）自分とは近縁でないイソギンチャクに対して作用する毒をもっていたりすることも、それより安上がりで、同じくらい効果的だ。動植物の競争テクニックには無限の多様性と巧妙さがある。なのにどうして、賢いはずの私たちがたったひとつのテクニックにしがみつくのだろう？

ひとつの生き残り戦略に固執し、ほかの戦略を探し求めるのをやめた——適応するのをやめた——有機体は大きな危険にさらされる。そもそも、適応力こそが私たちの原則であり、もっとも頼りになる賜物なのに。私たちは種としては、無限と言ってもいいぐらいの、驚くほどの適応力をもっている。資本主義は自分に適応力があると思っているが、無限の成長という、たったひとつの戦略しか持ち合わせていないなら、適応力の限界はもう、定まっていて、取り消しは効かない。ゆえに、私たちは大きな危険にさらされている。

資本主義的成長は——少なくとも過去一世紀、そして特に千年紀の変わり目以降——間違った意味での成長だった。際限ないだけでなく、コントロールされていない、行きあたりばったりの成長だった。腫瘍の成長のような、癌の成長のようなものだった。

私たちの経済は不況に陥っているだけではなく、病気なのだ。コントロールされていない経済（ならびに人口）の増大の結果として、私たちの生態環境《エコロジー》は病んでいる。そして日々、その病は重くなっている。私たちは大地、海、大気のホメオスタシスを妨げてきた。その結果は、この惑星の生命をすべて滅ぼすものではないかもしれない。細菌は企業に負けず、生き延びるだろう。けれど、多分、私たちにとっては致命的な結果が待っている。

何十年もの間、私たちはこのことを認めるのを拒否してきた。今となってはこの否認はヒステリックだ――この語のすべての意味で。（何言ってるんだ、天候不順って？　何言ってるんだ、人口過剰って？　何言ってるんだ、コーンシロップ[1]をいつも食べてたらいけないって？）

私たちはこの病を引き起こす行動を機械的にくり返す。銀行を救済し、海洋掘削を再開し、環境汚染者に金を払って汚染させる。彼ら抜きで、私たちの経済が成長するのは無理だから。しかし、ますます、経済成長は金持ちだけを潤し、ほとんどの人たちが貧乏になっていく。経済政策研究所[2]（EPI）は次のように報告している。

> 二〇〇〇年から二〇〇七年までの間（現在の不況の前の最後の経済成長期）にもっとも富裕な一〇パーセントのアメリカ人が、平均的収入増加額の一〇〇パーセント（つまり全部）を受け取った。残りの九〇パーセントの人々は何も受け取らなかった。

この調子で行くと、癌は健康な状態ではなく、自分たちは病んでいるということを、私たちが認める頃、どんな治療法がとられるにしても、それは、ほとんど必ず独裁的な支配を必要とするほど根本的なものでなくてはならず、結局、身体的にも、精神的にも、救済よりも破壊をもたらすだろう。

いかなる政府のいかなる人も、代替案を想像することすらできないようだ。そして代替案について語る人たちは、ほとんど注意を向けてもらっていない。過去に存在した代替案の中には有望そうなものもあった。私は社会主義は有望だったと思うし、今でも有望だと思う。だが、社会主義は脱線してしまった。ひとつには、権力を得る手段として社会主義を利用した野心的な男たちのせいで、そして、もうひとつには、資本主義が感染して、ライバルに勝ち、世界に君臨するために、いかなる犠牲を払っても大きくならなくてはならないという妄念に囚われたためだった。大きな社会主義国家の実例は、地下に菌糸を張り巡らす巨大キノコと同じくらい、気が滅入るものだ。

さて、私たちの新しいメタファーは何になるだろうか？　正しいメタファーが見つけられるかどうかが、生きるか死ぬかの境目になるかもしれない。

訳注

（1）トウモロコシのでんぷんからつくられた液糖。食品添加物として広く使われているが、健康に害があると指摘されている。

（2）経済政策について提言するアメリカのシンクタンク。

嘘がすべてを駄目にする

二〇一二年十月

ニューヨークタイムズ紙の「今日はどんな日？」欄に出ていた次のような歴史のひとこまに心惹かれた。

> 一九四七年十月五日、初めてテレビ放送されたホワイトハウスからの演説で、トルーマン大統領は、ヨーロッパの飢えている人たちのための穀物備蓄に寄与するために、火曜日には獣肉を、木曜日には鶏肉を食べるのを控えてほしいと国民に頼んだ。

初めてテレビ放送されたホワイトハウスからの演説——これは興味深い。大統領が国民に対してラジオを通して話しかける世界、あるいはゲティスバーグでのリンカーンのように、目の前にいる聴衆にしか話しかけられない世界を想像してほしい。昔の素朴な人たちは、さぞ風変わりで、原始的で、私たちとは大いに違っていたことだろう。

だが、私がこの記事に惹かれたのは、その点ではない。今、一生懸命、想像しよう、あるいは思い出そうとしているのだが、大統領が国民に、火曜日は牛肉を食べないように、木曜日は鶏肉を食べないように、と頼んだ国はどんな国だろう？　第二次世界大戦後、ヨーロッパの経済は、彼の地の諸都市同様に、ひどく破壊されていた。そしてこの大統領は、アメリカ人が（A）肉と穀物の関係を理解し、かつ（B）自分たちの食生活の贅沢な要素を切り捨てて、ほかの大陸の飢えた外国人に、もっと切実に必要な食べ物を与えるのに協力すると考えていたのだ。しかも、その外国人たちの中には、二年前には、アメリカと戦って、殺したり、殺されたりをしていた国々の人たちも含まれていた。

当時、一部の人はその要請を笑ったり、皮肉ったりし、大半の人は無視した。だが、それにしても――今、ほかの大陸で腹をすかせている外国人たち（その中にはテロリストも間違いなくいる）に送る穀物を備蓄するため、週に一度か二度、肉を食べるのをやめてほしいとアメリカの国民に頼む大統領を、あなたは想像することができるだろうか？

あるいは、「極貧（これは栄養失調と飢えを意味する）」の暮らしをしている二千万人のアメリカ人のためのプログラムやフードバンクに供給する穀物を増やすために、肉を食べるのを時々控えてほしいと、私たちに頼む大統領を想像することができるだろうか？

あるいは、はっきり言ってしまえば、どんな理由にせよ、何かをするように私たちに頼む大統領を想像できるだろうか？

何かが変わったのだ。

見捨てられた公立学校の教育が、歴史や読み書きをろくに教えなくなったので、人々はたかだか四半世紀ぐらい前の物や人でも、想像がつかないほど遠いものに感じ、理解不能なほど、自分たちとは異なっていたと思っているようだ。そして、自分たちの不快感を正当化するために、昔の人たちを単純だとか、風変わりだとか、物知らずだとか言って切り捨てる。六十五年前のアメリカ人が決してそういう人たちではなかったことを、私は知っている。それでも、ハリー・トルーマンのあのスピーチのことを思うと、確かに何かが変わったのだと考えざるを得ない。

私はとても年を取っているので、大恐慌の記憶が少しある。第二次世界大戦とそのあとのことはよく覚えているし、リンドン・ジョンソン[1]の「貧困との戦い」についてもいろいろ覚えていることがある。そういう経験から、私はすべての人々の繁栄を、事実としてとらえることができない――それは理想に過ぎない。しかし、ニュー・ディール[2]の成功と第二次世界大戦後に整えられた社会経済ネットワークにより、多くの人々が、アメリカン・ドリームが実現した、そして永遠に続く、と思いこむようになった。しかし、今になって、ようやく、持続的なインフレーションによる魅力的な安定性の中で育ったのではない世代――成長資本主義がその原点に帰り、もはや、人を食い物にして儲ける強者たちにしか、安心を与えないのを見てきた世代が、成熟し始めた。この点から見ると、私の孫たちの経験は、彼らの親たちの経験や私の経験と大いに異なるものになるだろう。彼らがどのように対処するかこの目で見ることができたらいいのにと思う。

けれども、そういったことについてはまだ、私を強く惹きつけるトルーマン大統領の要請について考えるほど深く、考えこまされることはない。あの要請について考えると、今自分が住んでいるアメリカが、ほかの人の国のように思える。

人間の生活と思考の継続性の感覚を与えてくれた教育のおかげで、私は時を「今」（私たち――ここ数年）と「昔」（彼ら――歴史）に分けることをしない。人類学的な理解がわずかながらもあるおかげで、私はどこの場所、どの時代であれ、誰かにとって人生が簡単だったことなどないと考えている。年寄りは大抵、今はもうないとわかっているものを懐かしむけれど、私には過去に生きる傾向はほとんどない。なのになぜ、他国をさすらっている人のような感じ方をするのだろうか？

この国がおおむね自己満足に陥ったまま、ますます多くの人の生活水準が下がり、それとともに道徳的な水準が下がっていくのを受け入れるのを、私は見てきた。道徳的水準は、広告に基づくものになった。あの硬骨漢のソール・ベロー[3]は、民主主義はプロパガンダだと書いた。たとえば選挙運動の期間中に、単に大統領の座を狙う人たちだけでなく、大統領自身が、わかっている事実を隠し、歪めたりして、くり返し故意に嘘をつき、相手陣営だけが異を唱える場合、民主主義はプロパガンダだということを否定するのはますます難しくなる。

　もちろん、政治家が嘘をつくのは今に始まったことではない。だが、常に嘘をつくことを方針とした最初の政治家は、アドルフ・ヒトラーだった。アメリカの政治家は、嘘をつこうがつくまいが誰も気にしないとわかっているかのように嘘をつくことはしなかったものだ。もっとも、ニクソンとレーガンが、国民の道徳に対する無頓着さを試し始めた。今では私たちは道徳についての無頓着さにどっぷりつかっている。今回の大統領選挙の第一回討論会[4]で、オバマが偽りの数字と偽りの約束を口にしたことについて私がもっとも驚いているのは、それらが不必要だったことだ。もしオバマがほんとうのことを言っていたら、捏造した数字やつかみどころのない曖昧な言葉を口にしたロムニーに恥をかかせただけでなく、自分が選挙戦で優位に立つことができていただろう。私たちも、ごまかし合戦を見せつけられる代わりに、道徳的判断に基づく選択の機会を与えられていただろう。

　アメリカはこんなまやかしやでたらめ、生ゴミみたいなものを餌にしてやっていけるのだろうか？　それでもまだ、私の国と呼べるだろうか？　私にはわからない。

　大統領が国民に木曜日には鶏肉を食べないように頼んだことがあったなんて、私にとって、ありそうもない話に感じられるようになったと思う。「国民の皆さん。あなたの国があなたのために何をしてくれるかを問わないでほしい。あなたの国のために、あなたに何ができるかを問うてほしい[5]」なるほど。あっ、でも、この人も結構、手のこんだ嘘をついていたのよね。でも彼は語りかけるときに、私たちを大人として扱った。難しい問いを発し、その問題をどう扱うか決めることができる市民として扱った――聞きたいと思うことしか耳にはいらず、判断もできず、事実に無頓着な、単なる消費者としてではなく。

もし仮に、私たちの共同体の二千万の空腹な人たちに政府が配給できる食料をふやせるように、木曜日には鶏肉を食べないでほしい、と大統領が私たちの中の鶏肉を食べる余裕のある人たちに頼んだとしたら、どうなるだろうか？　冗談はやめてよ、善人ぶっちゃって、という反応が起こるだろう。まあ、どっちみち、いかなる大統領も、議会を子会社か何かのように、ほとんど手中におさめている大企業の目を盗んで、そんなことはやれないだろう。

もし仮に、ガソリンを節約し、道路を傷めず、命を守るという目的のために、時速五十五マイル〔九十キロ弱〕のスピード制限を守るよう、大統領が私たちに頼んだとしたら（実際にある大統領はそれをした）、どうなるだろうか？　人々は一斉に、冷ややかな笑い声を立てるだろう。

私たちの政府が、より大きな福利のために短期的な満足を控えてほしいと、市民に頼むことが不可能になったのは、いつからだろう？　それは、身体壮健で自由を愛するアメリカ人が納税しなくてもいい、という話を耳にし始めた頃だっただろうか？

「なしで済ます」というピューリタンの好きそうな考え方自体は、まったく私の好みではない。けれど、何かを必要としている人たち、あるいはこれから必要とする人たちが十分なものを得られるよう、自分たちはなしで済ますことを考えてくれないかと頼まれさえしないのだと考えると、正直なところ、寂しい気持ちになる。自分だっていつかは助けてもらう側にならないとも限らないのに、と思う。身体壮健で自由を愛するアメリカ人は、欲しいものを今、すぐにもらえると決まっていないと耐えられないほど、子どもっぽいのだろうか？　もう少し現実に即した言い方をすると、火曜日にステーキを食べないでほしいと市民に頼むことが不可能だとしたら、各産業や各企業に、彼らが気候を不安定にしたり、環境を破壊したりすることから得ている、当面の莫大な利益を断念するよう頼むことがどうしてできようか？

私たちは長期的な展望をもつことをやめてしまったように思われる。成り行きについて——因果関係について考えるのをやめることにしたのだ。私がよその国にいるような気がしているのはそのせいだろう。かつては、未来のある国に住んでいたから。

肉その他の贅沢品が不足するぐらいまで、環境を損なってしまったとしたら、そのとき、私たちはそれらなしで済ますことができるようになるだろう。人とはそういうものだ。そうなったら、大統領は頼む必要さえない。しかし、水のような、贅沢品ではないものが不足するようになったら、私たちは、使う量を減らしたり、なしで過ごしたり、配給制にしたり、分かち合ったりすることができるだろうか？

すでに、そういうことの練習を始めていればいいのに、と思う。大統領が私たちに、せめてそれについて考えるのを練習する機会を与えてくれるぐらいに、私たちを尊重してくれたらいいのに、と思う。

真実を尊重するという考え、物を分かち合うという考えが、私たちの国にとってこんなにも無縁なものになっていなければよかった。もしそうなら、私の国が私にとってよその国のように感じられ始めることもなかっただろう。

訳注

（1）第三十六代大統領（在任一九六三～六九）。内政では人権擁護や貧困撲滅に力を入れた。

（2）一九三三年以降、ルーズヴェルト大統領が大恐慌による不況の克服を目的として実施した一連の社会経済政策。

（3）一九一五～二〇〇五。カナダ生まれの米国の作家。

（4）二〇一二年十月三日、共和党の大統領候補者、ロムニーとの間でおこなわれた。
（5）ジョン・F・ケネディの大統領就任演説（一九六一年一月二十日）の中の言葉。

内なる子どもと裸の政治家

二〇一四年十月

この夏、文学好き向けのTシャツをつくっている、ある会社が、次の引用文の使用許可を求めてきた。

〈創造的《クリエイティブ》な大人は生き延びた子どもです〉

私はこの文章を見て考えた。こんな文章、書いたことあるかしら？　似たようなことを書いたような気はした。でも、この文章ではないほうが望ましい。「クリエイティブ」という語を、企業が自分の思考を宣伝するためにわが物顔に使うようになってから、私はあまり使わなくなった。それに、大人は誰だって生き延びた子どもじゃないのかしら？

それで私はこの文をグーグル検索した。たくさんヒットして、中には気持ちが悪いものもあった。多くは、この文を私の言葉だとしていた。だが、出所を記したものはなかった。

一番気持ち悪かったのは、引用服《クオーツクロージング》・ドット・コムの次のような記事だ。

こんにちは
クリエイティブな大人は生き延びた子どもです。
クリエイティブな大人は、世間が殺そうとするのに負けず、生き延びた子どもです。クリエイティブな大人は、学校教育の退屈さ、悪い教師の助けにならない言葉、世の中の否定的な応対にめげず、生き延びた子どもです。
クリエイティブな大人の本質は、要するに子どもなのです。

嘘心をこめて

アーシュラ・ル＝グウィン

自己憐憫に満ちたこの小文で一番奇妙なのは、「真心をこめて《トウルリー・ユアーズ》」ではなく「嘘心をこめて《フォールスリー・ユアーズ》」と書いてあるところだ。誰か知らないがこの駄文を書いた人物が、わざとらしく恥じらいながら、捏造を半ば告白しているように、私には思われる。

自分がこれまで書いたエッセイ全部に目を通して、引用だか誤引用だかされた文章はないか探した。なんとなく、そんな文章があるような気がしてならないのだ。今のところ、見つかってはいない。私はあるSFチャットグループで、何か思い当たることはないか、友人たちに尋ねた。そのうちの何人かは研究者で、出典探しには鋭い鼻をもっている。だが、誰も役に立つことを言ってはくれなかった。これを読んでくださっている皆さんにお願いする。この偽引用について何らかの仮説が得られたら、そしてそれにも増してありがたいが、これこれの本の何ページにそれらしい箇所がある、とわかったら、ブック・ヴュー・カフェのサイトのコメント欄に投稿していただけませんか？　何しろ、六月からこっち、ずっと頭を悩ませているもんですから。*

それ以上に、私を悩ませているのは、この文章自体とその用いられ方と人気ぶりだ。言葉の連なりが実際に何を言っているかについて無頓着なこと、気の抜けた決まり文句を、有用な、啓発的でさえあるような概念として進んで受け入れること、引用と言いながら、引用元が何なのかに注意を払わないこと――みんな、私がインターネットについて大嫌いな部分だ。「ぺらぺらぺら、かまやしないでしょ。これも情報よ」という態度――言語と思考の両方を貶めるぐうたらな精神。

しかし、それよりも深いところで、私はこの文章が私に言っていることを嫌悪している。子どもだけが生きていて、創造的である――だから、大人になることは死ぬことだ、とそれは言っている。子ども時代の感性のみずみずしさや、どんな形もとりうる膨大な可能性を尊重し、大切にするこ

＊〔原注〕ブック・ヴュー・カフェに掲載されたこのブログ記事に、ありがたい反応が寄せられ、私の書いた文章と誤引用のもとになったかもしれない箇所との両方がじきに判明した。一九七四年のエッセイ、「アメリカ人はなぜ竜がこわいか（Why Are Americans Afraid of Dragons?）」（のちにエッセイ集『夜の言葉（The Language of the Night）』に収録された）の中で私はこう書いた。「成熟とは古い自分を卒業して別物になることではなく、成長することだと私は思います。子どもは死んで大人になるのではなく、生き延びて大人になるのです」。クリエイティビティーのことなど、何も言っていない。私はただ、成熟は、子ども時代の喪失、あるいは子ども時代に対する裏切りに過ぎないとする考え方を批判していたのだ。この誤引用がインターネット上に最初に現れたのは、一九九九年、ジュリアン・F・フレロン教授がまとめた、巨大で、総じて有用な引用集においてであった。私が彼に連絡を取ると、彼はそれが誤引用であったことを知って心を痛め、非常に穏やかな応対で、即座に削除してくれた。しかし、問題の文章が私のものであるとする偽りの情報は、ボックスエルダー・ビートルのようだった。このあわれな小さな生き物はひたすら繁殖し、発信《ツイート》し、家の中の木造部分から這い出す。たった今（二〇一六年七月）、調べてみたところ、グッドリーズ（Goodreads／読書家のオンラインコミュニティー）とアイガ（AIGA／米国グラフィックアート協会）は相変わらず、「クリエイティブな大人」の誤引用文を私の言葉だとしている。この一文はまた、独立した存在にもなり、あるところでは「よく知られた金言」と言及されていた。処置なし、である。

と。ほんとうの生を経験できるのは子ども時代だけであり、創造性は子どもだけがもつ機能だ、と主張すること。このふたつはまったく別のことだ。

成長して大人になることに価値はないとする見方には、フィクションで、そして「内なる子ども《ジ・インナー・チャイルド》」なるカルトでしょっちゅう出くわす。

反抗的なはみだし者が主人公《ヒーロー》になっている児童書は枚挙にいとまがない。その男の子あるいは女の子（女の子の場合は、不器量だと描写され、ほとんど必ず赤毛である）は「決まり」を疑問視したり、異を唱えたり、無視したりして、厄介な状況に陥る。年若い読者は皆、その子に自分を重ね合わせる。それはもっともなことだ。いくつかの点で、そしてある程度まで、子どもたちは確かに社会の犠牲者である。彼らはほとんど、あるいはまったく権力をもたない。自分の本領を発揮する機会を与えられない。

そして子どもたちはそのことを知っている。だから、力を得て、いじめるヤツに仕返しし、本領を発揮して、正当に扱われるという話を読むのが大好きだ。子どもたちは同じようにしたいのだ。成長して大人になり、独立を求め、責任を担えるようになるために。

しかし、子どもと大人両方のために書かれたもので、人間の社会が単純化されて、善良で創造的な子どもと、悪くて心が死んでいる大人という構図になっているものがある。そこでは、子どもであるヒーローは、周囲の偏狭で威圧的な社会と愚かで鈍感で意地悪な大人たちに対して反抗的であるのみならず、すべての点で彼らより優れている。ヒーローはほかの子どもたちとの間に友情を見出したり、異なる色の肌をもつ祖父母タイプの聡明な人や、自分の属する社会の外側、もしくは周辺部にいる人に、自分のことを理解してもらえたりする。しかし、自分自身の集団の大人たちからは何も学ばないし、そういう年長者たちはその子に教えることを何も持ち合わせていない。このような子どもは常に正しい。そして、彼を理解せず、押さえつける大人たちよりも賢い。しかし、この洞察力超豊かな、賢い子どもは、どうしても逃げ出すことができない。彼は犠牲者だ。『ライ麦畑でつかまえて』のホールデン・コールフィールドはそういう子どもの典型だ。ピーター・パンは彼の直系の先祖にあたる。

トム・ソーヤにはこの子どもと共通する要素がある。ハックルベリー・フィンもそうだ。だが、トムとハックは感傷的に描かれてはいないし、道徳的な面で過剰に単純化されてもいない。彼らは皮肉なユーモアのパンチが利いた筆致で描かれており、また彼ら自身も皮肉なユーモアのセンスの持ち主である。このことは自己憐憫という重要な問題に影響を与える。大事に育てられているトムは自分自身を、無意味な規則や義務によって、ひどく痛めつけられていると考えたがる。一方、個人的虐待、社会的虐待の本物の犠牲者であるハックは自己憐憫とは無縁だ。しかしながら、ふたりとも、早く大人になって自分自身の生活を取り仕切りたいという気持ちでいっぱいだ。そして彼らはそうするだろう――トムはもちろん、彼の属する社会を支える人になり、ハックはその社会の外で、より自由な人間として生きるだろう。

自己憐憫好きの感受性超豊かな犠牲者づらの子どもには、内なる子どもと共通する点があるように思われる。どちらも怠惰なのだ。自分が大人になるよりは、大人を責めるほうがはるかにたやすい。

私たちは皆、社会に抑圧されてきた内なる子どもをもっていて、その内なる子どもをほんとうの自分として育てなくてはならず、内なる子どもの力を借りて、創造性を解放することができる――

というのは、多くの賢明で思慮深い人々によって表現された直感を、あまりにも単純にまとめ過ぎているように思われる。そういう人々の中にはイエスもいた。「心を入れ替えて子どものようにならなければ、決して天の国にはいることはできない[1]」

一部の神秘主義者や多くの偉大な芸術家は、自分の子ども時代は、インスピレーションを得られる深い泉のようなものだと知っていて、内面生活での子どもと大人の間の強いつながりを維持する必要があると語っている。

けれど、そのことから、私たちが心の中のドアをあけたら、内なる子どもが飛び出してきて、歌ったり、踊ったり、絵を描いたり、祈ったり、料理したり、愛したりすることを教えてくれるという考えに至るのはどうなのだろうか？

自分自身の「子どもの自己」とのつながりを維持することの必要性、そして難しさをすばらしく巧みに言い表しているのはワーズワスの詩、「頌歌——幼少時の回想から受ける霊魂不滅の啓示(Ode : Intimations of Immortality from Recollections of Early Childhood)[2]」だ。

私たちの誕生は眠りと忘却に過ぎない。

この頌歌は、誕生を空虚な不在と胎児の未完成さから子どもという完全な存在へ移る目覚めとみなしたり、成熟を、先細りに狭く乏しくなりつつ空虚な死に向かっていくこととみなしたりはしない。この頌歌が提示しているのは、こういうことだ。魂はその永遠のあり方を忘れて生にはいる。そして、生きていく間、それとなく知らされたり、悟りのひとときをもったりする形でのみ、永遠のあり方を思い出すことができる。そして、死において、それを完全に思い出し、その中に再び加わることになる。

ワーズワスが言うには、自然は私たちに永遠なるものを思い出すよすがを無限に与えてくれる。私たちがそれらをもっともよく受け入れるのは子ども時代においてだ。「習慣」が「霜のように重く、ほとんど人生のように深くのしかかる」大人としての生活では、私たちはそのような開放的な心を失うが、それでもまだ、頼りにできるものがある。

あのおぼろげな思い出。
何であるにせよ、
それは今も、私たちの日々を照らす泉の輝き。
それは今も、私たちが見るための主要な光。
私たちを支え、慈しみ、その力で
私たちの騒がしい年月を
ほんのひとときだと思わせてほしい、
永遠の沈黙の存在の中のひとときだと。
一度目覚めれば滅びることのない真実よ。

　私がこの証言をいとおしむのは、それが、なんらかの宗教の信仰体系から生じたものだと考える必要がないことが大きい。人間存在が、光から暗闇にはいり、それを通り抜けて光の中に出ていく——謎から、終わりのない謎へと移っていくというビジョンは、信仰をもつ人も自由思想家もともに抱くことができる。

　この意味では、無邪気さ、裁くことなく無条件に経験を受け入れる幼い子どものおおらかさは、大人も身につけられる、あるいは、とりもどせる霊的な特性だとみなすことができる。そして私が思うに、内なる子どもという概念も、もともと——あるいはもっとも理想的な形では——こういうことなのではないだろうか。

だが、ワーズワスは私たちに、成熟の価値を否定し、もう一度子どもになることによって、かつての自分である子どもを育むというセンチメンタルな願いを託しはしない。私たちは、年を重ねるにつれて失っていく自由や知恵や喜びをどれほど強く意識しているにせよ、どの段階でも立ち止まらず、自分の中のなるべき自分のすべてになることによってこそ、十分に満ち足りた人間の生を生きるのだ。

草原の中の輝かしい時間、花の中の盛りの時間は
いかにしても戻ってはこないが、
悲しまないで、あとに残っているものの中に
力を見つけよう。
これまでもあり、これからも常にあるべき
原初の共感の中に、
人間の苦しみの中から湧きあがる
心安らげる考えの中に、
死を見通す信じる思いの中に、
哲人の精神をもたらす年月の中に。

（もし、あなたが私同様、「心安らげる（soothing）」という言葉を見て驚き、人間の苦しみについて考えることがどのようにして、心を安らげるものでありうるのかといぶかしむとしたら、私と同

様、このような驚きこそが鍵だと――詩人の単刀直入な言葉が、最初のうちに、一見したところの平明さが明らかにすることよりもはるかに多くのものを含んでいること、彼がこの詩で言っていることに単純なものはひとつもないこと、この詩をひととおり理解するのは容易だが、少しでも理解すれば、理解したことがあなたをその先へと導き、それを追っていくと、より一層の理解に到達するのだということの印だと感じるかもしれない。）

内なる子どもというカルトは、ワーズワスが複雑なままにしておいたことを単純化しすぎる傾向があり、また、ワーズワスが連続性を残しているものの流れを断ち切り、対立のないところに対立をつくりだす。子どもは善良だ――それゆえに大人は悪だ。子どもでいることはすばらしい――だから、大人は最低だ。

もちろん、成長することは容易ではない。赤ん坊はよちよち歩きを始めるとすぐ、よちよちと厄介事の中にはいっていく定めである。「牢屋の影が落ち、成長途上の少年を包み始める（……）」。大人への移行期である青少年期は困難で危険な時期であり、多くの文化によって、そうみなされている。その認識は、男の子に課せられる残酷なイニシエーションの儀式や、女の子においては月経が始まるとすぐ結婚させて残酷にも青少年期を消滅させることなど、懲罰的な形をとることがあまりにも多い。

私は子どもたちは、しなくてはならない、とても大きな仕事を与えられている未完成の存在だと考えている。彼らの仕事は、完全になること、自分の潜在的可能性を開花させること、成長して大人になることだ。子どもたちのほとんどはこの仕事をすることを望み、そのために最善を尽くそうとする。そうするためには必ず、大人の手助けが必要だ。この手助けを「教育」と呼ぶ。

教育にはもちろん間違いもある。成長に役立つとは限らず、うんざりさせるものだったり、残酷だったりすることもある。何事であれ、人が何かをすると、まちがいは起こりうる。しかし、教育を子どもらしい自発性の抑圧に過ぎないと見るのは、旧石器時代から今に至るまでの世界中の忍耐強い親や教師のすべてに対してとんでもなく不当なことであるとともに、子どもの成長する権利と、年長者たちの子どもの成長を手助けする責任との両方を否定するものだ。

子どもたちは本来、必然的に無責任である。そして子犬や子猫の場合と同じように、子どもたちにおいても無責任さは魅力の一部だ。大人になっても無責任であり続けると、それは実際的かつ倫理的な意味でひどい欠点になる。うまく制御されないと、自発性はそれ自体の良さを失う。無知は知恵ではない。無邪気さは、霊的な世界についてのみ、通用する知恵である。私たちは皆、一生を通じて子どもたちから学ぶ。しかし「小さな子どものようになれ」というのは、霊的な助言であって、知的助言でも、実際的助言でも、倫理的助言でもない。

「王様は裸だ」と子どもが言うまで――あるいは、あまり考えたくないことだが、誰かの内なるガキが言うまで、私たちはほんとうにそのことに気がつかないのだろうか？　もし、そうなら、私たちはたくさんの裸の政治家たちに一杯食わされることになるだろう。

訳注

（1）新約聖書「マタイによる福音書」十八章三節（訳は新共同訳に基づき、表記に少し手を加えた）。

（2）日本語訳には『対訳　ワーズワス詩集　イギリス詩人選（3）』（岩波文庫）所収の「幼少時の回想から受ける霊魂不滅の啓示」、『ワーズワース詩集』（彌生書房）所収の「頌」などがある。

ささやかな提案(1)——植物の身になって考えよう

二〇一二年六月

今こそ、人類が雑食者、肉食者、菜食主義者《ベジタリアン》、完全菜食主義者《ビーガン》(2)などの原始的状態から脱するべきときだ。私たちは必然的に次のステップとして、オーガン——空気食者という生き方に進まなくてはならない。そうすることで、私たちは、肥満やアレルギー、残虐行為と無縁になり、無垢で清らかな存在に近づけるだろう。私たちのモットーは、「われらが必要とするものはO《オー》（酸素）のみ」であるべきだ。

動物たち——もし私たちが肉や乳や卵を利用するために繁殖させなかったら、動物園の外にはほとんど存在していないであろう動物たち——の苦しみに心を悩ませる人の多くが、私たちが監禁状態に置いたり、自生しているのを捕らえてきたりする植物の、際限のない、大変な苦難について無頓着なのは奇妙なことだ。植物が私たちの手の中でどんな目に遭っているか、ちょっと考えてみてほしい。私たちは植物を情け容赦なく選択的に繁殖させ、困惑させ、苦しめ、毒を与え、広大な単一栽培地にぎゅう詰めにし、自分たちの欲望に影響する場合しか、彼らの福祉を考慮せず、多くの場合、彼らの副産物に過ぎない種子、花、果実を得るためにのみ、育てる。そして彼らの苦しみを一顧だにせず、殺戮する。「収穫」という名のもとに、根こぎにし、生きながら地面や枝から引きちぎり、切り、刻み、刈り取り、千切《ちぎ》る。「料理」するときには、熱湯や油に落とし、オーブンに入れて死なせる。最悪の場合は生で食べる。彼らは人間の口に押しこまれ、人間の歯で咀嚼《そしゃく》され、飲みこまれる——しばしば生きたままで。

店で袋にはいって売っているのを買ったから、豆は死んでいるとお思いだろうか？　冷蔵庫に入れてしばらく経つから、人参は死んでいるとお思いだろうか？　そういう豆を二、三粒、湿った地面に蒔いて、一、二週間ようすを見たことがおありだろうか？　人参のへたを水を入れた皿に置いて、一、二週間ようすを見たことはおありだろうか？

植物の命は、動物の命ほど目につかないかも知れないが、実はずっと強く、丈夫なのだ。もしも牡蠣をひとつ水を入れた皿に置いて一、二週間待ったら、その結果はまったく違うだろう。ならば、牡蠣を食べ物という位置に貶めることが道徳に反するとされることがあっても、人参やトーフのかけらに同じことをするのは、責められず、良いことだとさえみなされるのはなぜなのか？

「人参は苦しんでいないから」ビーガンは言う。「大豆には神経組織はない。大豆は苦痛を感じない。植物には感情がない」

それはまさにかつて何千年もの間、多くの人が動物について言っていたことであり、魚については、未だに言っている人も多いせりふだ。科学の進歩によって、私たちは——全員ではないにしても——人間が動物であることを再び意識するようになり、すべての高等動物が、少なくとも私たちと同じくらい強く、苦痛や恐怖を感じるということを認めざるをえなくなった。だが、かつて動物は精神のない機械だという主張を擁護するために、間違った仕方で科学を利用したように、今、私たちは、動物以外の生き物——植物——には感情がないとわかっているという主張を支持するために、間違った仕方で科学を利用している。

私たちにはその種のことはまったくわからないのに。

植物の感受性やコミュニケーションについての科学的な研究は始まったばかりだ。結果はまだわずかしか出ていないが、出ている結果は肯定的で、大変興味深く、奇妙なのだ。そのメカニズムやプロセスは、動物の感覚システムや神経システムとは大いに異なっていて、まだほとんどわかっていない。だが、これまでのところ、この問題について科学的にわかっていることからは、植物には感覚がないという便利な考えは正当化できない。人参が何を感じているか、私たちにはわからないのだ。

実のところ、牡蠣が何を感じているかも私たちにはわからない。搾乳されることについて雌牛に尋ねることもできない——乳房に乳がたまっている場合は搾乳されてすっきりするだろうという仮説は立てられるにしても。私たち人間がほかのすべての動物について抱く憶測はおおむね身勝手なものだ。その中でももっとも根強く確立されている憶測が、植物には感覚も理性もなく物も言えない、ゆえに動物よりも「劣って」いて「私たちが利用するために」ある、というものだ。この安直な判断のせいで、私たちの中のもっとも心優しい人でさえ植物に敬意をもたず、情け容赦なく野菜を殺戮して平気でいる。若々しいケールの茎や、生きている赤ちゃんである、柔らかく繊細で、くるんくるんした豆の巻きひげ《ビーテンドリル》を冷然と貪り食いながら、おのが良心の純粋さを誇る。

このような残酷な偽善的行為を避け、良心に一片の曇りもない境地に到達する唯一の方法はオーガンになることだと私は考える。

残念ながら、オーガンムーブメントはその本質と原理からして、個々のケースにおいては短命になる定めだ。しかし、この大義に殉じる最初の人々に啓発されて、無数の人々が彼らに倣《なら》い、生命を維持するためにほかの生き物やその副産物を食べるという、まったく不自然な慣行をやめることを誓うだろう。大気中や水すなわちH_2Oの中に含まれる汚《けが》れない純粋なO（酸素）だけを摂取するオーガンたちは、すべての動植物と真に仲良く暮らし、できる間は、自分たちの信条を誇らかに説くだろう。場合によっては、数週間それができるかもしれない。

訳注

（1）ジョナサン・スウィフトが一七二九年に発表した諷刺文「アイルランド貧民の子が両親や国の重荷となるを防ぎ、公共の益となるためのささやかな提案」（略して、「ささやかな提案（A Modest Proposal）」と呼ばれることが多い）を踏まえたタイトル。スウィフトのこの諷刺文の日本語訳は『柴田元幸翻訳叢書ブリティッシュ＆アイリッシュ・マスターピース』所収の同邦題作品など。

（2）乳製品や卵も摂らない厳格な菜食主義者を指す言葉。

信じることを信じること

二〇一四年二月

霊感を与えてくれそうな言葉が彫られた石が売られている——ラブ（愛そう）、ホープ（願おう）、ドリーム（夢見よう）など。「ビリーブ（信じよう）」と彫られた石もある。私は戸惑いを覚える。信じることは、美徳なのだろうか？　それ自体望ましいことなのか？　何かを信じていることが良くて、何を信じるかは重要でないのか？　もしも私が、火曜日に馬はアーティチョークに変わると信じていたら、それを疑っているよりは良いことなのだろうか？

二〇一四年一月三日付けのニューヨークタイムズ紙でチャールズ・ブローが良い社説を書いていた。「洗脳を進める宗教的戦士たち」というタイトルで、ラディカルな共和党員が、事実についての世論を混乱させるために宗教を利用し、それに成功していることを批判した記事だ。彼は十二月三十日のピュー研究所[1]（Pew Research Center）の報告を引用して、次のような気のめいる統計を示した。

昨年（…）民主党員のうち進化を信じる者の占める割合は微増して六七パーセントとなり、共和党員では、進化を信じる者の割合は四三パーセントに急落した。今や、共和党員では、「人間もほかの生き物も原初から、今と同じ姿で存在していた」と信じる者のほうが、進化を信じる者よりも多い。

私は日頃、チャールズ・ブローの鋭い知性と信頼するに足る共感力に敬意を抱いているが、この文章での彼の言葉の選択には引っかかるものがある。このパラグラフで彼は四回、「信じる」という動詞を用いており、その用い方には科学的理論の真実性と宗教的書物の真実性とが比較可能なものであるという含意がある。

私はこのふたつは比較可能だとは思わない。そして私はそのことについて書こうと思う。事実としての真実性と霊的な確信あるいは信仰とが――わかっていてか、知らずにか――混同されていて、そのもつれをほどかなくてはいけない、と考えているのは、私も彼と同じだからだ。

私はピュー研究所の調査でなされた質問の正確な言葉遣いを見つけることができなかった。ピュー研究所の報告では、「信じる」という言葉よりも「考える」という言葉のほうが多く用いられている。人々は、人間やほかの生き物が時の流れの中で進化してきたと「考える」、もしくは、「その考えを受け入れない」というふうに。

その言葉遣いはいくらか私に安心感を与えてくれる。もしも私が調査員に「進化を信じていますか」と訊かれたら、私の答えはきっと「いいえ」だろうから。

もちろん、答えることを拒否して当然なのだ。無意味な質問には、無意味な答えしか返せないから。私に進化を、変化を信じますかと訊くのは、火曜日を信じるかとか、アーティチョークを信じるかと訊くのと同じくらい無意味だ。進化という言葉が意味するのは変化、つまり何かがほかの何かに変わることだ。それはしょっちゅう起こっている。

ここでの問題は、私たちが「進化」という語を「進化の理論（進化論）」という意味で使っていることだ。この省略表現は心理的な短絡を引き起こす。それは（観察された事実についての）仮説と（ヘブライ語の聖書に記されているような神からの）啓示との間に偽りの相似関係をうちたてる。そしてそれは、「信じる」という語の私たちのいいかげんな用い方によって強化される。

私はダーウィンの進化論を「信じ」はしない。私はそれを「受け入れる」。これは信用の問題ではなく、証拠の問題だ。

科学の企てはすべて、現実を扱うべきであるし、そしてそれができる。時間の中で生ずる実在の物や出来事の現実は、疑いや仮説や証明や反証、受容や拒否の対象となる——信用や不信の対象ではない。

信じることはそれにふさわしい強力なあり方で、魔術、宗教、恐怖、希望などの領域に存在する。

進化論を受け入れることと、神を信じることとが、相反することだとは、私は思わない。科学的理論を知的に受け入れることと、超越的な神性を信じることとは重なり合う部分がほとんど——あるいは、まったくない。いずれもお互いを裏付けることも、否定することもできない。両者は、同じ世界に対する、深い意味で異なる見方、現実との異なる向き合い方から生じる。片や物質面、片や精神面の事柄である。両者は完璧に調和して共存することができ、実際、しばしば共存している。

宗教的なテキストを厳密に文字通りに読むと、いかなる種類の思考も困難になる。とはいえ、数千年前、神が六日間で宇宙をつくったということを信じていても、それを、宇宙ができてから何十億年も経っているという物質的証拠に影響されることのない霊的な真実だと考えることはできる。逆もまた真なりだ。異端審問官は知らなかったが、ガリレオは知っていた。地球が太陽の周りを回っていようと、太陽が地球の周りを回っていようと、どちらにせよ、神がすべての霊的な中心であるという信仰にはまったく影響を与えないということを。

信仰さえあれば、世界はすばらしいものに見えるが、科学の「冷厳な事実」は世界からすべての色と驚きを奪うとか、科学的な理解は自動的に、宗教的あるいは霊的な洞察をおびやかし、弱めるとかいうのは、でたらめである。

そのでたらめの一部は、職業的な嫉妬、対抗心、恐怖に起因する。聖職者と科学者は権力と、人間の精神の支配を求めて競争している。無神論者の長広舌と根本主義者の長広舌は似た響きをもっている。どちらも熱っぽくて、身びいきで、偽りだ。私の印象では、研究活動をしている科学者のほとんどは、自分が宗教を実践しているかどうかにかかわりなく、宗教との共存を受け入れ、宗教の領分では宗教が第一であることを認め、それとは関係なく仕事を進めている。だが、科学者の中には宗教を憎み、恐れ、口汚く批判する者もいる。また、聖職者や説教者の一部はあらゆるもの、あらゆる人を自分たちの影響下に置こうとし、物質的な事実に対して聖書の啓示が絶対的な優位性をもつと主張する。

こうして、双方が信奉者にとって致命的な罠を仕掛ける。もし神を信じるならば、進化を信じることはできない。そしてその逆。

だが、それは、火曜日を信じるなら、アーティチョークを信じることはできないと言うのと、似たり寄ったりだ。

問題は、信奉者たちが、科学は信じることを含まないということを信じられない、ということなのかもしれない。彼らはそれゆえ、知識と仮説を混同し、何が科学的知識で何がそうでないかについてとんでもない誤解をする。

科学的仮説は、現実の観察とそれを裏づける証拠となる事実の集積に基づき、知識について試験的に言明してみたものである。事実の裏付けのない言明（信じているだけのこと）は、科学的知識とは何の関係もない。しかし、科学的仮説は常に反駁の対象となる。科学的仮説に反駁する唯一の方法は、その反証となる観察された事実を示すことだ。

これまでのところ、次に述べる仮説は十分な証拠に裏づけられている。世界はその発生以来変化し続けている。地球上の生き物は、変化に対応し、長い年月にわたって、単細胞生物に始まり、膨大な数の種を経て進化してきた。そして彼らは今も適応し、進化している（ガラパゴスのフィンチ種、ある種の蛾の体色、アメリカフクロウとニシアメリカフクロウの交雑その他、非常に多くの例においてそのような進化が見られる）。

しかし、厳密に科学的な精神にとっては、進化論はまだ絶対的な知識ではない。さらなる観察によって常に、修正、改善、洗練、拡大などの可能性がある。進化論は教条《ドグマ》ではなく、信念の一端でもない。それは道具である。科学者たちはそれを用い、それに基づいて行動し、それを信じているかのように擁護しさえする。だが、それを鵜呑みにしているから、そうするのではない。科学者たちはそれを受け入れ、それを用い、意味のない攻撃から守る。進化論がこれまでのところ、大規模な反証の試みを抑えてきたから、そして役に立っているからだ。それは必要な仕事をこなしている。それは説明を必要とする物事を説明する。人々の精神を導き、事実に即した発見と理論的な想像の王国へ連れていく。

ダーウィンの理論は私たちが現実を感じとる仕方——常に仮のものである知識——を大きく押し広げる。私たちがその理論を試してきた、そして試すことができる範囲内でのことに限られるし、そして、さらに学ぶにつれて修正し続けていかなくてはならないのではあるが、私たちはその理論を真の知識——豊かで美しい洞察——として、受け入れることができる。それは、与えられた真実ではなく、私たちが勝ち取った真実だ。

霊的なものの世界では、私たちは知識を勝ち取ることができないようだ。私たちは知識を贈り物として受け取れるだけだ。それは信じることという贈り物だ。「信じる」というのは偉大な言葉だ。私たちによって信じられた真実も偉大で美しいものでありうる。人が何を信じるかはとても重要なことだ。

世間一般の人が、事実の問題において「信じる」という言葉を使うのをやめ、信じることを、それがふさわしいところ——宗教における信仰と宗教とは関わりのない希望の領域に委ねられたらよいのに、と思う。もしそうできたら、多くの不必要な苦痛が避けられるだろうと、私は信じる。

訳注
（1）米国の調査機関。ワシントンD・Cを拠点として、米国や世界の人々の意識・意見・傾向などについての調査をおこなっている。

怒りについて

二〇一四年十月

I　獰猛な憤り《サエワ・インディグナティオ》

フェミニズムの第二の波で、世の中の意識向上を目指していた時期に、私たちは怒りを――女たちの怒りを重視した。私たちは怒りを称え、美徳として育んだ。私たちはこれみよがしに怒ることを学んだ。激怒を誇り、復讐の女神を演じた。

私たちがそうするのは正当なことだった。私たちは、侮辱や不当な扱いや虐待にも我慢強く耐えるべきだと思いこんでいる女たちに、怒っていいのだと言った。人々を覚醒させ、不公平や、女性に対するシステム化された不当な扱い、ほとんど世界中に見られる女性の人権の軽視を感じとり、ちゃんと見ることができるように、自分自身のためにもほかの人たちのためにも、それに対して憤慨し、拒絶するように仕向けていた。勢いよく燃え上がらせた怒りは、不公正への適切な反応だった。憤りは激怒を生み、激怒は逆上を生んだ。怒りのための時がある。あれはそういう時だった。

怒りは有用だ。不当な扱いへの抵抗をかきたてるのに不可欠な道具かもしれない。だが、私は怒りは武器だと思う――戦闘と自己防衛においてのみ有用な道具だ。

男の優位が、重要かつ必須のことだと考える人々は、女たちの抵抗を恐れ、ゆえに怒りを恐れる――武器を目にすると、彼らにはそれが武器だとわかる。人権とは男の権利のことだと思っている連中は、公正を求めて声をあげるすべての女に、男嫌いでブラジャーを焼くじゃじゃ馬のレッテルを貼る。メディアの大部分がこの見方を支持したので、連中はフェミニズム、フェミニストという言葉の意味を格下げするのに成功し、そのふたつの言葉を不寛容と同一視した。そのせいで、これらの言葉はほとんど役立たずになり、それは今でも変わらない。

極右勢力は、すべてを戦争という観点から見たがる。一九六〇年から一九九〇年までのフェミニズムをそういうふうに見ると、第二次世界大戦みたいな結果になった、と言えるかもしれない。結局、負けた人たちが多くを得たのだ。今日、あからさまな男の優位が当然だと思われることは少なくなり、ジェンダーによる給料の額の開きは狭まった。ある種の高いポジションにつく女性がふえた。とりわけ、高等教育においてはそれが顕著だ。女の子たちは偉そうにふるまうことができ、女たちはリスクなく男と対等のつもりでいられる。広告で、あだっぽい女が生意気に紙巻煙草を吸っている写真に添えられたコピーが言うように、「ベイビー、遠い道のりをよく来たね」なのだ。

あらまあ、ありがとね、ボス。肺癌のプレゼントもありがとう。

たぶん――戦場のメタファーの代わりに子ども部屋のメタファーを用いると――フェミニズムがベイビーだとすれば、その子はもう、自分のニーズや、受けている不当な扱いに人の目を集めるには、怒りを示すしかなく、癇癪を起こし、思いを体で表現してあばれまくる段階を卒業している。現在、ジェンダー間の平等を求める運動にとって、単なる怒りが有用な道具になることはめったにない。憤りは今でも無礼や敬意の欠如に対する適切な反応だ。しかし現在の道徳的風潮では、憤りは、一貫して毅然としたモラルの高い身の処し方や行動によって表現するのがもっとも効果的であるようだ。

　このことは、中絶の権利の問題にはっきり目に見える形で示されている。その権利の擁護者たちは、権利の反対者たちの罵り、脅迫、暴力に、不変の非暴力で対峙している。反対者たちは、擁護者たちから暴力が返ってきたら、さぞ喜ぶだろう。もしNARAL[1]がティー・パーティー[2]のスポークスマンたちのように怒りをぶちまけていたら、もし中絶を実施しているクリニックが武装したデモ参加者たちから身を守るために銃を誇示していたら、最高裁判所にいる中絶権反対者たちは、現にやっているように、ロウ対ウェード事件判決[3]を少しずつ解体していく手間をかける必要などまず、なかったはずだ。運動の大義など、今頃はすでに失われていただろう。

　今の状況では、運動は敗北を喫するかもしれない。しかし擁護者である私たちががんばりぬくならば、決して大義が見失われることはない。

　怒りは権利を否定されることに対して燃え上がる。しかし、権利の行使は怒りを糧にして、生き、栄えることはない。権利の行使は公正さの揺るぎない追求を糧にして生き、栄える。

　もしも自由を尊ぶ女たちが、圧制とのあからさまな対立の状態に引きずり戻され、不公正な法律を再び押しつけられまい、と自衛することを余儀なくされるならば、私たちは再び武器としての怒りを呼び出さなくてはならないだろう。だが、私たちはまだそこまでは行っていない。私たちが今している何かが、私たちをそこに近づけることがないようにと願う。

　怒りが有用な程度を超えて続くと、不公正になり、次いで危険になる。それ自身のために心に抱かれ、それ自体が目的であるかのように評価されると、怒りは目標を見失う。怒りはポジティブな行動の燃料となるのではなく、後退、妄想、復讐、独善の燃料となる。腐食作用をもつそれは、自らを蝕《むしば》み、その過程で宿主を破壊する。この数年間にアメリカの政治の極右勢力が示してきた人種差別主義、女嫌い、反合理主義は、思考を支配するよう、行動を制御するよう、憎しみによって念入りに育まれた怒りの破壊力の恐るべき表出である。この勝手放題な怒りの爆発がやむまで、私たちの共和国が何とかもちこたえてくれることを、私は願っている。

II　私的な怒り

　ここまでは、公的な怒り、政治的な怒りとでも言うべきものについて語ってきた。だが、続いて私は、個人的な経験としてこの主題――かんかんになること、怒ること――について考えた。そして、この主題はとても厄介なものだと思った。というのは、私は自分自身を、感情は強いが、根は平和主義的な女だと思いたいのに、怒りが私の行為や思考の燃料になっていることがいかに多いか、自分がどんなにしょっちゅう怒りに身を任せているかに気づかずにはいられないからだ。

　怒りを際限なく我慢すると、必ず魂がいびつになったり、蝕まれたりするものだと知っている。だが、長い目で見て、怒りがどの程度、有用なのかはわからない。私的な怒りは奨励されるべきものだろうか？

　不当な扱いに対する女たちの怒りが、美徳とみなされ、常に自由に表現されるものであってほしいと私たちは望んでいたが、私的な怒りが同じように、美徳とみなされ、自由に表現されるとしたら、それはどんな作用をもつだろうか？

　もちろん怒りの噴出によって、魂がすっきりし、空気が一新されることはある。だが大事に抱えこまれていた怒りは、押さえつけられていた怒りと同じように作用し始める。復讐心、悪意、不信、増殖する恨み、恨みの原因についてくよくよと考え続けていること、憤慨の独善性などで空気を汚し始める。適切なタイミングで、真の標的を狙って、短くあからさまに表現される怒りは効果的だ。けだし、怒りは優れた武器だ。しかし、武器とは、危機的状況にふさわしいものであり、危機的状況だからこそ正当化される。毎晩、ディナーの食卓で激怒して家族を怯えさせるのを正当化するものは何もない。どのチャンネルを見るかで揉めて、癇癪を起こして思い通りにしようとするのも、フラストレーションを発散するために、ほかの車のすぐ後ろについて走り、それから時速百三十キロで右側から追い越しがてら「馬鹿野郎」とどなるのも、何によっても正当化されない。

たぶん問題はこうだ。脅威を感じたときに、私たちは武器（怒り）を鞘から引き抜く。すると脅威が通り過ぎるか、消える。だが、武器はまだ手の中にある。そして武器というものは魅惑的だ。依存性さえある。武器が必ず私たちに与えてくれるもの——それは力、安心、卓越性、そして……。

私自身の怒りについて、ポジティブな気持ちになれる源や側面を探していて、ひとつ見つけた。自尊心だ。軽んじられたときや、保護者づらをされたとき、私は憤怒に燃えて攻撃に出る。その場で、その時に。それについては後ろめたい気持ちはまったくない。

だが、そのあとで誤解だったとわかることがあまりにも多い。敬意に欠けるように見えたのはわざとではなかった。あるいは、単なるぎこちなさが軽視しているように見えたのだ、と。それにわざとだったとしてもそれがどうだというのだろう？

私の大おばのベッツィは、自分を馬鹿にした女について、こう語った。「趣味が悪くて、お気の毒だと思うわ」

大体において、私の怒りは自尊心よりは、嫉妬や憎しみ、恐れといったネガティブな感情に関係している。

恐れは私のような気質の人間にはつきもので、避けることができない。そして、それに対してできることは、自分が怖がっているとき、それをありのままに認識し、自分のすべてを恐れに支配されないように努めるということぐらいだ。腹立たしい気分になっていて、そのことに気づいている場合は自問してみることができる。で、一体何を怖がっているの、と。そうすると自分の怒りを眺める観点ができる。それで気分がすっきりしてくることもある。

嫉妬がその汚らしい黄緑の鼻先を突っこんでくるのは大体、私の人生の作家としての側面だ。称賛の翼に乗って成功の高みに舞い上がるほかの作家たちに、私は嫉妬する。私はそういう作家や彼らを称賛する人たちに軽蔑混じりの怒りを覚える――その作家の書いているものが好きでない場合は。私はヘミングウェイを蹴っ飛ばしたい気がする。でっち上げをしたり、ポーズを取ったりするのが気に入らない。彼には、そんなことをしなくても成功できる才能があったのに。ジェイムズ・ジョイスは私の考えでは、いつまで経っても過大評価されていて、そういうのを目にすると、私は歯をむき出してうなりたくなる。フィリップ・ロスが神様みたいに祭り上げられていることにも激怒する。けれども、この嫉妬絡みの怒りはすべて、その作家の書いているものが好きじゃない場合にだけ起こる。ヴァージニア・ウルフを高く評価したものなら、いくらでも読んでいられる。ジョゼ・サラマーゴについての良い記事を読むと、一日じゅう幸せだ。だから明らかに、私の怒りの原因は、嫉妬や羨望よりも、やはり恐れなのだ。ヘミングウェイやジョイスやロスがほんとうに、もっとも偉大な作家たちであるなら、私がとても良い作家であることも、高く評価されることもありえない――彼らが書いているようなものを書くこと、彼らの書いているものが好きな読者や批評家の気に入るものを書くことは、私には無理だから。

この堂々巡りの愚かしさはわかりきっている。だが、私の不安はどうしてもなくならない。幸いなことにそれが作動するのは、嫌いな作家について書かれたものを読むときだけで、私自身が書いているときには決して起こらない。私自身が物語をつくっているときには、ほかの人の物語やステイタスや成功は、私の頭からもっとも遠いところにある。

怒りと憎悪との関係はとても複雑に違いなくて、私はさっぱりわからない。だが、やはり恐れが絡んでいるように思われる。威嚇的な、あるいは不快な人や物でも、あなたがその人や物を恐れていないならば、軽蔑したり、無視したりできるはずだ。忘れることさえできるだろう。もしも恐れているなら、憎むしかない。憎悪が怒りを燃料として使っているのではないだろうか。私には正直よくわからないが、そんな状況には陥りたくないと思う。

以上のようなことを考えて、怒りは恐れと関係がある、という一般的な考えに至った。

私の抱いているさまざまな恐れは、つまるところ、自分が安全ではないかもしれないという恐れ（というと、安全でいられる人がいるかのようだが）と自分自身を制御できなくなるという恐れ（というと、私が自分を制御できていたことがあるみたいだが）だ。安全でないこと、自分を制御できないということへの恐れが、怒りの形をとって現れるのだろうか？　それとも、恐れを否認するために、怒りが利用されるのだろうか？

鬱病についてのある見解は、鬱病の源は抑圧された怒りにあると説明する。怒りの原因である人や環境に怒りが向かうことを、恐れ――傷つけられることへの恐れや他者を傷つけることへの恐れ――が阻むので、怒りはおそらく自分自身に向かうのだろう。

そうだとすれば、大勢の人が抑鬱状態にあることも、その多くが女であることも、驚くにあたらない。その人たちは未発の爆弾を抱えて生きている。

どうやってその爆弾から信管を取り除けばいいだろうか？　あるいは、どこでなら、そして、どのようにしてなら、安全に爆発させることができ、しかもそのことが役に立つだろうか？

ある心理学者が私の母に、怒っている状態で、子どもを罰してはいけないと教えたことがあった。罰が役に立つためには、冷静に罰を与え、なぜ罰を与えられたかについての明確で合理的な説明を子どもにしてやらなくてはいけない、というのだ。そして、絶対に、怒っているときに子どもをぶってはいけない、と彼はつけ加えた。

「もっともな話に聞こえたけれど」母は私に言った。「でも、考えてみたら変よね。あの先生は、怒っていないときに子どもをぶて、と言っていたのかしら？」

その話を聞いたのはある出来事のすぐあとだった。私の両親の家のテラスでみんなでくつろいでいたとき、気立てのよい、愛情豊かな二歳児だった私の娘のキャロラインが、私に寄ってきた。彼女は私を見上げて、あいまいににっこりした。そして私の脚にがぶりと噛みついた。

私の左腕が、蠅を払うように手の甲を前にして動き、彼女を払い除けた。彼女は怪我はしなかった。だが、すごく驚いていた。

そのあと、たくさんの涙とたくさんの抱っことたくさんの慰めの言葉があったのは言うまでもない。どちらも謝りはしなかった。彼女を叩いたことで、私が後ろめたい気持ちになったのは、あとになってからのことだ。「ひどいことしちゃった！」私は母に言った。「何も考えずに、ひっぱたいちゃった」

それで、母がその心理学者から聞いた話を教えてくれたというわけだ。母は言葉を続けた。「あなたのお兄さんのクリフトンが二歳のとき、私を噛んだの。あの子はなんべんもそれをくり返し、私はどうしていいかわからなかった。罰するべきではないと思っていたの。あるとき、ついにかっとして、私はあの子をひっぱたいた。あの子はキャロラインと同じように、びっくりした顔をしてたわ。泣きもしなかったと思う。そしてあの子は噛むのをぴたっとやめたの」

この話に何かの教訓があるとしても、それが何なのか、私にはわからない。

知っている人たちの人生を見ていると、心の奥深くの強く抑圧された怒りが、どれほど深刻な害を及ぼすかがわかる。抑圧された怒りは苦痛から生じ、苦痛を引き起こす。
私たちの文学や映画で「残酷さの祭典」が延々と繰り広げられているのは、怒りを表に出し、シンボルとして演じることで、抑圧された怒りを取り除こうとする試みなのかもしれない。常に全員をやっつけろ！　苦しめるやつを苦しめろ！　すべての苦悩を描け！　何度もくり返しすべてを爆破せよ！

このようなシミュレートされた、もしくは「バーチャル」な暴力のお祭り騒ぎは、怒りを取り除くだろうか？　それとも怒りの原因となる内面に詰めこまれた恐れや苦痛を増やすだろうか？　私の場合は後者だ。そういうのを見ると、気分が悪くなり、怖くなる。すべての物、すべての人を無差別に標的とする怒りは、自動小銃で園児を撃ちまくる男の不毛で幼稚で病的な激怒だ。そんなのを、人生のひとこまと見なすことなど、私にはできない。嘘っこの人生の描き方だとしても、そんなのは真っ平だ。

私のこの口調に、怒りの響きをお感じになるだろうか？　まったく野放しの怒りは怒りを引き起こす。

しかし、抑圧された怒りは増殖する。

どうすれば、怒りを加害以外のものの燃料に利用できるのだろうか？　どうすれば、怒りを憎悪、復讐心、独善性から離れさせ、創造と共感に役立つものにできるのだろうか？

訳注

（1）ＮＡＲＡＬプロチョイス・アメリカのこと。元はNational Abortion Rights Action League（全米中絶権

擁護運動連盟）と名乗っていて、ＮＡＲＡＬはその頭文字を取った略称。

（２）二〇〇九年に台頭した米国の保守系草の根運動。

（３）妊娠中絶を許容する州法の合憲性が認められた判決（一九七三）。

パード日記

未完の教育

二〇一五年七月

この間の木曜日の夜、午前三時頃、パードが生きたネズミをおもちゃにして私のベッドの上に運んできたせいで、私は目が覚めた。パードは一緒にそれで遊ぼうと私を誘ったのだ。

これをやったのは三回目、決まって午前三時頃だ。三回目には（私も多少の経験を積んでいたので）布団を大きく跳ね上げて、猫とネズミをもろともに吹っ飛ばした。猫もネズミも、すぐさままた寝室の中を駆け回り始めた。カシャカシャ、沈黙、パタパタ、ドタドタ、沈黙、カシャカシャ……。最後まで辛抱するつもりはなかった。私はさっさと廊下に出て、別の寝室へと逃れ、ドアを閉めた。

朝になると、パードは廊下を行きつ戻りつして待っていた。まったく明るく無邪気な顔つきで、どうしてこの人はこっちの部屋にいるんだろうと不思議がりながら。

ネズミの姿はない。

前回も、ネズミは跡形なく消えてしまった。きっと難を逃れたのだろうと思った。前回も、今回も。

ところが、金曜の夜も午前三時にパードに起こされた。寝室のフロアスタンドの土台をしつこく引っかいて、耳障りな音を立てるので、ランプを倒してしまわないか不安になってきた。フロアスタンドの土台は、大きな重たい真鍮の円盤ではあるが。こんな騒ぎが続いては、眠りに戻れるはずもない。私はパードをつまみあげ、寝室から閉め出した。

パードとネズミを両方、閉め出しても意味はない。ドアの下にかなりの隙間があるので、ネズミはパードを残して部屋に戻ってきてしまう。パードはドアをガタガタさせて、鳴き続けることになる。

だが、このときは、閉めだされたパードはすんなり立ち去って、もうひとつの寝室へ眠りに行った。このことは、間接的にネズミの状況を告げていた。

パードは優れたハンターだが、獲物を殺さなくてはいけないことを知らず、また、明らかにその方法を知らない。本能と狩りの腕は、猫として申し分ないのだが、教育が完了していないのだ。

朝になり、起きあがって着替えをすませ、まずまずしゃんとしたところで、私は重たいランプの土台を持ち上げて、下を覗いてみた。思ったとおり、気の毒な死んだネズミがそこにいた。そこがそのネズミの最後の逃げ場所になったのだ。怪我、恐怖、疲労。そのどれもが死につながる。

私はネズミのために詩を書いた。まだ完成かどうかわからない。行を入れ替えたり、細かい部分をいじったりしているが、現在のところはこんな形だ。

死者への言葉

わたしの猫が殺したネズミ
ちりとりの上の灰色のくずとなり
ゴミのところにもっていかれる。

おまえの魂にこう告げよう。
身を隠さなくてはならない相手はもういないから
さあ走れ、踊れ、
大いなる家の
壁の中で。
おまえの体にこう告げよう。
この大地の
懐で
果てなき存在の中で
静かであれ。

未完の教育（続き）

二〇一六年一月

昨日、夕食の前に、ペネロピ・フィッツジェラルド[1]の『春の始まり（*The Beginning of Spring*）』を朗読していると、パードが小走りにリビングルームにはいってきた。柄にもなく野性的な身のこなしだった。這うほどに身を低くしてしっぽを下げ、すっくと上げた顔の中の目は、真っ黒に見えるほど瞳孔が広がっている。案の定、口には小さなネズミが一匹くわえられていた。パードはネズミを床に置いた。そしてネズミが逃げ出すと、またつかまえて、小走りにキッチンに戻っていった。小さな黒いしっぽが口の脇から垂れていた。私たちはぞっとしながら、ペネロピに戻った。しばらくして、パードが戻ってきた。ネズミの姿はなく、パードは何事もなかったような顔つきをしている。パードはそのまま、どこかへ行き、私たちはネズミは逃げたのだと思った。あるいは、そう願った。

皿洗いに取りかかるころになって、パードはまたネズミをくわえてきた。ネズミは明らかに、さっきよりも元気がない。だが、まだ、生きている。パードは戸惑い、困惑していて、何をしたいのか自分でもわからないでいる。ネズミをつかまえるといつもこうなる。狩猟本能の命じるままに獲物をとらえて、達成の証かオモチャか食べ物として家族のもとへ持ち帰るのだけれど、とどめを刺すところまでやる本能がまったく欠けているし、やり方を教わったこともない。

ネズミをもてあそぶ猫——残酷さのたとえの常套句《じょうとうく》だ。はっきりさせておきたいが、私はどんな動物も残酷にはなれないと信じている。残酷さというのは、相手の苦しみに気づいていることと、それを引き起こそうとする意図を含意している。残酷さは人間の専門分野で、常にそれを訓練し、磨き上げ、制度化している。もっとも、それを自慢することはめったにない。残酷さなど自分たちには無縁だというふりをし、「非人間的」などと言って動物たちに押しつける。私たち人間は動物の罪のなさを認めたがらない。そこにこそ、私たちの後ろめたさが透けて見える。

私にとって、その気になれば、ネズミを取り上げて、外に放し、余計な苦痛を減らしてやることは可能だった（それはチャールズにはできないことだ。しばらく前に手術を受け、かがむことを禁止されているから）。私はそうしようとはしなかった。そんなことは余程、強い気持ちがないとできないし、私にはそんな気持ちはない。そのことに後ろめたさも恥ずかしさも感じはしない。ただ、この状況全体を不快に感じているだけだ。

私はこれまで一度も、猫と獲物の間に割ってはいる気になったことがない。十二歳ぐらいの頃に、わが家の雄猫が芝生でスズメをつかまえたことがあった。兄たちのうちのふたりと父がその場にいた。三人はいっせいに猫を怒鳴りつけ、スズメを放させようとした。そして、成功したのだが、羽根が飛び散り、大騒ぎだった。よく覚えているのは、そのとき、自分の気持ちをはっきり意識していたからだ。私は、怒鳴ったり、叱ったり、大立ち回りしたりの騒ぎに加わるのはご免だった。そういったことには賛成できなかった。私の考えでは、これはスズメと猫との問題で、私たちが介入すべきことではなかった。非常に冷酷に思われるかもしれないし、実際、その通りかもしれない。私は、ほかにもいくつかの生死にまつわる事柄について、こんなふうに即座に、迷いなく、それしかありえない反応を示す——こうするのが正しい、こうするのは間違いだ、と。それは、個人的な感情や憐れみに基づくものではなく、善悪の判断とも関係なく、通常の道徳的議論で正当化できるものでもない。だが、同時に、それらによって揺るがされることもない。

パードとネズミの問題に対して、私たちがとった弱腰な解決策は、彼らをキッチンに閉じこめて彼らなりの決着をつけさせる（そして、皿洗いは翌朝に回す）ことだった。ネズミに必要なのは、身を隠す穴を見つけることだった。猫トイレはキッチン脇の小部屋にあり、水のボウルはキッチンの床に置いてある。パードがもっていたのは必要なものすべて、プラス向きあうべき問題。

マイナス私たち人間。パードは非常に人間依存の強い猫だ。ほとんど常時、目立たない仕方でそばにいる。時折、不意に発作を起こしたように、私たちの目の高さを飛び回ったり、ベッドスプレッドをぐちゃぐちゃにしたり、階段を狂ったように駆けのぼったりするし、廊下を歩く私たちの前に立ちはだかって、脚をつっぱり背をたわめ、尾を巨大に膨らまし、目をぎらつかせて、跳ねながら後退するなどということも、さしたる理由もなくすることがあるが、ほとんどの時間は、私たちのいずれかのそばでおとなしくしている。こちらのようすをうかがっているか、眠っているかだ。（ちょうど今も、タイムマシン脇の大好きなメビウスマフラーの上で、ぐっすり眠りこんでいる。私の右肘から、五十センチ足らずの地点だ。）夜はほぼ決まって私のベッドに来て膝のあたりで過ごす。

そういうわけで昨晩は、私もパードも寂しくなることがわかっていた。実際、その通りだった。夜中の二時頃、トイレに立つと、キッチンのほうからひっそりと鳴く声が聞こえてきた。愛護協会からの帰り道、キャリーバッグの中で彼は、言いたいことがたくさんあるというふうに盛んに鳴き続けたが、それ以来、大声を出したことは一度もない。誤って地下室に閉じこめられてしまったときでさえ、ドアのところで静かに「ミャーウ？」と鳴いていたのをたまたま誰かが聞きつけたのだった。

私は心を鬼にしてベッドに戻り、パードがかわいそうで三時半まで眠れなかった。

朝、着替えていると、また「ミャーウ？」が聞こえてきたので、手早く服を着て、階下におりていき、キッチンのドアを開けた。パードはそこにいて、まだ戸惑っているような顔つきで不安げだったが、それでもしっぽを高く掲げて、私と朝食を出迎えた。

ネズミの姿はなかった。

パードの物語《サーガ》の一節は、最近ではいつも謎で終わる。アンハッピーな謎で。

これはもしかしたら、人と猫という非常にかけ離れたふたつの存在が、ほんの部分的に折り合いをつけた間柄であることの結果なのかもしれない。野生の猫と野生のネズミの結びつきは明確で完成度が高く、わかりやすい関係——捕食者と獲物の関係だ。しかし、パードとその先祖たちが人間たちと結んだ関係が、彼の本能に干渉して、その関係の明瞭さを揺るがし、半端に和らげてしまったせいで、彼と獲物は釈然としないアンハッピーな状態に陥ってしまっている。

人と犬は三万年にわたって互いの性質と行動を形成し合ってきた。人と猫が互いに影響し合ってきたのは、その十分の一の期間に過ぎない。人と猫はまだ出会ったばかりなのだ。たぶんそれだからこそ、人と猫との関係はとても興味深いのだろう。

おっと、この話のへんてこな部分を書き忘れていた！　今朝、急いで下におりていったとき、キッチンのドアの下に白い三角形が覗いていたのだ。床に紙片が落ちている。ドアの下から差しだされたメッセージだと思った。

私は立ち止まって目を凝らした。

「お願い、出してください」と、書いてあるのかしら？　猫語で？

拾い上げると、鉛筆書きで、友人の電話番号が記されていた。キッチンの入り口の電話台から滑り落ちたメモだった。パードはまだドアの向こうで、非常に礼儀正しく「ミャーウ？」とくり返していた。そこで私はドアを開けた。かくして私たちは再会を果たしたのだった。

訳注

（1）イギリスの作家・詩人（一九一六～二〇〇〇）。『テムズ河の人々』でブッカー賞受賞。*The Beginning of Spring* は一九八八年刊行の小説。

わが猫に寄せる戯《ざ》れ歌

足先白く、両耳黒い。
そばにいないとつまらない。
喉はゴロゴロ、毛並みはふわふわ。
しっぽをいつもぴんと立て、
足取り軽く、眼差し強い。
どこへ行くにもタキシード。
爪はチクチク、お鼻はピンク。
おすわりをして物想う、その姿眺める幸せ。
猫種はノラで、名前はパード。
パードがいなけりゃ、人生ハード。

第四部　報酬

巡る星々、取り囲む海――フィリップ・グラスとジョン・ルーサー・アダムズ

二〇一四年四月

ポートランド・オペラ・カンパニーでは、毎年ひとつ、同カンパニーの優れたトレーニングプログラムに在籍する歌手たちによって歌われる演目がある。二〇一二年は、フィリップ・グラス作曲の短いオペラ、『ガリレオ・ガリレイ』だった。若い声には、経験豊富な歌手たちの風格とはまた違った輝きがある。そして、その公演は一層の緊張感と興奮をはらんでいる。

大胆で美しく、入り組んでいながらもシンプルなセット――たくさんの円や楕円、複数の平面の上を動く光――は、二〇〇二年のシカゴでの初演のときからのものだと思う。指揮者はアン・マンソンだ。

最初の場面は、老いて盲《めし》いて、ひとりでいるガリレオを私たちに示す。そこから物語は、螺旋を逆にたどって時間を遡り、軽やかに、とどまることなく、彼の裁判、成功の喜び、発見へと展開していく。最後の場面では、ガリレオという名の男の子が、父親であるヴィンチェンツォ・ガリレイが書いたオリオンと暁の女神と空を巡る惑星たちについてのオペラを聞いている。すべては、際限ないくり返しと絶え間ない変化を示す音楽に乗って運ばれていく。音楽は休みなく螺旋を描き続けながらも、始めも終わりもない、喜びあふれる豊かな継続性のもと、軌道を巡る惑星のように厳《おごそ》か

に、悠々と動いている。そう、このオペラは動いている。……それでもそれは動いている《エ・プル・シ・ムオヴェ》。(1)私は最初の瞬間から心を奪われた。最後のシーンでは歓喜の涙のせいで、ほとんど舞台が見えなかった。

私たちは次の夜、また観に来た。そして同じ、輝くような経験をした。今ではポートランド・オペラの公演の録音がCDで出ている（オレンジ・マウンテン・ミュージック、OMM 0091）。私はこれを、深い喜びを感じながら聴いた。また聴くだろう。だが、それでも、オペラの真の力は――このオペラの場合間違いなく――実際の上演にあると、確信している。歌い手がすぐそばに生身の人として存在すること、彼らの声や音楽が、舞台装置、照明、所作、動き方、衣装、そして聴衆と相互に作用して、一期一会の全体的な経験を創りだすことにあるのだ。すべての偉大なオペラ作曲家は自分の企てをそのようなものとして理解してきた。録音、映画など、臨場感を与えることを目指す優れた道具はどれも、その影しかとらえない。リアルタイムで見聞きしたときの体験の記憶を呼び起こすだけだ。

オペラというのはとんでもない代物だ。オペラの制作がうまく行くことがありうるなんて信じられないぐらいだ。もちろん、多くの人は、オペラなんてろくなものじゃないと思っている。トルストイもそうだった。フィリップ・グラスの音楽も、少々変てこなものだ。多くの人にとって、それは音楽ではない。私の耳には、彼の作品の一部は機械的に聞こえ、いくぶんおざなりにさえ感じられる。けれども、何年も前に、映画『コヤニスカッツィ』(2)やシアトルで上演されていたガンディーについてのオペラ『サティヤーグラハ』に深く感動したので、私はグラスがやっていることなら、いつでも、何でも聴くつもりでいる。『ガリレオ』では、グラスは才能あふれるメアリー・ジマーマンを台本作家に得て、難題に立ち向かった。この作品の言葉や所作には、まばゆい知性が感じられる。それらは、ガリレオの人生と思想が、知識、勇気、科学的ならびに宗教的な誠実さという面で、私たちにとって何を意味するかという問題の核心に達する。だが、同時に、娘を慈しみ、思索と議論を楽しみ、自分の研究と数々の偉大な発見に誇りをもっていたのに、公的な報酬としては恥辱と沈黙と追放しか与えられなかったこの男の人間らしさの上に長くとどまってもいる。これは壮大な物語であり、暗い物語だ。オペラには向いている。

私は『ガリレオ』を非の打ち所なく美しいと思った。グルック[3]の『オルフェオとエウリディーチェ』が独自の美しさをもっているのと同じくらい、『ガリレオ』も独自の美しさをもっている。どちらも十九世紀のオペラの多くに見られるような、劇的な、また感情的な大盛り上がりがあるわけではないが、完全無欠で、作品の中のすべての要素が、魅力的な全体性の中に組みこまれている。『ガリレオ』はオペラには珍しく知的な偉大さをもっているが、それさえも喜び――高貴で思慮深く、人を深く感動させ、楽しませる何かがもたらす真実の喜び――を生み出すことに奉仕している。

そして、この作品は私にとって二十一世紀初のオペラだった。何というすばらしいスタートだろう！

シアトル交響楽団は、作曲家ジョン・ルーサー・アダムズに作曲を依頼（よくぞ、彼に頼んでくれた！）した作品『大いなる海になれ』を含むコンサートを、わずか二年後のこの三月に、ポートランドにもってきてくれた。

ジョン・アダムズという名前の作曲家は多すぎて紛らわしい。現時点では、サンフランシスコのジョン・アダムズ[4]のほうが有名だが、私には、興味深いほど愚かしく退屈なオペラ、『中国のニクソン』以降、彼の音楽はますますガッカリ度を深めているとしか、思えない。アラスカに住む、このジョン・ルーサー・アダムズは合衆国本土から遠いだけでなく、主流の名声からも遠い、未だ周辺的《マージナル》な存在だ。だが、彼の音楽が聞かれる機会がふえるにつれて、変わってくるだろうと私は信じている。

『大いなる海になれ』の上演では、オーケストラは楽器編成の異なる三つのグループに分けられる。この三つのグループのすべてが継続的に演奏するが、それぞれのグループは独自のテンポ、音量、調整のパターンに従う。あるグループが優勢だと思うと、次には別のグループが優勢になる。潮の満ち干のようなそれぞれの変動はほかのグループに浸透していく。海の中で海流が交錯するように。すべてのグループが引き潮になるときもある。やがてまた、それぞれの高まりが重なり合い、やがて大きく深い津波のようにふくれあがった音楽が聴衆の上に覆いかぶさり、圧倒する……そしてまた、水が引いていく。和声は複雑で、メロディーというほどのものはないが、この作品には美しくない瞬間がまったくない。聞き手は自分を取り巻く音に身を委ねることができる。船が波に身を委ねるように、巨大コンブの森が海流や潮の満ち干に身を委ねるように、海そのものが月の引力に身を委ねるように。最後に、潮が引くように深い音楽が消えていったあと、私は「海になる」ことにこれ以上ないほど近づいた気がした。

私と連れは立ち上がって拍手した。だが、そのようにした人は多くはなかった。ポートランドの聴衆はソリストに対しては反射的に立ち上がる傾向があるが、オーケストラに対するスタンディングオベーションは、より選択的だ。今回の聴衆の反応は、幾分、戸惑っている、というものだったと思う。もしかしたら退屈していたのかもしれない。私たちの近くにいた男性は、永遠に終わらないかと思った、とぶつぶつ言っていた。永遠に終わらないでくれたら、どんなによかったかと私が思っている傍らで。

エドガー・ヴァレーズ[5]の『砂漠』が次の演目だった。耳障りな音響への近代的な要請に、巧みに、かつ忠実に従った作品だ。私が思うに、私たちは芸術としての音楽が反和声を求め、耳にショックを与えるよう奮闘努力しなくてはならなかった時代を、ようやく通り抜けたのではないか。グラスにせよ、アダムズにせよ、理論に方向づけられた過程をなぞっているようには見えない。グルックやベートーベンと同じく、彼らは自分の言いたいことがあって、その言い方を知っているからこそ、創造的なのだ。彼らが従うのは、自分の確信にだけだ。

このふたつのコンサートから帰るとき、私の心は驚きに満たされていた。私たちの共和国が自らを引き裂き、私たちの種が、狂ったように自らの棲家を破壊している今でも、私たちはまだ、空気を震わせ、魂を震わせて築いている——この音楽をつくっている。手で触れて確かめることはできないが、美しくて、豊かなものを。

訳注

（1）ガリレオ・ガリレイが宗教裁判にかけられ、地動説を放棄させられたあとにつぶやいたとされている言葉。

（2）監督ゴッドフリー・レッジョのドキュメンタリー映画、『コヤニスカッツィ——平衡を失った世界』（一九八二）。グラスが音楽を担当した。

（3）ドイツの作曲家。オペラにおける劇的表現を重視した。ミラノやウィーンで活動。

（4）ミドルネームはクーリッジ。

（5）一八八三〜一九六五。フランス生まれの米国の作曲家。現代アメリカ音楽の発展に寄与。

リハーサル

二〇一三年四月

劇のリハーサルに居合わせるのは、その劇の元になった本の作者にとって奇妙な経験だ。四十年前、小さな屋根裏部屋で夜のしじまのうちに心の耳に聞こえてきた言葉が、カオスのようなスタジオのまぶしい照明のもと、生きている人の声でふいに発せられる。自分がつくりあげ、発明し、想像したと思っていた人物がそこにいる。空想上のものではまったくない、身の詰まった、生きていて、呼吸しているものとして。そして、彼らはお互いに向かって話をする。私に向かってではない——もはや、そうではないのだ。

今存在しているのは、この人たちが自分たちの間で築きあげた現実だ。すべての現実がそうであるように、つかみどころがなく、指の間からこぼれ落ちてしまうけれども、大方の現実よりも、はらんでいるものが重い。それは生々しい存在感、そして情熱。……けれど、それはふいに終わる。場面が変わるとき。劇が終わるとき。

あるいは、リハーサル中、ディレクターがこう言うとき。「今のすごく良かった。だが、ゲンリーがはいってくるところから、やり直してみよう」

そして、彼らは演じる。消えた現実がふたたび現れる。彼らが自分たちの間に築くそれは、疑い、信頼、誤解、情熱、苦痛……。

俳優たちは魔術師だ。

舞台にかかわる人たちは皆、魔術師だ。舞台に立つ人も、裏方で、照明や、舞台装置のペンキ塗りや、その他もろもろのことをする人たちも。彼らは秩序正しく、協力し合って働き（儀式は秩序正しくなくてはならない。なぜなら、完全でなくてはならないから）、魔法を使う。マントも魔法の杖もイモリの目も、ぶくぶくいう蒸留器もないけれど。

本質的なことを言えば、彼らが魔法を使うのは、空間を限定し、その空間の中で動き、話すことによってだ。そうすることで、二次創作物を確立し、維持するのだ。

リハーサルを見ていると、それがことのほか、はっきりとわかった。初日の数週間前のこの時点で、俳優たちはジーンズとTシャツという格好だった。彼らの儀式の空間は、紙片とテープの切れ端によって、限界を定められていた。大道具は何もない。小道具はみすぼらしいベンチが二脚とプラスチックのボウルのみ。ぎらぎらした照明が常に照りつけている。一メートル半ばかり離れたところでは、人々が音をたてずに動き回ったり、プラスチック容器からサラダを食べたり、コンピュータの画面をチェックしたり、メモを取ったりしている。だが、そこでは、あの区切られたスペースの中では、魔法が始まっている。ほら、魔法が働き、もうひとつの世界が生まれる。その名は「冬」あるいは「ゲセン」[1]。

そして、見よ！　王は妊娠している[2]。

訳注

（1）ゲセンは、ル＝グウィンの〈ハイニッシュ・ユニバース〉シリーズの長篇、『闇の左手』の舞台である惑星の名。外来者は惑星〈冬〉とも呼ぶ。

（2）『闇の左手』八章のはじめのほうに「王は妊娠したのだ。」とある（小尾芙佐訳、ハヤカワ文庫、二十八刷より引用）。ゲセン人は定まった性別をもたず、発情期のみ、男か女のいずれかになる。誰でも男女のいずれにもなりうるため、誰でも妊娠しうる。

ドロレスという名の人

二〇一〇年十月

ある物語の中の一文が、私をずっと悩ませている。ゼイディー・スミス[1]の書いたその物語はニューヨーカー誌の十月十一日号に掲載されていた。一人称で語られているが、それがフィクションなのか、自分の思い出を書いたものなのかはわからない。回想が、信じてもらえないリスクなしにフィクションの自由気ままさを享受し、フィクションが事実としての責任を想定しないまま、歴史と同じ権威を要求する昨今では、フィクションと思い出の記を区別しない人も多い。私にとっては、思い出の記、あるいは「個人的なエッセイ」の「私」は、短篇小説や長篇小説の「私」とはまったく違う。もっとも、ゼイディー・スミスがそんなふうに考えているかどうかはわからない。そういうわけで、問題の一文も、フィクションの一キャラクターとしてしゃべっているのか、自分自身としてしゃべっているのかはわからないが、返済されていないと思っていた、友人に貸した金についての物語の終わり近くで、彼女は言う。「一回目の小切手はすぐに来たのだが、開封されていない郵便物の山の中で眠っていたのだ。というのは、最近私は、そういうことをする人を雇っているから」

私の後脳にいる情け容赦のない編集者がすぐさま、「郵便物を開封しないために、わざわざ人を雇っているの?」と問いただした。私はその口うるさい爬虫類[2]を黙らせた。しかし、それでもなお、この文章はどうしても気になった。「最近私は、そういうことをする人を雇っている」。この何がいけないのかな? ああそうか。きっと「人」が問題なのだ。「人」は誰でもない。名前のある人宛の郵便物に返事を出すために雇われた、名前のない、誰でもいい人。

そういうわけで、今この時点で、私はこの物語がフィクションであり、語り手はゼイディー・スミス本人ではないだろうと思い始めている。なぜなら、その一文は、階級や肌の色にかかわる偏見に対して、非常に敏感な作家の声のようには聞こえないからだ。その文が私に思い出させるのは、たとえば、私が下っ端の助教授の妻だったときの学部長夫人だ。その奥さんは会話の中で、五分に最低一度は「うちのお手伝いさん《ハウスキーパー》」という言葉を出した。維持《キープ》するのにハウスキーパーが必要なぐらい大きな家をもっていることが、彼女はそれほど自慢だったのだ。だが、それは愚かしく、考えなしなことだ。『高慢と偏見』でコリンズ氏が「もったいなくも私をご援助くださっているレディ・キャサリン・ド・バーグ」の名を頻繁に出すのと似ている。「最近私は、そういうことをする人を雇っている」には、それ以上に耳障りな響きがある。

だから、どうだと言うのだろう? 非常に成功している作家が助手を雇って、そのことを口にして、いったい何が悪いのだろう? そもそも自分に関わりのないことなのに、私はどうして、どうこう言いたくなるのだろう?

羨望。もちろん、それが第一にある。私は、まったく疚しさを感じないで召使いを雇える人が羨ましい。好きではないが、その自信が羨ましい。羨望と正義漢ぶった批判は、容易に共存する。いやむしろ、その厄介な二匹の生き物は相互依存関係にあると言うべきだろう。

そして、羨望に続くものとして、困惑がある。「そういうことをする人を雇っている」には「もちろん」という含意がある。作家がそういうことのための手伝いを雇うというのは「もちろん」というような普通のことではない。だが、人々はそういう場合もあるのだろうと思っている。そしてこんなふうに書かれたものが出回ると、人々がそういうふうに考える傾向が助長される――だから私は困惑する。

それは、世間に広まっている錯覚である。作家（成功している作家、本物の作家）は、郵便物を自分では管理しない。作家にはそれをする秘書がいる。そのほかにも、助手、筆記者、調査係、マネージャー――だか何だか知らないけどいる。ひょっとしたら、東棟に編集者の隠れ場所があるかもしれない。イギリスの昔の家のカトリック司祭の隠れ場所(3)みたいに。

一世紀前なら、作家に秘書がいるのは、よくあることだったろうと想像する。確かにヘンリー・ジェイムズには秘書がいた。けれども厳密に言えば、ヘンリー・ジェイムズは平均的な作家とは言えないだろう。

ヴァージニア・ウルフにはいなかった。

私が個人的に知っている作家たちの中では、ひとりだけが、郵便物を扱う秘書を雇っている。私にはそれは、非常な成功に伴う特権、気圧《けお》されるほどのものすごい成功に伴う特権のように思われる。ひっそりと家族と暮らし、仕事をすることが、私にとって一番重要なことだったから、私自身が手紙に返事を書くのに助けが必要だと感じ始めたとき、「人」を雇って書斎に入れ、自分がボスになることを正当化する理由として十分なほど、切実に助けを必要としているのだ、と自分を説得するのが大変だった。

私はドロレスのことを秘書と呼ぶのに、ずっと抵抗を感じていた。とても尊大に聞こえる気がしたのだ（「うちのハウスキーパーが……」というのと同じ響きだ）。彼女についてよその人に説明しなくてはならないときは、名前を言うか、「郵便物の管理をしてくれている友だち」と言うのが常だった。しかし、この後者のフレーズが、私たちが後ろめたさをごまかすための少々狡猾な策――

どんなにわずかであるにせよ、片方を持ち上げ、片方を下げる不平等性を含む雇用－被雇用関係に、人類を再導入するやり方――のひとつだということはわかっていた。民主主義は、不平等という事実を懸命に否定することによって、私たちが驚くほどの程度まで、不平等が存在しないかのようにふるまうことを可能にした。だが、不平等は存在し、私たちはそれを知っている。だから、私たちのするべきことは、力の不平等をできるだけ小さくすること、そして、価値が同じではないという主張や不注意な言葉によって、通い合う人情がわずかでも損なわれないようにすることだ。郵便物を扱ってくれる人を雇っている作家に対して私が感じる羨望も、私がそういう人の助けを得ていると思いこんでいる人たちに抱く困惑も、実際は非常に穏やかなものだ。けれどもそれを今、苦痛に感じるのにはわけがある。私にはかつてそういう「人」がいた。失ってしまって、今はもういない。

　ドロレス・ルーニー（やがてドロレス・パンダーになった）は、私の手助けをしてくれた人で、大切な友人だった。

　三十年ぐらい前、私はついに勇気をふり絞った。仕事において有能で、口が堅くて、その頃私の手に負えなくなってきていた手紙への対応を手伝ってくれる気のある人はいないかと周囲に訊いて回ったのだ。私ともドロレスとも友人だったマーサ・ウエストが、ドロレスを推薦してくれた。マーサとドロレスは以前、同じオフィスで働いていて、ドロレスはそこで秘書をしていたのだという。ドロレスはそのときは、あるダンス・カンパニーのマネージャー兼エージェントだった。私とドロレスはどちらかというとおずおずと、うまくやっていけるか試してみることにした。

　私はそれまで、どんなことについても誰にも、口で言ったことを書き取ってもらったことがなかった（初心者向けフランス語講座で教えていたときは別だ。フランス語の教室では先生がとてもゆっくりと明瞭に、文章を読み、生徒はとてもゆっくりと不正確に、それを書きとめる）。ドロレスは速記術を独学で身につけていて、その達人だった（速記術は今ではもう、ほぼ完全に失われてしまった技術だと思う)。そして彼女は多くの口述者のために多くの口述筆記をした経験があった。彼女は私に、口頭で手紙をつくる訓練を施した。たくさん褒めて、私にやる気を起こさせてくれた。優れた先生だった。そしてドロレスは、画家、舞踊家などの芸術家と一緒に働いたり、一緒に暮らしたりしていたので、芸術家気質の風変わりな点には慣れていた。彼女自身も多少、そういう気味をもっていた。

　私たちは速やかに、かつ容易に手紙を作成できるようになった。私はじきに、彼女を手紙の共同制作者の立場に引っ張りこんだ。何をどういうふうに言うか、一緒に考えてもらったのだ。(「これでいいかしら?」「そう言う代わりにこう言ったらどうでしょう?」「金星に住む妖精たちについての六百ページもの原稿を送りつけてきた男に、何と書いてやったらいいかしら?」「こっちの人は愚痴をこぼしたいだけですからね、返事を出す必要はありません」……。)変人たちへの親切な返事を考えることにかけては、ドロレスのほうが私より常に上だった。だが、彼女は冷静な人でもあり、気持ちの悪い手紙や常識外れの要求をする手紙には、こんなのに返事を出しちゃ、駄目ですよと勇気づけてくれた。ドロレスは、永遠にくり返される質問への対処をとても手際よくこなすようになったので、私はただ、手紙を手渡して「空飛び猫のアイディア」とひと言、言うだけでよかった。いつでもたちまち、私がどのようにして翼のある猫を思いついたかについての実話が彼女のコンピュータ画面に現れた。もっとも彼女は、そのときの気分と質問者の年齢によって、わずかに変化をつけた。また、ドロレスは厄介な要求をする手紙に対しては、親切で優雅な言葉遣いで、私が今、自分で返事を書けない理由を説明し、相手の気を削いだ。いつも見事に、私を守ってくれた。先生に言われて書いた機械的なものであっても、子どもたちの手紙に返事をするのを楽しんだ。彼女の心の、万人に向けられた親切さや気前のよさのおかげで、私の出す返事はすべて、彼女の協力なしには決してありえなかった質の良さを誇っていた。

ドロレスがやってくるのは、週に一度を超えることはなく、通常は三、四週間に一度だった。私は仕事上のやり取りのうちもっとも緊急度の高いものだけを自分でして、残りはファンレターと一緒に積んでいた。彼女は私よりも早くコンピュータを得た。それによって彼女の仕事はすごくやりやすくなった。私が自分のコンピュータを使うようになってからも、最初のうちは大して変化がなかった。しかし、Ｅメールが本格的に普及し始めると、仕事上の一切を私が自分で処理することが可能になってきた。しかし、急を要さない仕事の用件と読者からのファンレターには、相変わらずドロレスと私が一緒に対応した。私たちが「おねだり《ギミーズ》」と呼んでいたものもそうした。これは社会で人の目につくようになった人なら誰でも受け取っている、これこれしてほしいとか、どこそこに寄付してくださいとか、この本を推薦してくれとか、こういう有意義な運動の集会でスピーチをしてほしい、とかいうものだ。こういう手紙に対してイエスというのは無理でも、そういう手紙のほとんどは善意から書かれており、礼儀正しいノーに値する。ドロレスはありとあらゆるバリエーションで、お断りを言うことができた。もちろん丁寧さは常に変わらなかった。それは私から重荷を取り除いてくれた。ギミーズは退屈だけど、楽しめるだけの多様性はある、と彼女は言っていた。

　ファンレターについて言うと、私のところに来る読者からの手紙はずっと、紙に書かれたものに限らせてもらっている。量を抑えるための、原始的だが効果的な私なりの方法だ。読者の手紙は大抵はペンとインクで書かれている。子どもの手紙には、鉛筆、クレヨン、キラキラ糊などを使ったものもある。それらの手紙はすばらしいものばかりで、私に大きな喜びと報酬を与えてくれる。しかし、同時に際限なく来るものでもある。もしも自分のウェブサイトやＥメールで、ファンレターを読んで返事を書こうとしたら、量が多すぎて到底やっていけないだろう。けれど、それらの手紙は（短い返事になるにせよ）、返事をもらう価値があるものだと私はずっと感じてきた。そしてドロレスは長期にわたって、私が読者の手紙に返事をするのに大いなる手助けをしてくれたのだ。

私たちは友だちとして、お互いのことが大好きだった。だが、仕事の時間を超えて幅広い接触をもつことはなかった。ドロレスは忙しい女性だった。ほどなく、作家のジーン・アウル(4)の秘書になり、週四日働き始めた。ドロレス自身の夫である画家のヘンク・パンダーのエージェント兼マネージャーでもあった。彼女の両親が年をとって病気になると、その面倒も見た。そして自分自身の晩年には、自分の孫を養子にして育てあげた。私たちの友情はおおむね、仕事の時間の中で、そして仕事上のかかわりを通して表現された。私はいつもドロレスが来るのが待ち遠しかった。彼女がやってくるといつも、私たちは時間の半分をおしゃべりに費やし、お互いの近況報告をした。私がストーカーに悩まされたときには、彼女とヘンクが即座にすばらしいサポートをしてくれた。

　歳月が流れるにつれて、ドロレスは内気になり、友人たちとのつきあいも以前より減ってきたように思われた。なぜかはわからない。ドロレスは一度、私に言ったことがある。あなたのところに仕事に行くのが好きだったわ、私たちいつも笑っていたから、と。

　ドロレスのコンピュータは時代遅れになり、彼女の人生はさまざまな問題のせいで複雑化した。彼女の気力、体力には、重すぎる負担が課せられ続けた。Eメールのやりとりについて、紙の手紙についてしているのと同じような仕方で、私を手助けする方法を考える余裕は彼女にはなかったし、たぶんそんな気にもなれなかったと思う。紙の手紙のほうは、口述した返事を書き取ったものや、私からの連絡事項のメモと一緒に家に持ち帰って対処してくれた。やがて、私はEメールのやりとりのすべてと手紙のやりとりのほとんどを自分でするようになり、彼女に委ねるのはいくらかのギミーズとそれに対するお断り、そして、読んだということが伝わればよいファンレターとその返事だけになった。

　ドロレスの日常の喜びは、昨年癌の診断を受けて以来ずっと、目に見えて減じていた。最初のうち、癌は局所的なもので治癒可能だと思われたが、転移が進行していることがわかった。その病気は数か月で彼女の命を奪った。病気の末期に、短いが、ありがたい一休みの時間——病状が和らいだ時期が数週間あった。その間には、割合頻繁に彼女を見舞うことができた。そして私たちは以前のように一緒に笑った。やがて残酷な病が再び牙を剝いた。彼女は夫のヘンクの手厚い世話のもと、数か月前に亡くなった。

亡くなった大好きな人たちのことを語るのは、とてつもなく難しい。今、私はあの複雑で見事だった女性に、適切な賛辞を捧げることができない。あらゆる意味で彼女の友情を愛惜しているということしか言えない。

彼女がいなくなって、少なくとも当面は、ファンレターに返事をする努力を放棄せざるを得なくなった。ギミーズについては、返事をするものもあれば、しないものもある。そういうことをしてくれる人を雇おうかなとも思う。

でもたぶん、そうしないだろう。そういう気持ちになれないから。

訳注

（1）イギリスの作家。ジャマイカ人の母とイギリス人の父をもつ。邦訳作品に『美について』（河出書房新社）ほかがある。

（2）後脳は、進化の歴史上、古い、原始的な脳の部分であることから、「爬虫類の脳」と呼ばれることがある。

（3）十六～十七世紀の、カトリックが迫害されていた時代のもの。

（4）代表作〈Earth's Children〉シリーズ。邦訳には〈始原への旅だち〉シリーズ（第四部まで、評論社）、〈エイラ——地上の旅人〉シリーズ（完訳、集英社）がある。

卵抜きで

二〇一一年七月

一九五〇年代前半にウィーンを訪れたとき、チャールズと私は長い歴史をもつホテル・ケーニヒ・フォン・ウンガルンに滞在した。少なくとも一八二〇年代からそこにあるホテルだ。朝食は角を曲がったところのカフェでとった。毎朝同じカフェで、同じ朝食――おいしいコーヒー、新鮮な果物、さくさくした丸パンにバターとジャム、そして半熟卵。完璧だった。毎朝、変わることなく。

ある朝、ふと変化をつけたいと思った。どうしてそんな考えが私の頭に浮かんだのかはわからないが、私は実行した。一分の隙もなく黒いジャケットに身を固めた背の高い中年のウエイターが来たとき、私は、いつもの朝食を卵抜きでくださいと、無頓着に言った。

彼は理解していないように見えた。私のドイツ語の程度を考えると、無理ないことに思えた。私はくり返し、「卵なし《カイン・アイ》」とか「卵抜き《オーネ・アイ》」とか言った。

彼は震える声で、ゆっくりと聞き返した。「オーネ・アイ？」

彼はしばらく黙ったまま、その衝撃をなんとか処理しようとしていた。訴えかけ、懇願するような口調にならないよう、不満を表に出さないよう、自分を律しているのが目に見えてわかった。彼はウエイターだ。規律正しく有能な、ウィーンのウエイター。どんなつむじ曲がりな客にも従わねばならない。「卵抜きでございますね、マダム」彼は穏やかな声で言う。非難めいた響きはほとんどない。そして、私の卵抜きの朝食を取りに行くために去り、やがてそれをもって戻ってきて、私の前に置く。葬儀を思わせるいかめしさで、沈黙のうちに。

六十年近く経った今でも、私たちはこの小さな出来事を思い出して笑うことがある。だが、この出来事が私の記憶に生々しく残っているのは、後ろめたさのせいでもある。ひとつには、一九五四年のウィーンで、一個の卵が意味するものは大きかった。この都市は、どん底からようやくはいあがったところだった。まだ占領下で、アメリカ、イギリス、ソ連の軍隊によって分割されていた。爆撃による瓦礫の中から、大聖堂はすでに再び立ち上がり、歌劇場も再び立ち上がろうとしている最中だった。だが、損失と破壊のあとは至るところに見られた。街の人々の顔にも体にも、欠乏の影響が明らかだった。常に空腹状態の都市における食べ物の供給は、ささいな問題ではなかった。

そしてまた、私は我を張って、不必要にあのウエイターの宇宙を煩わせた。それは、「ウィーンのカフェの朝食」というとても小さな宇宙だが、安定していて秩序正しい、完成された宇宙だ。極上に達したものは変えないほうがよい。極上を維持することに職業生活を捧げてきた人に、その極上を損なうように求めるのは、そして間違っていると感じているのが明らかなことをさせようとするのは、思いやりに欠けることだ。結局のところ、私は彼が卵をもってくるに任せて、単純に食べないでおくことだってできたのだ。彼は立派なウエイターだから、見咎めたりはしないだろう。もしかすると、「マダムは今朝は、食欲がおありにならないのかな」と穏やかに、気の毒そうにつぶやくかもしれないが。卵を得て、食べないでいるのは、私の特権だ。彼が卵をもってくるに任せるのを拒むのは、彼の特権に干渉することだ。彼の特権とは、その名に値する完璧な「ウィーンのカフェの朝食」を私のところにもってくることだから。このことを思い出すと、私は今でも笑いだしたくなるし、今でも、後ろめたさに、ちくりと心が痛む。

二、三年前から、朝食に半熟卵を食べるようになって――実のところ「ウィーンのカフェの朝食」を食べるようになって――毎朝、変わることなくそうするようになって、私の後ろめたさは増幅した。

あの軽くて、さくさくした、おいしいヨーロッパ風の丸パンは手に入れることができない（わが国の手作りパンの職人たちは、どうしてパンの皮は厚くて硬くなければならないと考えているのだろうか？　革のようにごわごわしているほうが手作りっぽいとでも？）。でも、トーマス社のイングリッシュ・マフィンはとてもおいしい。だから、私はそれに紅茶を添え、ウィーンで食べたのと同じ、殻つきの三分半ゆでた半熟卵と一緒に食べる。

半熟卵をつくるには、水を入れた小さな鍋に卵を入れて蓋をして、強火にかけ、沸騰したら、鍋を火から下ろす。そしてエッグタイマー（三分半の砂時計）をひっくり返し、マフィンをトーストし始める。砂時計の砂がすっかり落ちると、卵はお湯から出て卵立てに収まる。

おわかりになると思うが、これには、ちょっとした心配りと儀式が含まれている。そのことをちょっとお話ししたい。それから、卵立てがどうして重要かということも。

半熟卵の殻を割り、中身を小鉢に落としこんでも、味は同じだろうが、それは似て非なるものだ。それでは安易に過ぎる。つまらない。半熟卵の魅力は、その食べにくさ、必要とされる注意、儀式の遂行にある。

そういうわけで、ぜひとも、ゆでたての卵を卵立てに立ててほしい。とはいえ、誰もが卵立てに馴染んでいるわけではない。

わが国では、卵立ては通常、ふたつの鉢を合わせた砂時計の形をしていて、片方の鉢はもう一方より大きい。小さいほうは、ちょうど卵を立たせられるだけの大きさだ。そこに卵を立たせて、殻を大部分残したまま、その内側から食べていってもいい。だが、ほとんどのアメリカ人は卵を取り出し、卵立てをひっくり返して、殻を割り、大きい方の鉢に落としこむ。そしてその中で押しつぶして食べる。

イギリスならびにヨーロッパ大陸の卵立てでは、その選択肢はない。大きな鉢がないからだ。小さな陶器の鉢に短い台座がついているだけなのだ。ゴブレットのように。そして、この卵立ての中で卵は自分で直立する。殻の内側から卵をすくって食べるしかない。ここから、儀式っぽさと興味深さが生まれる。

さて、ゆでたての卵を卵立てに置こう――だが、どっちを上にする？　卵は完全な楕円形ではない。小さくすぼまっている端っこと、大きく丸くなっている端っこがある。どっちの端を上にするか、言い換えると、どっちから卵を食べるかについて、人々はそれぞれ意見をもっている。この意見の違いが激しい感情的対立を引き起こし、そのために戦争にまでなることもあるのは、私たちがジョナサン・スウィフトが書いたもの[1]で知っているとおりである。ほかのいろんな意見の違いで戦争が起こっていることを考えると、卵をどっちから食べるかで戦争が起こるのも、そういう戦争の大部分と同じくらいにはもっともなことだ。

私は「大きい端っこ」派だ。私が命を賭けて主張したい意見は、大きい端っこが上なら、卵の殻のてっぺんを取り除いたときにできる穴にスプーンを突っこむのが楽だということだ。卵の殻のてっぺんを取り除くには、ふたつのやり方がある。心を決めて、ナイフの刃で、ただ一度びしっと打つか、あるいは――ここもまた、重要な決めどころで、敵味方、正義と不正義に人を分けかねないのだが――卵の頂点から一センチちょっとのところを、ナイフの刃でコツコツ叩いてぐるっと回って、注意深くてっぺん部分の殻をもちあげるかだ。

私自身は一撃を加える朝もあれば、コツコツ叩く朝もある。この件については何の意見もない。気分任せだ。

この儀式の要素の中には、選択の余地のないものもある。ナイフはスチール製でなくてはならない。卵に含まれる硫黄が銀を黒くするからだ。半熟卵をすくうための専用のスプーン（卵匙）も曇らないもの――ステンレススチールか、角《つの》でなくてはならない。金《きん》の卵匙を見たことはないが、きっと具合が良いだろうと思う。素材が何であれ、スプーンのくぼみの縁は薄くなくてはいけない。縁が分厚いと、殻の内側から卵の白身をこそげるのがうまく行かない。そしてバランスがよく、取り扱いやすいように、柄《え》は短くなくてはならない。卵匙は「ウィーンの朝食」と同じく、これ以上改良することのできない、極上の小さな道具だ。優れた道具がすべてそうであるように、卵匙は、適切であること自体による喜びを与えてくれる。それはひとつのことしかしないけれど、その仕事を完璧に果たす。そしてほかのことは何もできない。普通のスプーンで殻の中から卵をすくって食べようとするのは、腕時計をハンマーで修理するようなものだ。

　卵匙の唯一の欠点は、小さいのでなくなりやすいことだ。角のスプーンは比較的大きい。だが、娘がプレゼントしてくれた美しい角のスプーンは、使いこむうちに傷んでしまった。縁がぼろぼろになり、そそけだってしまったのだ。卵匙の替わりを探すのは、厄介な問題になりうる。アメリカ人は殻の中から卵をすくって食べないから、卵匙は珍しくなり、めったに見つからない。だから、私は目についたときに、入手するようにしている。私が現在使っている卵匙はステンレスで、柄にＫＬＭと刻印されている。このスプーンがどのようにして私たちのものになったかを仔細に語るつもりはない。

　どういう点が難しいのかは、わかっていただけると思う。卵を殻の中からすくって食べるには、慣れだけではなく、思い切りの良さが要るのだ。勇気と言ってもいい。犯罪を起こす覚悟とも言えるかもしれない。

　一撃したい気分のときは、思い切って、ナイフを卵の殻に打ちつける。硬い殻の適切な場所にびしっと打ちつければ、一回できれいに卵の首が飛ぶ――これが理想だ。だが、卵の殻がもろくてぼろぼろ落ちることもあるし、狙うときに気後れしたり、手元が狂ったりすることもある（何しろ、朝食前にやらなくてはならないのだから）。打ちつける位置が高すぎると、卵をすくいとるための開口部の大きさが不十分になる。低すぎると、黄身に突っこんでしまう。それはまだ、やりたくないことだ。そういうわけで、一撃を加える代わりに、コツコツと周りを叩くことにしよう、ということになるかもしれない。わくわくするには程遠いが、結果を制御しやすくなる。

さて、これで開口部ができた。スプーンを突っこもう。だけど、勢いがありすぎてはいけない。黄身が噴き出して、殻の外側を無駄に滴り落ちることになるから。三分半の半熟卵は、白身がかろうじて形をなしている一方で、黄身はとろとろで、白身のための美しい金色のソースになる。このふたつをよく混ぜ合わせ、ひと匙ごとの白身と黄身のバランスがとれるようにしよう。そのとき、自分がそこから食べ物をすくっている小さなボウル――卵の殻を壊さないように気をつけよう。注意が必要だ。

その注意が完璧であるほど、卵がよく味わえるようになる。

ここまで読んでくれた方には明白かもしれない。このブログは全体が、ながら仕事へのささやかな批判であり、ひとつのことを全力でやることへの讃歌である。聖書にもこう書いてある。「何によらず手をつけたことは熱心にするがよい。いつかは行かなければならないあの陰府《よみ》には仕事も企ても、知恵も知識も、もうないのだ[2]」

そこにはもはや朝食もない。陰府《よみ》は卵抜きだ。

新鮮な半熟卵の風味は非常に繊細だ。目玉焼きには塩と胡椒をふるが、ゆで卵には何もかけないのが好きだ。ゆで卵はそれ自体で、それだけで完璧だ。マフィンについていたバターがちょっと混じっても、それはそれでおいしい。

半熟卵の経験は毎朝同じだが、同じものは二度とない。興味は無限で、尽きることがない。半熟卵はいつもおいしい。それは良質のたんぱく質をコンパクトな形で摂取させてくれる。誰がそれ以上のものを求めようか。

もちろん、私はとても幸運だ。伝染病の発生しやすい環境に鶏を閉じこめることをしない近隣の農家から出荷された、有毒物質を含まない卵をコープで買うことができるから。それは茶色い卵で、丈夫な殻とオレンジ色の黄身をもっている。一生を汚いところで苦しみのうちに過ごす雌鶏《バタリー》たちが生んだ殻が薄くて黄身が淡い代物ではない。ちなみにオレゴン州議会はついに、家禽の連結ケージ飼育(3)の禁止を決定した(でかした!)。だが、実際に禁止が実施されるのは二〇二四年だ(残念!)。私たちの生活を牛耳るロビイストたちが、苦しみと不潔さと病気があと十三年続くことを求めているのだ。鶏たちが自由になるのを、私が生きてこの目で見ることはないだろう。

訳注

(1)『ガリバー旅行記』第一話「リリパット渡航記」。

(2)旧約聖書「コヘレトの言葉」九章十節より(新共同訳)。

(3)小さな金網のケージを並べたり、重ねたりして、産卵させることだけを目的に飼育すること。

空腹のノートルダム大聖堂

二〇一一年十月

今週、私はりっぱな大聖堂を訪れた。それはポートランド空港から遠からぬ工場、零細企業、住宅などがまじりあった地域に位置している——大聖堂には不似合いな場所だ。だが、その大聖堂は巨大な信徒団をもち、日曜ばかりでなく、毎日、人でいっぱいだ。

そしてとても大きい。パリのノートルダム大聖堂は約六千二百平方メートルを占めている。こちらの大聖堂はその二倍近い約一万平方メートルで、街の二ブロック分を完全に占めている（そして、さらにそこからはみだした別館が川向こうにあり、約八千七百平方メートルを占める）。

ノートルダムは塔があるので、ずっと背が高いし、石造りで、聖人の彫像やガーゴイル（怪物像）がいっぱいある。そして古さと美しさで人の心を惹きつける。こちらの建物は、近づいていっても、堂々たる感じがあまりしない。ひとつには、ほかの建物に囲まれていて、全貌が見えないためであり、またひとつには、霊的な崇拝を称え、体現するために遠い昔につくられたものではなく、最近になって、切実な必要性から、特定の物質的な目的のためにつくられたものだということがある。それでも私は、この建物の建設における精神的な要素を軽く見るつもりはない。

外側からは、特別大きな倉庫のように見える。しかし、ウォルマート[1]その他の大量消費主義の城塞の、窓もなく、堅固に守りを固めた奇妙に威圧的な外観とは異なる。中にはいると、そこは大聖堂だ。天井の高い開放的な玄関ホールは、床に石のタイルを敷き詰めた優雅な佇まいで、小さなブロンズの飾り物があちこちに置かれている。そこを通り抜けると事務所と間仕切りに仕切られたいくつもの小部屋がある。大抵の教会は管理部門を人目につかないところに隠しておくものだが、ここは真正面に出している。壁は明るい色調の板張りで、何もかもがゆったりとして好ましい。ノートルダムの天井の高い身廊〔正面入り口・拝廊から内陣までの長い空間〕のように、驚くほど高いところに、スチール部材で補強した木造の天井があり、そのはるか下で、人間のささやかな活動がくり広げられている。ノートルダムでは、その高さが、上のほうに薄暗い空間をつくり、謎めいたおごそかな雰囲気を醸し出す。しかし、ここのアーチ型天井に囲われた空間は、まばゆい明かりに照らされている。

なぜこの建物の天井をこんなに高くしたのか、理解できたのは、管理部門を抜けて、大聖堂の中心部にはいってからだった。このような場にふさわしく、両開きのりっぱなドアがあり、押すと、聖なるスペースに向かって開いた。そしてどこにせよ、聖なるスペースを訪れる人が必ずそうなるように、私はひと目見るなり、息を呑んだ。言葉もなく立ち尽くし、「畏怖」という言葉の意味を思いだした。

そこからは巨大な建物の中のようすが大体わかった。床全体に、品物のはいった木箱や大小さまざまな段ボール箱、紙箱、容器などが、秩序正しく分けられて大量に積み上げられた台地や塔が列をなして並び、列と列の間だけが広くあいて、通路になっている。通路の端っこまで行ったときだけ、向かい側の壁が見える。天井は柱や壁に支えられることなく大きく広がり、全体にかぶさっている。空気は涼しく、爽やかで、清らかだ。農作物――新鮮な野菜類の匂いが微かにする。小型のフォークリフトの類の乗り物が、通路を静かに行き来している。高く積まれた荷の間では小さく見えるそれらが、常に忙しく、木箱やダンボール箱を動かして、出し入れしている。

そう、これは大聖堂ではない。大聖堂と言ったのはメタファーだ。これは要するに、倉庫だ。だけど、売るものを何ひとつ保管しないなんて、どういう種類の倉庫なんだろう？　文字通り何エーカーもの面積を占める食品のうち、ひとつとして売り物は含まれていないし、この先売り物になるものもない。

実のところ、ここは銀行《バンク》だが、金だけが重要であるようなバンクではない。

ここでは、金のやりとりはまったく生じない。

ここはオレゴン・フードバンク。通路と通路の間の角張った物の山の中のすべての紙箱、すべてのダンボール箱、すべての缶、すべての瓶、すべての木箱の中には食べ物がはいっている。すべての紙箱、すべての缶、それらの食品の一オンスも一ポンドも余すことなく、すべてが、生きていくのに必要な食べ物を買う金のないオレゴンの人々に与えられる。

やっぱりこれは大聖堂だ。空腹の大聖堂。

それとも、気前の良さの大聖堂と言うほうがよいだろうか？　共感の、コミュニティーの、それとも慈愛の大聖堂？　みんな同じことだ。

手助けの必要な人たちがいる。

そのことを否定する人たちがいる。天は自ら助くる者を助くと彼らは言い、貧しい者や失業者は、過保護な政府に寄生する無能な怠け者に過ぎないとのたまう。

貧困があることを否定しないが、貧困について知りたがらない人たちがいる。あまりにひどすぎる状況だし、どうせ自分には何もできないし、と言うのだ。

そして、手を差し伸べる人たちがいる。

この場所は、私が見てきた中で、そういう人たちの存在の証拠としてもっとも強力なものだ。ここを見ていると、彼らの存在、彼らの有能さ、彼らの影響力がよくわかる。この場所は、人間のもつ親切心の表われにほかならない。

その表われ方は、ごく非精神的で、下世話で退屈で荒々しくさえある。それは、いんげん豆の缶詰千個、マカロニの箱の塔、採りたての野菜の木箱、脇の部屋のいくつもの冷蔵庫を満杯にする肉とチーズ、あるいは、安ビールの聞き慣れない名前が印刷された何百ものダンボール箱といった形をとる。ビールの段ボール箱は特に丈夫で食品を梱包するのに良いので、醸造会社が寄付してくれたのだ。そしてまたここで働く人々も、人間のもつ親切心を体現している。男も女も、スタッフも訓練を受けたボランティアも区別なく、機械を操作したり、デスクワークをしたり、生鮮食料品を分類したり、パックしたり、フードバンクの教室や厨房や菜園で、サバイバルのためのスキルを教えたりする。トラックを運転して食品を集荷したり、必要としているところに配達したりもする。

高い壁や塔のように積み上げられたり、砂州のように並べられたりして、大きな区画をなしている、これらの食品について言うと、およそ五・四トンから八・二トンの食品が、今晩のうちに、あるいは数日で、消える――砂の城のように姿を消す。そしてすぐ、その代わりに箱や缶や瓶にはいった食品や生鮮食品、あるいは冷凍食品がやってくる。それらも一日ないし一週間で消える――必要としているところに運ばれたのだ。

必要としているところは、至るところにある。フードバンクはオレゴン州のすべての郡と、ワシントン州のひとつの郡において配達をおこなっている。遠くに目を向けて探さなくとも、食べる物に事欠いていて手助けの必要な人は身近で見つかる。

まずは子どもたちのいるところ。私たちの郡でも、町でも、市でも、一日三食、いや二食すら食べられない学齢期の子どもがたくさんいる。今日、何か食べられるのかどうかもわからない子どもが大勢いる。

いったいどのくらいいるのだろう？　子どもたちの三分の一。三人の子どものうち、ひとり。

こんなふうに考えてみるのはどうだろう？　あなたが、あるいは私が、統計上の三人の学齢期の子の統計上の親であるとしたら、私たちの三人の子のひとりは腹をすかせていることになる。その子は栄養不良だろう。朝も空腹で、夜も空腹だろう。それは子どもに常に寒いと感じさせるような種類の空腹だ。子どもを愚かにし、病気にするような空腹だ。

私たちの子どもたちのうち、どの子がそうなるのだろう？　いったいどの子が？

訳注

（1）アーカンソー州に本社を置く米国の大手総合小売企業。国内外に多数の店舗をもつ。

その木

二〇一一年一月

うちでは今朝、クリスマスツリーを片づけた。それはとても見かけのよい、小さなモミの木だった。高さは一メートルと一メートル二十センチの間ぐらい。スーパーマーケットの隣の花屋で買ったのだが、そこの店員によれば、卓上ツリーということになるらしい。うちでは、居間の角の窓際に木箱を置いて、その上に据えつけた。クリスマスツリーは外から見えないといけないし、外が見えないといけない、というのが、私の信条だから。正確を期して言えば、木には視覚はないだろう。けれども木は、光と闇、家の中と外を意識しているかもしれない。いずれにせよ、木の上や枝の間に青空が覗いている光景はいいものだ。飾りつけをする前のその木は、深緑一色の凜とした姿でそこに立っていた。それは複雑で高等な有機的組織体であり、その部屋の中で明確な存在感を放っていた。人工物のツリーを飾った年もあったが、その味気なさから、自分が生木のツリー[1]に対してどう感じているかを思い知らされたものだ。自分自身の子ども時代や、私の娘たちや息子が子どもだった頃に飾ったような立派な大きな木に限ったことではなく、ほんの小さな木でも、生きている木ならその部屋の中で人間や動物と同じくらい確かな存在になる。何も言わないけれどもそこにいて、じっと動かない存在だ。ノルウェイから来た寡黙な客人のような。英語を話さず、世話を求めず、

二、三日に一度、水を飲む(2)以外は何も望まない。そのゆったりとした佇まいは見ているだけで心が安らぐ。その存在の中には暗闇が宿っている。いともたやすく揺るぎなく、たおやかに伸びた緑の腕には、森の暗闇が抱かれている。

　うちに来たノルウェイの客人は、部屋の中に向かって少し前のめりになっていた。ツリーの基部になる金物に、ねじ釘で木を留めつけるときに、幹を鉛直に立てることができなかったのだ。でもツリーは書き物机と本棚の間にあって、どのみち横からは見えないので気にはならなかった。この木は完全に左右対称な姿をしていて、栽培場から来た木によくあるように片側の枝先が電気バリカンでざっくり刈られている、ということもなかった。もちろん、この木も栽培された木だ。私はこの木の中に森を見出したけれど、この木が森にいたことはない。おそらくフッド山から遠からぬ斜面で仲間と共に育ったのだ。何百本、何千本もの幼いモミの木が整然と縦横に並んでいるさまは、このあたりの農業地域に見られるもっともおぞましい光景のひとつで、丸ごと伐採された森林に劣らず、魂を枯死させる。それは往々にして、アグリビジネスに押し出された小規模農家が作物の栽培を断念したことや、農家ではない地主が節税対策として栽培場を誘致したことの印でもある。私たちのツリーは森を経験したことがないが、それでもやはり森の木だ。雨や日光、氷、嵐、いろんな天候、いろんな風を経験したはずだ。昼には鳥が訪れただろうし、夜には星に照らされただろう。

　私たちはツリーに電飾コードを這わせた。古びて尾が鼠のしっぽのようになった金色の鳥を木のてっぺんにつけた。一九五四年のパリで、私たちは六十センチのツリーのために小さなガラスの飾り物の金色のカタツムリを十二匹、そしてガラスのクルミを十二個買った。そのうちクルミはひとつだけ、カタツムリは七匹残っていて、一匹はティッシュペーパーのように薄い殻に穴があいている。それらはてっぺん近くの枝に飾る。小さくて重さはないようなものだし、そこだとよく見えるからだ。古いものだから塗装がひび割れていたり、はがれて透明になっていたりするのも交じっている、もう少し大きなガラスの玉は、カタツムリたちより下に飾る。大きなものほど下に行くのが人生の法則だ。虎やライオン、猫にゾウといった小さな動物たちは、紐の輪で枝にぶらさがる。鳥は針金の鉤爪で危なっかしく枝をつかんでとまる。ときどき、鳥たちの枝の握りが緩くなり、枝の下に逆さづりになっているのが発見される。そうなると、人が元に戻してやらなくてはならない。

　飾りつけた木は見栄えがして、クリスマスツリーとして申し分なかった――ＬＥＤ電球がこの小さな木には派手すぎる、まったくもって派手すぎることを除いては。ＬＥＤ電球は小さいのに強烈だ。この木には大きすぎるが、昔ながらのすりガラスの電球のほうがましな気がする。すりガラス電球の拡散する光は枝で隠すことができるだろうから。おまけにＬＥＤ電球の色にはとんでもないのがある。どぎついマゼンタは最悪だ。クリスマスにせよ、何にせよ、マゼンタなんか何のゆかりもないのに。できることなら、マゼンタの電球と空港の滑走路灯そっくりの青の電球をすべて取り外して緑と赤と金だけにしたい。だが、電飾コードは五色のしかないし、交換用の電球は売っていないようだ。そうすると新しい電飾コードを買わねばならず、それにはもちろん同じ五色の電球がついている。私はティッシュペーパーで小さな筒をつくり、獰猛な輝きを放つ小さな電球にかぶせた。大して違わなかったし、みすぼらしく見える気もした。でも、そのままにしておいた。

　そしてクリスマスがやってきて、ツリーは毎日、毎晩、私が寝る前にプラグを抜くまで輝き続けた。ほんとうはプラグを抜く必要がないのはわかっている。ＬＥＤは発光しても熱くならないようになっている。でも安全性と習慣とは別個の問題なのだ。それに、いずれにしても、木から暗闇を奪うのは間違っているように思う。時折は、プラグを抜いたあと、そばに立って眺めた。それは背後の窓のＰＥＡＣＥ（平和）という文字を照らす小さな電気ロウソクの光だけを受けて、暗い部屋の中に静かに暗く存在していた。枝と針のような葉の隙間から漏れ出た電気ロウソクの光が、おぼろげで複雑な影を天井に投げかけていた。暗闇の中で木の香りがした。

そしてクリスマスが去り、新年がやってきた。元日の次の日、ツリーの飾りつけをとらなくちゃ、と私が言い出し、私たちは片づけを始めた。私の気持ちとしては、電飾コードをとり、飾り物を外したあと、もう一日、木にそこにいてほしかった。私は飾りのない状態のその木がとても好きだった。居間の中のその静かな存在を失いたくなかった。まだ、針のような葉が落ち始めてもいなかったし。けれどもアッティクス(3)は中途半端なことが嫌いなたちだ。彼は木を庭に出し、なすべきことをした。

アッティクスからこんな話を聞いたことがある。彼の父親は手塩にかけて育てた豚を殺さなくてはならない時期になると、そのために人を雇って、自分は家を離れ、ソーセージをつくる作業が始まる頃にならないと帰ってこなかった。そんな話をした癖に、アッティクス自身は、自ら手を下してこの仕事をした。

もとより、あの木は既に根っこと切り離されていたのだ。木が私たちと共にした生は、ゆっくりとした死の過程にほかならない。本物のクリスマスツリー、すなわち、切り倒された生木のツリーは、儀式のための生贄だ。その事実を否定するよりは、受け入れて、それについてよく考えるほうがよい。

アッティクスはこんもり茂った枝を数本、私のためにとっておいてくれた。私は玄関ホールの鉢に水を入れて、それを生けた。枝を取り払われた幹は、すっかり乾燥したら、よい薪になるだろう。たぶん来年のクリスマスのための薪に。

訳注

（1）これは切ったばかりの木のことで、根はついていない。

（2）木が水を吸えるように、クリスマスツリーのスタンドには水をためるものがついている。二、三日ごとに水を足す必要がある。

（3）アッティクスは古代ローマの実業家、著述家。政争に巻きこまれるのを嫌って、ギリシアのアテナイに移住。キケロの親友として知られている。ここでは、ル＝グウィンは「合理的な人」という意味をこめて、夫のチャールズさんを指すのに、この名を使っている。

二階のお馬さんたち

二〇一一年一月

クリスマスイブの前日、一族は森に集まっていた。その森は、私の娘と義理の息子と三匹の犬と三頭の馬と一匹の猫が住んでいるところだ。彼らのうちの三名は馬小屋と丘の上の放牧地を住まいとしている。別の五名は丘のふもとの丸太小屋風の家に住んでいる。そして残りの一名は、ワンルームコッテージに優雅に暮らしている。彼女自身の電気敷布団《ヒーティングパッド》をもっていて、冬の間は、ネズミを狩りに外に出るときを除いて、ずっとその上にいる。その午後は、雨が降っていた。十二月にはいってから、雨ばかりなのだ。それでみんな屋内にいた。台所と居間と食堂を兼ねた部屋には人が大勢いて、結構こみあっていた。一番の年嵩は八十二歳、一番年少なのは二歳だった。

二歳のリーラは、母親と親戚のおばさんに連れられて、トロントから来ていた。私たちのうちの七名は、その午後のためにやってきていた。そして、六名はここで寝泊まりしていた――ホスト側は階段をあがったロフトの寝室に、トロント組は書斎に、そして頑健な一名は外のトレーラーに（ワンルームコッテージにはベッドがないし、ミミは自分のヒーティングパッドを誰かと一緒に使うつもりはない）。犬たちは自由に歩き回っていた。おいしそうな食べ物がいっぱいあり、犬たちの興味をかきたてていた。リーラぐらい幼い子には、ぎゅうぎゅう詰めで騒がしくて、馴染みのない者たちでいっぱいの馴染みのない状況だと感じられたに違いない。だが、彼女は目を輝かせてすべてを受け入れ、穏やかで落ち着いていた。

その日の午前中、一時的に雨があがったときに、リーラは女性たちとともに、長くて急な坂道を登り、馬小屋と馬場のあるところに行った。彼女たちはかわいいアイスランド馬[1]のパーラや、「テン・ハンズ・ハイ[2]〔体高四〇インチ（約一メートル）〕」のがっしりした体つきで、この敷地内での唯一の雄馬（ほかの二頭は雌馬なので）としての権威に自信をもっているハンクと遊んだ。リーラは、賢く優しい老いたカッティングホース[3]、メロディーの鞍の上で「キャオラインおばちゃん」の前にすわらせてもらい、乗馬のお稽古を楽しんだ。メロディーが歩みを速めると、リーラは体が飛び上がったり、落ちたりをくり返すのに任せながら、「ぱっか、ぱっか、ぱっか、ぱっか」と口ずさみ、馬場を何周もした。

そしてこの午後、みんな屋内にいたときに、会話の流れの中で、誰かが、うっかりしていると暗くなってしまうよ、と言った。それに続けて、ほかの誰かが、「もうそろそろ上に行って、馬たちに餌をやったほうがいいね」と言った。

リーラはその言葉をしっかり聞き取った。目をきらきらさせて、母親をふり返ると、期待をこめて小さな声で尋ねた。「お馬さんたち、二階にいるの？」

母親は優しく説明した。馬たちはロフトにいるのではなく、丘の上の放牧地にいるのだ、と。リーラはうなずいた。たぶん、ちょっとがっかりしただろうが、納得した顔だった。

リーラの質問は私の心に残った。あとで思い出して、ほほえんだり、考えこんだりした。あれはかわいらしくて、しかも論理的だった。トロントでの、二歳児の限られた世界の中で、誰かが「上に」行くと言えば、それは常に「二階に」行くということを意味するだろう。

丸太を並べた壁の家は、実際はそんなに大きくないものの、天井がとても高い。ドアや階段がたくさんあり、地下室にロフトにポーチがある。リーラにとっては、途方もなく大きくて、迷路のようで、予想不可能で、思いがけないものが次々に出てくるように思われたに違いない。なにしろ、地面の高さと同じ裏口からはいって、家の中を通り抜けたあと、長い階段を降りると、そこが地面の高さだったりするのだ。それにリーラが、ロフトの寝室に通じる階段をのぼったことは、あったとしても一度ぐらいだろう。

あの階段の上に何がいても不思議じゃない。メロディー、パーラ、ハンクがいるかもしれない。あそこには、サンタクロースだっているかもしれない。神様だっているかもしれない。

次々と新しいものを出してくる広大な世界を、子どもはどのように把握しているのだろう？　子どもはできる限りのことをして、できないことについては、どうしてもしなくてはいけなくなるまで気にしない。それが、私の「子どもの発達の理論」だ。

私はかつて次のような短篇を書いたことがある。すべては実際にあったことだ。カリフォルニア州北部の海岸沿いの、セコイアの森で催された会議に出る。その場所、そこの小屋や小川を前に見たことがあるとは夢にも思っていなかったが、自分がふたつの夏に、二週間そこに滞在して濃い経験をしたことを人に教えられてはっとする。その場所はまさに、ティンバートール――十三のときと、十四のときに友だちと一緒にサマーキャンプに行った場所だった。

その年齢のとき、ティンバートールの地理的位置について、私が記憶に残るに十分な程度に意識していたことと言えば、みんなでバスに乗って、何時間も北に走り、その間、ずっとおしゃべりしていて、バスを降りたらそこだったというだけだ。そこはすでに、私たちがいる場所だった。小川があり、小屋があり、巨大な切り株があり、鬱蒼と茂った木々があり、まだおしゃべりしている私たちがいて、馬たちがいた。

そうそう、あそこにも馬たちがいたのだ。そのためにそこに行ったのだった。あの年頃にはそれが大事なことだったのだ。

私は合衆国を形づくる木製のジグソーパズルのおかげで、各州の配置がかなりよくわかっていて、大陸や国々についてある程度の概念を得るには十分なぐらい地理学を習った子どもだった。そして、私はセコイアの森がバークレーから見て北にあることを知っていた。私が九歳のときに、両親が私と兄を連れてドライブし、海岸線を北上したからだ。父は方位がいつもよくわかっている人だった。十四歳のとき、ティンバートールがどこにあるかについて私が知っていたのは以上のことだけだった。そして、それ以上のことは知りたいとも思っていなかった。

私は自分の無知に驚いている。しかし、無知は無知なりに、理屈は通っていた。要するに、自分がバスを運転する必要はなかったのだ。私は子どもで、子どもたちがみんなそうであるように、大人に引っ張り回されていた。当時の私のニーズから考えると、私は世界を適切に把握していたし、自分の位置も十分に理解していた。

子どもたちがしょっちゅう、「もう着いた？」と訊くのは当然だ。彼らはすでにそこにいるからだ。そこにいないのは、責め立てられている親たちだ。親たちにとっては、物と物との間の膨大な距離があり、到着するために、せっせと車を走らせなくてはならない。そんなことは子どもたちにはわからない。たぶん、だから子どもは景色を見ないのだろう。景色は彼らの居場所と居場所の間にあるものだから。

間を生きることを学び、それによって、物事と物事の間の関係を整理し、理解することができるようになるのに、何年もかかった。

おそらくそれには、大人の人間の変てこな心も必要なのだと思う。動物は、人間の赤ちゃんがそうであるように、彼らがいるところにいるのだと思う。ああ、でも彼らは——彼らの多くは——人間の赤ちゃんとは違って、場所と場所の間の道を知っている。私たち、人間の大人よりもずっとよく知っている。とくに馬たちは一度、歩いた道なら、間違いなくわかっている。蜜蜂だって、ほかの蜜蜂にダンスで教えてもらえればわかる。キョクアジサシ(4)は何の印もない大洋の上を飛ぶ。そういう意味で道を知っているということは、その道を行く始めから終わりまでのすべての瞬間に、自分がどこにいるかわかっているということだ。

　十四歳の頃、私は非常によく馴染んでいる場所にいるのでない限り、自分がどこにいるか、ほとんどわかっていなかった。リーラよりはわかっていただろうけれど、大差はなかった。

　でも、十四歳の私は、馬たちがロフトの寝室にいないのはわかっていた。サンタクロースが北極にいないのもわかっていた。そして、神がいるとしたらどこにいるのか、ということについては、いっぱい考えていた。

　子どもたちは言われたことを信じなくてはいけない。子どもにとって、進んで信じることが必要なのは、赤ちゃんにとって、乳を吸う本能が必要なのと同じだ。子どもが生き続けるために、そして人間らしくなるために、学ぶべきことはたくさんある。

　人間の場合、知識は主に言語を通して分かち与えられる。だから、まず言語を学ばなくてはならない。それから、教えられることに耳を傾けて、それを信じなくてはならない。情報が妥当かどうかをテストすることは常に許されるべきだし、必要である場合もあるが、同時に危険であるかもしれない。小さな子は、こんろのバーナーは赤くなくてもものすごく熱くなっていることがあるとか、おばあちゃんの薬を自分が飲んだら、具合が悪くなるとか、道路に飛び出すのは駄目、とかいうことを、テストすることなく信じたほうがよい。どっちみち、学ばなければならないことが多すぎるので、すべてをテストすることは不可能だ。実際、年長者に言われたことには従わざるをえない。知覚することは自分でできるが、知覚に基づいてどう行動するかということについて、本能的に知っていることがほとんどないので、世界をどのように把握し、その中で生きていく道をどうやって見つけるかについては、基本的なパターンを人に示してもらわなくてはならない。

だからこそ、真実である情報には、計算できないほどの価値がある。逆に、子どもに対して嘘をつくことは、許しがたい間違いだ。大人には、信じないという選択肢がある。子どもには選択肢はない。情報を与えるのが親である場合はなおさらだ。

あるシナリオ。リーラは情報を穏やかに受けとめないで、がっかりしてわめきだし、言い張る。

「ううん、お馬さんたちは二階にいるの！　いるのよ！」心優しい大人は微笑を浮かべてなだめる。

「そうね。お馬さんたちは二階にいるわ。くっつき合ってベッドに寝んねしてるわ」

これは嘘だ。小さな、取るにたらない嘘だけれど。子どもは何も学んでおらず、存在論的誤解を肯定された。その誤解について、彼女はいつの日か何らかの方法で解決しなくてはならない。「上に」という言葉は、「階段を上がったところに」、「丘の上に」その他、たくさんのことを意味しうる。「上に」が何を意味するかは、そのとき自分がどこにいるかによるのかもしれない、というのは重要な情報だ。さまざまに変わる意味を考えに入れることを子どもが学ぶのに、手助けはいくらあっても多すぎるということはない。

もちろん、嘘をつくことと、ふりをすることは同じではない。お馬さんたちが寝室にいて、ハンクが毛布を独り占めするので、パーラが彼に蹴りを入れ、メロディーが「干し草はどこに行ったの？」と言うという空想を、リーラが大人と一緒に楽しんでもまったく構わない。だが、それが空想として機能するためには、お馬さんたちが実際は馬小屋にいるということを、子どもが知っていなくてはならない。その意味で、私たちが事実が何であるかを知っている範囲内で、事実に照らして真実であることが、一番重要なのだ。子どもが、教えられたことを信頼できるようでなくてはならない。大人は正直であることによって、子どもの信頼に応えねばならない。

サンタクロースの話を持ち出したのには、わけがある。私はサンタクロースの扱いについて、ずっともやもやしているのだ。私の生まれ育った家庭にはサンタクロースが存在した（そればかりか、私の母は、カリフォルニアに来たサンタクロースが、冬でも青々としているクローバをトナカイたちに食べさせてやるという、子ども向けのかわいらしい本を書いた）。私が子どもだった頃は、みんなで『クリスマスのまえのばん』[5]を読み、ミルクとクッキーを暖炉のそばに置いた。朝見ると、それらはなくなっていた。私たちは大いに楽しんだ。人は皆、ごっこ遊びと愛の儀式が大好きだし、その両方を必要としている。そのいずれも、反事実的なものではない。サンタクロースは、風変わりで奇抜で、一般的には無害な神話だ。それは正真正銘の神話で、私たちが今でももっている唯一の大きな祭日の儀式行動と深くかかわっている。そういうものとしては、私はサンタクロースに敬意を払う。

ほとんどの子どもがそうだが、私はごく幼い頃から、「ごっこ」と「ほんと」の区別がついた。それはつまり、神話と事実は違うということがわかっていて、そのふたつの間に、どちらの支配も受けない無人の地があることを何となく感じていた、ということだ。思い出せる限り、何歳のときでも、誰かに「サンタクロースはほんとにいるの？」と聞かれたら、私は混乱し、当惑し、自分の答えが不適切であることを恐れて顔を赤らめながら、「いいえ」と答えただろうと思う。

自分の両親が実在するのと同じ仕方で、サンタクロースが実在するわけではないと知っていたせいで、何か得られなかったものがあるとは思わない。私はトナカイのひづめの音を聞き逃すまいと、最高の両親とともに耳を澄ますことができた。

私の子どもたちにもサンタクロースはいた。子どもたちは私たち親と一緒に、サンタクロースのためのミルクとクッキーを用意した。そして今、彼らの子どもたちがそうしている。私にとっては、そのことこそが重要だ。絆を強める儀式が尊重されること、神話がくり返し効力を発揮し、未来へと受け継がれていくこと。

　子どもの頃、ほかの子が「サンタクロースのことを知ったとき」について、いろいろ言い始めても、私は口を閉ざしていた。疑い深いのはかわいげがない。私が今、口を開こうとしているのは、かわいいと思われるには年を取りすぎたからだが、人々が——いい年をした大人が——サンタクロースが実在しないことを知った呪わしい日のことを嘆くのを聞くと、ほんとかしらと思わずにはいられない。

　私にとって呪わしいのは、「信じていた気持ちを捨てなくてはならなくなる」ことではない。呪わしいのは、子どもたちは偽りを信じるか信じるふりをするべきだという要求と、事実が神話と意図的に混同され、実在性が儀式的象徴と意図的に混同された場合に生ずる、後ろめたさを伴う精神の短絡作用だ。

　人々が嘆くのは、信じていたことが信じられなくなる痛みではなく、信頼していた人に、その人自身が信じていないことを信じるよう仕向けられたことの痛みについてなのだろうか？　それとも、あの愛すべき太っちょのサンタクロースの存在を額面どおりに信じることができなくなったせいで、彼と彼が体現しているものに対する愛情や敬意も失ってしまったことだろうか？　でも、後者だとしたら、どうしてそんなことになるのか？

　ここから、さまざまな方向に議論を展開することが可能だ。そのひとつは政治的な方向。一部の親たちが、善意からであれ、わが子の信じる気持ちを操作しているように、一部の政治家は多かれ少なかれ、自覚的に、人々の信頼を手玉に取り、現実認識と願望的思考、事実と象徴をわざとごっちゃにしたものを受け入れさせようとする。「第三帝国」然り、「百花斉放」然り、「任務完了」然りだ[6]。

だが、今はそっち方面に話をもっていこうとは思わない。二階のお馬さんたちについて熟考したい。

信じていること、それ自体の絶対的価値は、私の目にはゼロである。有用であればあるほど、その価値は増す。知識に取って代わられるにつれて、価値は減る。有害である場合には価値はマイナスになる。通常の生活においては、知識が質量ともに高まるにつれ、信じることの必要性は減る。

私たちが何の知識ももたない分野がある。そういう分野においては、信じる気持ちが必要だ。行動の根拠になるものがそれしかないからである。宗教あるいは精神世界と呼ばれる分野全体において、私たちは信じていることに基づいて行動するしかない。そういう分野では、信奉者は自分が信じていることを知識と呼ぶかもしれない。「救い主がいらっしゃることを私は知っています」というふうに。それは正しいことだ――同時に、宗教という分野の外では、信じていることと知識との区別を主張することが正しい。科学の領域では、信じていることの価値はゼロかマイナスである。価値があるのは知識だけだ。それゆえ私は、二足す二は四だと信じる、とか、地球は太陽の周りを回っていると信じる、とか言うことはない。そういうことについては、知っていると言う。進化論は、発展し続けている理論であるから、私は、それが真実だと知っている、と言うよりは、それを受け入れると言いたい。この意味での受容は、信じる気持ちの、世俗的な分野における等価物だと思う。それは心と魂に、限りない滋養と喜びを与えうる。

自分の宗教の信仰を失ったら生きてはいけないと人が言うとき、私はその言葉を信じる。もし私が知性を失い、現実と妄想の区別ができなくなり、混乱して這いずり回るようになってしまったら、私が今知っていることを忘れ、学ぶことができなくなったら、死んだほうがいいと、私が言うとき、そういう人たちが私の言葉を信じてくれるとよいと思う。

たった二年しか、この世界に生きていない人が、その世界で生きる道を探し求めて、見つけているさま、完全に信頼し、その信頼に対して真実を与えられ、それを受け入れているさまを目にするのは、嬉しいことだ。以上、述べてきたことを私に考えさせたきっかけは、私たちが生まれた日から最期の日までの間に学ぶことが——お馬さんたちがどこに住んでいるか、から恒星の起源まで——どんなに多いかと、改めて思ったことだ。私たちは知識において——そして、世界についてこれから学ぶべきことにおいても——ものすごく豊かなのだ。私たちは皆、億万長者だ。

訳注

(1) 中世にバイキングによってヨーロッパ大陸からアイスランドに持ちこまれ、独特な個性をもつに至った小型で穏やかな性格の馬。サイズ的にはポニーということになるだろうが、アイスランドの人はホースと呼ぶ。

(2) ハンドは馬の体高（肩までの高さ）を言うときによく用いられる単位で、手の幅に由来し、一ハンドは四インチである。テン・ハンズ・ハイはアイスランド馬にしても小さすぎるので、たぶん子馬なのだろう。

(3) 子牛など、特定の牛を群れから引き離し、人の牧畜作業を助けるよう訓練された馬。

(4) カモメ科の渡り鳥で、北極圏と南極圏の間を行き来する。

(5) 一八二三年に匿名で発表されて有名になり、のちにクレメンス・ムアの作とされた詩。邦訳は福音館書店、偕成社などから絵本で出ている。

(6) 「第三帝国」はヒトラー率いるナチスが自らの支配体制を指して、神聖ローマ帝国、ドイツ帝国の後継という意味で用いた名称。「百花斉放」は一九五六年に提唱された中国共産党のスローガン。さまざまな花が一斉に咲き誇るということから、文学・芸術における自由な活動を意味し、学術・思想における自由な議論を意味する「百家争鳴」とともに対句として用いられた。「任務完了」は政治家がしばしば、自らの政権による課題達成を強調するために、早々と用いる言葉。二〇〇三年、ブッシュ（子）大統領が、イラク侵入のわずか六週間後に早々と勝利宣言をした際、このフレーズを書いたバナーが背後にかかっていたことから有名になった。

ファーストコンタクト(1)

二〇一一年五月

ガラガラヘビを見たことは何度もある。ガラガラヘビのフライを食べたことさえある。だが、生きているガラガラヘビと接触《コンタクト》したのは一度だけだ。もっとも、コンタクトというのは、あまり使いたくない語だ——比喩的であり、正確ではない。私たちの体は触れ合わなかった。コミュニケーションがあったとしても、ごく限られた種類のものだったろう。異なる種同士のコミュニケーションは、そういうものになると運命づけられているのかもしれない。

私はその話をしばしば笑い話のように語った。登場人物が皆、馬鹿げたふるまいをし、最後はハッピーエンディングだから。それはこんな話だ。

私たちはナパ・ヴァレーの古い牧場にいて、私は一九三二年製の鉄のデッキチェアのひとつにすわろうとしていた（すこぶる注意深く。というのは、末端に近すぎるところにすわると、この不格好な椅子全体が立ち上がり、野生馬のように、すわった人を跳ね飛ばすからだ）。そのとき、聞き覚えのある音に気づいた。ガラガラヘビが尾のガラガラをふるビーンという音。私の動きに驚いて、そいつはガラガラの音をさせながら、背の高い草の茂みにはいっていった。五メートルほど離れたところでそいつはふり返り、見つめている私を見た。そしてその場で、頭を上げて私と向かい合った。そいつは私から目を離さず、私もそいつから目を離さなかった。

私は大声でチャールズを呼んだ。ガラガラヘビはまったく注意を払わなかった。彼らは耳が聞こえないのだと思う。自分のガラガラという音も、空気中ではなく体の中を伝わる震動として「聞く」のだろう。

チャールズが家の中から出てきた。私たちはこの状況について話し合った——冷静に、というわけにはいかなかった。「そこの丈の高い草の茂みに潜りこんでしまったら、ここにいる間じゅう、放牧地は歩けないわね」と私は言った。

私たちはガラガラヘビを殺さなくてはならないと考えた。田舎では一般的にそうする——小さな子がはいってきて走り回るような場所では。

チャールズは大きくて重い、柄の長い鍬《くわ》を取りに行った。この鍬は私の父がポルトガル鍬と呼んでいたもので、ガラガラヘビを殺すのに使われたことがあった。殺したのはほかの人たちで、私たちではない。チャールズは襲いかかれるところまで近づいた。

ガラガラヘビと私は、視線を一度も、お互いから外さないでいたし、身動きもしていなかった。

チャールズが言った。「僕、できないよ」

私が言った。「私だってできないわ」

「どうしよう？」と私たちは言った。

ガラガラヘビもきっと同じことを考えていただろう。

「デニスがいるかどうか、見てきてくれないか？」チャールズが言った。

「こうやって、私と目を合わせている間は、動かないと思うわ。だから、あなたが行って」

そういうわけで、チャールズは私道を通って、道路を出て、二百メートルばかり先の、私たちにとって唯一のご近所さん、キャゼット家に行った。少し時間がかかった。その間じゅう、ヘビと私は身動きせず、じっとお互いの目を見ていた。ヘビの眼差しには催眠作用があるそうだが、どっちがどっちに催眠術をかけていたのかはわからない。

私たちは恋に落ちたばかりで、「お互いから目を離すことができない」カップルのようだった。これは恋ではないけれど、同じくらい激しくて、生きるか死ぬかの問題に、もっと直接的につながっている何かだった。

たぶん五、六分、長くとも十分ぐらいの、この短い時間のことを、その後の長い年月の間に、くり返し思い出した。思い出すたびに、そのひとときのことが生々しく思い出され、この経験の重要性――ここから学ぶことがたくさんあるということ――を感じた。

このひととき、ガラガラヘビと私は、世界の中でふたりきりでいた。私たちは共通の恐怖によって一緒になっていた。いわば絆で結ばれていた。私たちは魔法にかかっていた。いわばトランス状態だった。

このひとときは通常の時間の外側にあり、通常の感情の外側にあった。それは私たちのどちらにとっても、危険な時間だった。そして、通常なら、いかなる形でも関係をもつことはないし、もつことができない生き物同士を結びつける時間だった。普通なら、どちらも相手と関係しないように――単純に逃げ去るように――努めるだろう。あるいは、自衛のために相手を殺そうとするかもしれない。

これらすべての観点から、この時間を聖なるものだと考えても誤りではないように思う。

聖なるものと滑稽なものは、かけ離れてはいない。プエブロ族はそのことを、私たちの大半より、よく知っていたように思う。

チャールズとデニスが息を切らしながら、私道をやってきた。大きなトタンのゴミバケツと五メートルばかりの半硬質プラスチックの白いチューブを抱えている。チューブをもっているのはデニスだ。彼はやり方を知っているのだ。前にやったことがあるから。子どもの本の優れた作家兼画家である彼は、ナパ・ヴァレーに一年じゅう住んでいる。彼の家はきれいな小さな敷地に建っているが、家が建つ前、私たちが「ガラガラヘビの空き地」と呼んでいたところだ。

ヘビは私だけを見続け、私はヘビだけを見続けた。その間にデニスがゴミバケツを横向けに置き、口をヘビに向けた。ヘビから六メートルぐらい離れた、ヘビがまともに見ることができる位置だ。それからチューブの長さの分だけ、静かにヘビの後ろに下がり、ヘビの頭の近くでチューブの先が素早く動くように振った。とたんに魔法が解けた。私はヘビからチューブに目を移し、ヘビは私からチューブに目を移した。それからヘビは、背後の空中で激しく動いているものから、流れるようにするすると逃れ、自分を歓迎してくれそうなゴミバケツの暗闇の中にまっすぐにはいっていった。それを見て、チャールズが走り寄り、バケツを立て、蓋を閉めた。

バケツの中で、力と怒りに任せた大騒ぎが起こった。ヘビは体をばたつかせ、震わせて、ほとんど踊っているかのようだった。私たちは畏怖にかられて立ち尽くし、怒り狂ったガラガラヘビが反響室で暴れるのに聞き耳を立てていた。やがて静かになった。

「さて、どうしよう？」

「どこでもいいから、うちから遠いところに」

「道路の終点に、大富豪の家があるだろう？」デニスが言い出した。「実はあそこに何匹もヘビを放した」

愉快になる考えだった。大富豪はそこにいたためしがない。丘の上の彼の敷地には誰も住んでいない。ヘビの領土にはうってつけだ。人間三名とゴミバケツは車に乗りこみ、道路を登っていった。バケツの中のヘビは終始、低い音を立てて毒づいていた。道路の終点につくと、私たちはバケツを横たえ、あの価値あるプラスチックチューブで、蓋をはたき落とした。蛇は数分の一秒で、広大な野生カラスムギの草むらに消えた。

そのバケツはうちのゴミバケツで、私道の道路側の端に立っている。そこに置いておくと、毎月曜に業者がゴミを収集してくれるのだ。私はあれ以来ずっと、このバケツを見るたびに、かつてその中にはいっていたもののことを思い出さずにはいられない。

教訓も恩恵も、私たちが予期・制御・歓迎・理解のいずれもできないような奇妙な仕方でやってくることがある。私たちは、あとになって、それについて考えるしかない。

訳注

（1）文化人類学で、ふたつの文明が初めて触れ合うこと。また、ＳＦでは地球人が地球外の生命体に初めて出会うこと。

リンクス[1]

二〇一〇年十一月

先週、友人のロジャーとともに、ポートランドより東寄りのオレゴン州中部の都市ベンドを訪ねた。一九九〇年代以降、日光と乾いた気候を求めて、引退した人たちが数多く移り住んでいる町だ。ポートランドから最短の道のりは、フッド山を越えて広大なウォームスプリングズ居留地を抜けていくことだ。十月後半のよく晴れた日で、常緑樹の森の中、所々こんもり茂ったビッグリーフメープルが金色に染まっている。峠を越えて下るうち、空の青さはいよいよ深まった。空気が澄み、景色が開ける。オレゴン州の乾いた側にはいったのだ。

ベンドの名は、威勢よく流れる川の湾曲部《ベンド》から来ているのだろう。そこにこの町は位置している。西には、カスケード山脈のスリーシスターズ（ベンドに近い三峰の呼称）を始めとする雪を頂く峰々がそそりたち、東を向けば、高地乾燥地帯《ハイデザート》[2]がどこまでも広がっている。近年、この町は拡大し、新住民の増加によって栄えてきたが、この不景気で大きな痛手を受けた。この町の繁栄のあまりにも多くの部分が建設業に依存していたためだ。ダウンタウンはまだ体裁を保っているが、空き店舗も目立ち、いいレストランも何軒か消えてしまった。また、バチェラー山麓のリゾート開発も計画段階で凍結してしまったようだ。

私たちは、川の西側のモーテルに泊まった。そのあたりはモーテルの建物が広い間隔を置いて散らばり、その間にはビャクシンの林やヤマヨモギの生える草地が残っていた。ベンドの幅広い大通りは曲がりくねって長く伸び、交わりあっていて、三、四方向へ出口のある環状交差点《ラウンドアバウト》を成している。ここの道路の設計者たちは、麺《ヌードル》を床に落としたときのようすを再現したかったようだ。〈カマリブックス〉のティナがモーテルからの詳細な道順を送ってくれて、通りの名前もラウンドアバウトの出口についても書いてあったのに——しかも、西の空に連なる千八百から三千メートル級の山々のおかげで方角も十分わかっていたはずなのに——私たちがモーテルを出て迷子にならなかったことは一度もなかった。

私は次第にオールドミル地区を恐れるようになった。〈オールドミル地区〉の標識が現れたとたん、また迷子になったと気づくのだ。もしベンドがだだっ広いだけでなく、本物の大都市であったなら、私たちは未だにオールドミル地区から脱出できずにさまよっていたかもしれない。

ロジャーと私が訪れたのは、ふたりの本『アウト・ヒア』[3]の朗読とサイン会をおこなうためだった。金曜の夜に〈カマリブックス〉で、土曜の午後にハイデザート博物館で開催の予定になっていた。博物館はハイウェイ97を、町から少し南に下ったところにある。さらにもう少し行くとサンリバーがある。サンリバーは最初期に開発されたもっとも大きなリゾート地だ。ロジャーがそこでランチにしようと言った。これらのリゾート地に集まるお金の流れを考えて、私はグルメ寄りのものを期待していたが、はいったグリル・バーで出されたものは、アメリカのどこのグリル・バーにもある山盛りの重たい食事だった。そこでは軽い昼食と言ったら、五百グラムから一キロ近くもあるナチョスを指すのだ。

サンリバーに泊まったことはないが、このあたりの別の高級リゾートには何泊かしたことがある。どこも皆、荒涼として美しい周囲の風景に溶けこむよう、たくみにレイアウトされていた。家屋は木造で、どれも似たような抑えた色合いのペンキやステインが塗られ、控えめな佇まいだった。建物の間隔は十分広く、合間に木々が残されている。どの道も皆、カーブしていた。直線の道はリゾート気分には禁物なのだ。直角は「都会」の印で、リゾートは「田舎」を主張するのに忙しい。そういうわけで、川の西側の大通りはすべてヌードルのように優雅に曲がりくねっている。問題は、ビャクシンもヤマヨモギも建物も道も大通りも、みんな同じに見えるので、コロラド・ドライブがどこでセンチュリー・ドライブにつながり、その後どのラウンドアバウト出口からカスケード・ドライブに出られるかを思い出せないとすると、高性能GPSシステムを体の内側か外側に装備していない限り、道に迷うことになる。

二年ほど前、似たようなリゾートの誰かのコンドミニアムのおばあちゃんの部屋《グラニー・フラット》に泊まったが、家から百メートル以内で迷子になることが可能だった。どこのカーブした通りや道にも上品で落ち着いたアースカラーの家々が建ち並び、ほかの上品で落ち着いたアースカラーの家並みとまるでそっくりで、目印になるものはなにもなく、そんな通りがどこまでもどこまでも広がっていて、歩道はない――こういう場所が存在するには、当然、車での移動が完全に前提になっているからだ。行きも帰りも、そこらを回るにも車だ。私は車を運転しない。

ベンドは、思うに、公共交通システムのないアメリカ最大の町ではないか。それをどうにかしようとしていたところで、建設業のバブルが弾けてしまった。

そのリゾートでは、歩いていて二度、迷子になった。どのカーブした通りの、どの上品で控えめな建物が自分の家かわからなくなってしまうのだ。その後は、出かけるのが億劫になった。けれど、おばあちゃん《グラニー》が散歩をやめてしまったら、グラニー・フラットに缶詰だ。それもまた悲惨なのだ。最初に足を踏み入れたときには、あら、素敵、と思った。内側の壁がすべて鏡になっていて、部屋と大きな窓が映っているので、広々と明るく見えたのだ。ところが、その部屋はとても狭くて、べッドを置くのが精いっぱいだった。
ベッドには装飾用としか思えない枕が積み上げられていた。数えてみたが、いくつあったかは思い出せない。二十から二十五ほどの飾り枕と、巨大なテディベアが四つか五つあったと思う。ベッドを使うために枕とテディベアをどかそうとすると、床に置く以外、場所がない。そうなると、床は隙間なく枕とクマで埋めつくされる。間仕切りの向こう側には小さなキッチンがあったが、机も椅子もない。窓辺にはありがたいことにベンチがあって、すわることができ、木々と空が見渡せた。私はこのベンチで暮らし、休む時間になるとクマと枕をかきわけてベッドに向かった。

　鍵のかからないドアの向こうには廊下があって、オーナーが滞在中のコンドミニアムにつながっていた。私はスーツケースと枕を八から十個ほどと一番太ったテディベアをドアの前に並べて、見ず知らずのオーナーがうっかり侵入してくることがないようバリアを築いた。といって、そのクマを完全に信用したわけでもなかったが。

　ロジャーと私がヌードル道路で滞在先のモーテルに戻ろうと苦労するたび、このリゾートのそばを通り、私はその都度、びくっとするのだった。なにかの間違いではいりこんで、また迷子になるのではないかと恐ろしかった。

　申し訳ない気がしないでもない。計画しつくされた滞在型高級リゾートよりも、単なるモーテルのほうが好きだなんて。けれどその罪悪感はかすかなものだし、好みのほうは明白で、一貫している。私はモーテルが好きなのだ。排他性に興味はない。「ゲーテッド・コミュニティー」[4]など、私の理解する「コミュニティー」の語にさっぱり当てはまらない。もちろんわかってはいる。こういうオレゴンの乾いた側のリゾートを所有したり、タイムシェアリング[5]したり、賃借したりしている人たちのほとんどは、同じ白人中流層のほかの人々と排他的な交流をするためではなく、高地乾燥地帯のすばらしい空気や日光や森やスキー場、つまり広さや静けさを楽しみに行くのだと。それはそれで結構なことだ。ただ、私をそういう場所に泊まらせないでほしいだけ。とくに備えつけの巨大テディベアがいる部屋はお断りする。

しかし、ここまで書いてきたことはすべて、リンクスの話の前置きに過ぎない。

そのリンクスはハイデザート博物館で暮らしている。手短に言うと、彼が子どもの頃、誰かが彼の爪を抜き（猫の「抜爪手術《ディクローイング》」とは、人間でいえば手足の爪を抜きとるか、手足の指の第一関節から先を切り落とすのと同じだ）、その後、四本の牙も抜いた。そして、かわいい子猫ちゃんを飼っているつもりでいたのだろうが、飽きたか、怖くなったかして、捨てたのだ。彼は、飢えた状態で発見された。

ハイデザート博物館にいるすべての鳥や動物たち同様、彼は野生では生きていけない野生動物だ。リンクスの檻はメインの建物内にある。細長い空間で三方を壁に囲まれ、前面がガラスになっている。木々が生え、隠れ場所もいくつかある。檻には屋根がなく、外と同じ天候にさらされ、空も見えている。

たしか、私は彼を初めて見るまで、リンクスを見たことがなかったように思う。美しい生き物で、ピューマよりもずっと小柄でずんぐりしている。被毛は濃く分厚く、淡い黄褐色。黒っぽい斑点が脚やわき腹に流れるように散っていて、腹から喉にかけてと髭は純白だ。足先は大きくあくまでふかふかに見えるが、パンチを受ける側にはなりたくない。たとえ、強力な鉤爪という武器がもぎとられていても、である。しっぽは短く、ちょんぎれたような形——しっぽにかけては、リンクスやボブキャットよりも、ピューマのほうがはるかに立派だ。リンクスの耳はちょっと変わっていて愛らしく、先っぽに長い毛が立っている。この博物館のリンクスの右耳は少しひしゃげているというか、倒れている。頭部は大きく角ばっていて、穏やかで謎めいた猫族特有の笑みを浮かべ、美しい金色の目をしている。

檻のガラスはマジックミラーではなさそうだが、訊いて確かめたことはない。ガラスのこちら側にいる人間が見えているのだとしても、彼はそれをおくびにも出さない。こちらを見つめることもあるけれど、何かに目を止めたり、こちら側の人間を目で追ったりするのを見たことがない。彼の視線は私たちを素通りしていく。私たちは存在しない。彼だけがいる。

　二年前、文学カンファレンスの最終日に、私はそのリンクスと出会い、恋に落ちた。出席した作家たちは博物館でのディナーパーティーに招かれ、資金面でカンファレンスをサポートしてくれた人たちと交流することになっていた。気前の良さに報いるためにこういう企画をするのは、筋の通ったことだと思う。ただ、作家たちをよく知っている立場からすると、寄付した人たちはがっかりさせられることが多いだろうと思う。また作家の多くにとっても、これは試練だろう。私のようにひとりで仕事をする人間は、内向的な人物が多く、さらに、立ち回りが下手だ。強み《フォルテ》の反対がピアノであるならば、見ず知らずの人たちとの洗練された歓談は、私にとって明らかにピアノである。

　ディナーの前のワインとチーズの時間に、寄付した人たちと作家たちは博物館のメインホールでぶらぶらしながら、談笑していた。ぶらぶらするのも談笑するのも得意ではない私は、メインホールから脇に続く廊下に気づき、そこに誰もいないのを見て、抜け出して奥を見に行った。まず見つけたのは、ボブキャットだった（きっと時々は目を覚ますのだろうが、これまでのところ眠っている姿しか見たことがない）。そして、さらにわが種族のおしゃべりの声から遠ざかり、暗がりと静寂の奥へと進んでいくと、ふいにリンクスの前に出た。

　彼は金色の目で暗がりと静寂を見据えていた。純粋なる動物の眼差し、とリルケが呼んだ目で。純粋に眼差しである眼差し、射抜く眼差し。自身の至らなさと場違いさを痛感していたところへ不意に現れたすばらしい生き物の存在、彼の美しさと完璧な孤絶は、清涼剤、癒やし、安らぎであった。

私は、しばらくリンクスのところにいたが、やがてバンダー・ログ[6]のもとへ戻らなければならなかった。パーティーの終わりにもう一度抜け出し、会いに行った。彼は小さなツリーハウスの中で、大きく柔らかな前足を胸の前で交差し、王者のごとく眠っていた。私は永遠の恋に落ちた。

昨年、もう一度、彼を見た。娘のエリザベスがオレゴン東部を車で四日間まわってくれたのだ(大旅行だった。これについては、私のウェブサイトに文章と写真から成る旅行記を載せたいと思っている。もし、エリザベスとお互いに叱咤激励して、文章と写真をちゃんとまとめることができたなら)。ふたりで一緒に博物館の展示や、カワウソや、フクロウや、ハリネズミや、そのほかすべてを見てまわり、最後にたっぷり時間をとってリンクスに見入った。

そして先週、朗読会の前に、サインする本を博物館に運びこむという重労働をロジャーが一手にこなしている間に、私はリンクスとの時間を三十分、得ることができた。リンクスのところへ行くと、彼は行ったり来たり、歩きまわっていた。非常にハンサムだが、落ち着かないようすだった。振り甲斐のあるしっぽであったなら、きっと振りまわしていただろう。二、三分すると彼は大きな金属製の猫ドアの向こうへ消えてしまった。来訪者には見えない奥の間のようなものらしい。残念だが仕方ない、と私は思った。彼もプライバシーが欲しいだろう。私は生きているチョウの展示を見に行った。これももちろんすばらしかった。ハイデザート博物館は、私の知る中で最高に完璧に満足させてくれる場所のひとつなのだ。

再び戻ってみると、リンクスはガラスのすぐそばにすわって、大きめの鳥を食べていた。ライチョウのように見えたが、とにかく、ニワトリではなく野生の鳥に違いなかった。しばらくの間、あごの下に尾羽が一本、ぶらさがっていた。傍目《はため》には、威厳を損なう姿に見えたかもしれないが、彼は傍の目など関知しない。

彼はその鳥を勤勉に注意深く食べ進めた。鳥を賞味《ディスカス》していた。かつては、ラムチョップを食べる人を、よくそう表現したものだ。リンクスは、鳥を味わうのに没頭している様子だった。牙を四本とも失っている彼は、人間で言えば前歯がない状態に近い。奥歯を使って横からかじらなくてはならないのだ。彼はこれを器用にこなしていた。きっと時間は余計にかかるのだろうが、いらだつこともない。たとえ、噛みちぎったものが羽根だけだったとしても、大きな柔らかいハチミツ色の前足で昼食を押さえて、またかじるだけだ。やっと鳥の身の部分に到達したとき、通りかかった子どもたちが声をあげた。「げえっ！　腹ん中食べてる！」居合わせたほかの子たちも満足げにつぶやきあっていた。「ほら、見て。内臓を食べてるよ」

　私は朗読とサインのために、その場を離れなくてはならなかったので、彼が昼食を終えるのを見届けることはできなかった。

　一時間ほどして、お別れにひと目見ようと戻ってくると、リンクスはツリーハウスの寝室で心地よさそうに丸くなって眠っていた。ガラス壁のそばの地面には、片方の翼とくちばしが落ちていた。三つある切り株には、リンクスの僕《しもべ》たちによって、死んだネズミが一匹ずつ置かれていた――デザートのエレガントな演出、と洒落たレストランなら言いそうだ。私は想像した。博物館が閉館し、すべての霊長類がようやく立ち去ったそのときに、この大きな猫は目を覚ましてあくびをし、しなやかにのびをしてツリーハウスから下りてくる。そして、デザートを一匹ずつ、ゆっくり静かに食べる。闇の中でひとり。

　私は、あるつながりについて考えている。リゾートとリンクスとを結ぶもの。両者間の移動に使ったヌードル道路のことではない。コミュニティーと孤独にかかわる心理的な関係のことだ。

　リゾートは都市でも田舎でもない――リゾートは準《セミ・》コミュニティーである。人口のほとんどは、時折滞在するか、いたりいなかったりする人々だ。昼間の働き手は庭師や修繕係など、維持管理に関わる人々ばかりだ。これらの人たちは、リゾートの素敵な家に住んでいるわけではない。リゾートの住人は、仕事の都合でそこに住んでいるわけではなく、仕事から離れるためにそこにいる。他の住人と共通の関心があってそこにいるのではなく、他人から離れるために来ているのだ。あるいは、ゴルフやスキーといった、自分への挑戦を課すスポーツをするために。あるいは、荒れ地の孤独に憧れて。

しかし、私たちは孤高な種ではない。お気に召そうが、召すまいが、私たちはバンダー・ログなのだ。本能からして社会的で、コミュニティーの中でしか生きられない。完全に孤独な状態で長い間生きることは、人類にとって完全に本能に反している。だから、私たちは人混みに倦《う》んで広く静かな地に憧れて、遠くの場所に行ったときでも、このようなセミ・コミュニティー、あるいは疑似コミュニティーをつくってしまう。そして、悲しいことに、そういうものに加わろうと、荒涼たる高地に大勢の人が押し寄せるが、そこには本物のコミュニティーはなく、ただ、求めていたはずの孤独が破壊されてしまうだけだ。

翻って猫族を見てみれば、ほとんどの種はまったく社会的ではない。猫の社会というものにもっとも近いものは、子育てをするメスライオンたちと怠惰なオスから成る群れだろう。納屋の猫たちは、その場限りの社会秩序で仕事を分担するが、オスたちはその担い手になるよりも、秩序を損なう傾向にある。成熟したオスのリンクスは単独で暮らす。ひとりきりで生きる。

わがリンクスは運命のいたずらにより、人工環境で、完全に異境である人間のコミュニティーで、暮らすことになった。彼にとって自然である複雑な野生の生息環境から引き離されたことは、悲惨であり不自然なことだ。しかし、彼の孤高、彼の孤独は、彼の本能の真理だ。彼はその本能を保ち、そのままの形で、私たちの間に持ちこんだ。この不滅の孤独という恵みを、私たちに与えてくれているのだ。

訳注

（1）和名オオヤマネコ。

（2）米国の住宅バブルがはじけ、二〇〇八年九月のいわゆるリーマンショックを端緒として、世界的な金融危機と不況が起こった。

（3）*Out Here: Poems and Images from Steens Mountain Country*。オレゴン州南東部のスティーンズ山とその周辺の地域からインスピレーションを得た、ル＝グウィンの詩とペン画、ロジャー・ドーバンドの写真から成る本。二〇一〇年刊行。

（4）治安のため、全体をフェンスなどで囲い、門に警備員を置き、出入りをチェックするコミュニティー（高級住宅地など）。

（5）（休暇用住宅を）共同所有し、期間をずらして利用すること。

（6）『ジャングル・ブック』に出てくる猿の集団。ここではもちろん、人間たち（パーティーの出席者たち）のこと。

オレゴン・ハイデザートの牧場で過ごした一週間の手控え

二〇一三年八月

私たちが寝泊まりした家は、山から勢いよく流れ落ちる川がつくった谷間の放牧場にあった。柳と草の茂るオアシスが川に沿ってうねる、その両側には峰がそそり立ち、そのてっぺんには、城の胸壁のように玄武岩がいくつも立っていた――縁辺岩《えんぺんがん》と呼ばれるものだ。川の向こう側には、年を経た柳の大木の下に牧場主の家がある。東側の峰はそのすぐ後ろにあり、西側の峰は私たちの家のすぐ後ろにある。ふたつの峰の間の狭い土地は平らかな緑の草原だ。急な斜面の土や岩は、ヤマヨモギや兎藪《ラビットブラッシュ》の黄色い花に彩られている。長い谷間の川上のほうに目をやれば、牧場の牛たちのほとんどがまだ、夏用放牧地にいる。家の周りはとても静かだ。一番近くの町は北へ五キロ行ったところだ。その町の今年の人口は五人。

第一日

ツバメが五羽、近くの電線に止まっている。

別の電線が強い放電で火花を散らし、それからパチパチと鳴る。

峰に垂れこめる雲の下に雨が降っている。

雌鶏が卵を産んだ。誇り高く満足げな叫び声。二羽の雄鶏が競って鳴いている。

雄の孔雀たちが、雄々しくも物憂げな、ミャオーというラッパのような叫び声をあげる。

まもなく峰の縁辺岩の上に太陽が顔を出すだろう。日の出から一時間。

東の縁辺岩と西の縁辺岩の間の、影が差して涼しい空気の中を黒椋鳥《ブラックバード》もどきの群れが飛ぶ。それぞれの群れは数十羽から成る。群れが通るたびに、たくさんの翼のはばたく音がする。軽い小さな体がどきどきしながら突進。わくわく。時折、羽毛の中できしむ風の忍び笑い。時折、さえずり。

彼らのはるか上の沈黙の中で、ツバメたちが獲物を追う。もっとも小さく可憐な捕食者。

東の峰の上で、飛行機雲が白い羽根のように広がっていく。

じわじわと明るくなっていくのに耐えられず、目をそらさずにはいられなくなってきたので、目を閉じる。すると、瞼の裏に見える――暗い赤、もっとも暗い赤の、峰の長い曲線。その上には緑の帯、もっとも純粋な緑の帯がある。目を向け、また目を閉じるそのたびに、緑の帯は太くなる。明瞭で、なだめることのできないエメラルドの焔。やがてその真ん中に、この世ならぬ淡いブルーの円が現れる。

私は目を開き、その源である太陽を見る。ちらっと見て、目がくらみ、しおしおと視線を下げる。地面へと。小道に敷き詰めた、目立たない黒い溶岩の砂利に目を落とす。

太陽のぬくもりが顔の上にある。その光が私の上に来るとすぐに。

午後にすさまじい雷雨があった。背の高い雨の塔がいくつも立ち、震えながら、草原を駆け巡り、風はあの柳の古木を、波に揺られる海藻のように身悶えさせた。そのすべてが終わったあと、峰と峰との間を静かな夕闇が満たし、馬たちがじゃれ合い始めた。小さな糟毛《かすげ》の馬と三頭の鹿毛《かげ》の馬がお互いを噛むまねをしたり、脚を蹴り上げたり、駆けたり、後ろ脚で立ったり、胸と胸をくっつけ合ったりしている。年寄りの斑《まだら》馬で背中のくぼんでいるボスのダリルまでもが、若駒たちに交ざった。彼らはお互いにちょっかいを出し合いながら、勢いよく草原を駆け、ひづめで勇壮な音楽のリズムを刻んだ。馬たちはやがて静かになり、川に沿って北に歩き去った。老いた斑馬の白い脾腹《ひばら》が、柳の下の暗がりで蛍のように光った。

夜、目が冴えていた私は、夜の闇に包まれた柳の木立の下、濡れた草原に佇む馬たちのことを考えた。

真夜中、戸口に立った。雲のヴェールが、天空の燃えたつ敷石を横切り、通り過ぎていった。東の峰の上に、にじむように輝いているのはプレアデス星団だ。

第二夜

第二夜、すべての生き物が目覚め、眠らぬコオロギはふいに静かになった。雷は、峰から峰へ、渓谷から渓谷へ言葉をかけた。その声は最初は遠く、それから近くなった。暗闇が大きく裂けて、隠しているものをさらけ出す。一瞬だけ、生き物たちの目は、その凄みのある光の中で世界を見る。

第三日

午後、西の峰のカラスたちが子どもたちを連れて、ふたつの峰の間を飛びながら、「r」音だらけの彼らの言語で叫んでいた。幼い者たちがたくさん話し、年嵩の者は短く答えた。そのとき、それとは別に五羽のカラスが現れた。六羽かな？　いや、違う。コンドルたちだ。空からふいに姿を現したかのように、十一羽、九羽、七羽……。上昇して視界から姿を消したかと思うと、現れて旋回する。高さや距離と遊び、お互いと遊ぶ。奇跡のような、穏やかな、決して破られることのない沈黙のうちに。

しばらくすると、彼らはすべて、南の山のほうへ飛び去っていった。温かい空気の塔の静かな主《ぬし》たち。

ダイアモンド(1)の町で夕食を取ったあと、道沿いに歩いた。遠く野の果てから、甲高い奇妙な合唱が聞こえてきた。コヨーテの家族だ。夜鷹の声。苦もなく跳ねるひづめが触れて、金属がかちゃかちゃいう。夕闇の中を盛り上がっては落ちる波のように、牝鹿が軽やかに走っている。やがて、暗闇を蓄えている背の高い古いポプラの木立のあちこちから、完全な権威をもつ声が静かに語る。雲の下、赤い太陽がぎらぎらと輝きながら沈み、消えた。フクロウたちはもはや何も言わない。古い木々はようやく暗闇を解き放った。

第四日の朝

八百メートル先の開けた谷間には日光が満ちている。だが玄武岩の峰に挟まれたここで、私がすわっているのは、影の中だ。風が吹いている。ドアの前の溶岩の石段にすわって、きのうの雷雨が残した水が雨樋《あまどい》のない庇《ひさし》から、頭や本の上に滴り落ちる中で、あと半時間待たねばならない——峰の暗い塊の上の明るさが凝集して、太陽そのものになるのを。

大きな黒い牛たちが、家の周りのフェンスのすぐ外で、雨の恵みの草を勤勉に食《は》んでいる。雄孔雀が、見すぼらしくだらしない尾羽根を引き抜く。換羽期の八月。誇りが僅かに残るのは、瑠璃色の頭と王侯《ラージャ》の羽冠、そしてけたたましくも憂いのこもったミャオーというジャングルの叫び。チャボの雄鶏が甲高い声で叫ぶ。お触れだよ、お触れだよ。大きな雄鶏がそれより低い声に、ゆえなき優越性をにじませる。雌鶏たちは見向きもせず、追い風に乗る帆船のように草原に散らばる。おや、雌鶏たちがおしゃべりを始め、鶏たち専用の庭に戻っていく。グレッチェンが出てきて餌をまいているのだ。

これまで毎朝輝いていたのと同じところに飛行機雲が輝き、北に、そしてまもなく日が昇る東にも、少しずつ着実に漂っていく。明るさが増すにつれて暗さを増している峰の後ろを、虹色に輝きながら、ゆっくりと通り過ぎていく。

日が昇った。美しく昇った。

あてにできる奇跡。毎日、二分遅くなり、少し南に位置がずれる。

ささやかな奇跡。観察し、喜んでいる私の目の中で、黒い溶岩が、輝く赤紫と青緑の光に変わる奇跡が起こり、そして終わった。荒々しい黒い岩は秘密を守っている。

毎日来るハチドリは思いがけない動きで、存在するものを攻撃する。彼は私のオレンジ色の紅茶マグに引きつけられている。

どっしりと大きくて黒い牛たちは、草を食み、息をして、じっと見つめる。それぞれに黒い小鳥たちがまつわりついている。生きとし生ける者は皆、生きていくために骨を折っているのだ。

私はごつごつした黒い石段にすわり、彼らの守っている秘密を語ろうと努める。だが、私にはできない。

彼らは秘密を漏らさない。

換羽期に

雄孔雀が歩き去る。
儀式のような歩調で――一歩踏み出しては止まり、踏み出しては止まり
戴冠式に赴く王、あるいはまた、断頭台に向かう王のように。
彼の栄誉の名残は
むき出しにされ、骨のように白く
彼の後ろにひきずられ、塵にまみれているもののみ。

第五日の午後

何百羽ものブラックバードが家の南の草原に集まったかと思うと、背の高い草の中に完全に姿を隠し、次いで、大小の波をなして、あるいはまた流れるように、草の中から出て峰のふもとの一本の木をのぼっていった。下のほうの枝は、葉っぱの緑色はもはや目立たず、鳥の黒に覆われた。それから鳥たちは木を離れて飛び、川辺の葦の中にはいったかと思うと、空中に飛び出し、ひらひらしながら、皆でひとつの波を形づくった。実在とは何だろう？

訳注

（1）オレゴン州南東部、ハーニー郡のコミュニティー。

訳者あとがき

本書の著者、アーシュラ・K・ル＝グウィンは一九二九年十月二十一日生まれの米国の作家で、半世紀以上にわたる旺盛な作家活動によって、さまざまな分野にわたる数多くの傑出した作品を生み出し、二〇一八年一月二十二日にその生涯の幕を閉じた。本書の底本である *No Time to Spare: Thinking About What Matters* はル＝グウィンが二〇一〇年十月から始めていたブログの記事から精選された四十一篇を一冊の本の形にまとめたもので、二〇一七年十二月に出版された。結局、この本はル＝グウィンの生前最後のエッセイ集となった。

邦題の『暇なんかないわ　大切なことを考えるのに忙しくて』はこの時期のル＝グウィンの心のありようを表わすとともに、直接的には、このエッセイ集の最初の一篇に出てくる、ハーバード大学から送られてきた一九五一年度卒業生へのアンケートの中の問い、「余暇には何をしますか？」に対する彼女の答えでもある。ハーバード的な認識とル＝グウィンのものの見方との間には、かなりのズレがあり、ル＝グウィンは、彼女にとって頓珍漢《とんちんかん》としか思えない問いに、いちいち愉快なツッコミを入れていく。ル＝グウィンの老いても変わらぬ輝かしい個性、老いてこそ深まる境地が少しずつ読者の目に明らかになる素敵な始まり方だ。

そしてこの本全体を通して、ル＝グウィンは高齢であることと向き合うとはどういうことかを示し、自分にとって「大切なこと」について存分に語っていく。

本書はブログをもとにしたものであり、主に雑誌や新聞に載ったエッセイや講演をもとにしたこれまでのエッセイ集とは成り立ちが異なる。

ル＝グウィンと言えば、世界を創造し、圧倒的な力でそこに読者を引きこむ小説作品だけでなく、明快かつ繊細で知的なエッセイや評論でも名高い人だが、意外なことに、エッセイなどのノンフィクションを書くのは、フィクションを書くより努力の要る、大変なことだという認識をもっていたようだ。二〇一六年十月刊行のエッセイ・講演・書評集、*Words Are My Matter: Writings About Life and Books, 2000-2016* の「前書き」に、「フィクションを書くのは自分にとって自然なことだが、ノンフィクションを書くには意識的な努力が必要だ」という意味のことが書かれている。「心の中から湧き上がってくる私の物語や詩の正確さや正直さや質の良し悪しを、第一番に判断するのは自分だ。だが、ノンフィクションを書くことは、学校の課題をやるようなもので、形式や内容を査定される。私の物語について私以上によく知っている人はいないが、エッセイの場合は、私が書いている事柄について、私よりもはるかに造詣が深い人に、良し悪しを判断されるかもしれない」と言うのだ。また、こんな言葉もある。「高齢になり、蓄えられるエネルギーの総量が少なくなるにつれて、旅をして講演をする頻度が減り、遠くまで足を運ぶこともなくなった。そしてリサーチをしたり、構想を練ったり、書いたり、推敲《すいこう》したりするのに何週間も、何か月もかけなくてはならないような大きなテーマの講演やエッセイに取り組むのが億劫になってきた。そのため、本書（*Words Are My Matter*）では、これまでの私のノンフィクション作品集と比べてエッセイや講演記録が少なく、書評の比重が増している」。つまり、依頼に応えて、長期間準備し、本格的なエッセイを発表することを負担に感じ始めていたのだろう。

しかし、大切だと思う何かについて常に考えているル＝グウィンにとって、その考えを言葉で表わすこと、人に伝えることはどうしても必要なことだった。それでブログに活路を見出したのではないだろうか。

ブログの利点は負担が軽いだけではない。ブログはより多くの自由をもたらした。依頼を受けた場合と違って、締切はない。話の内容やレベルを特定の聴衆や特定の媒体の読者に合わせる必要も、長さの制約もない。自分と読者以外に関係者がいないことも気持ちの上で楽だったろう（読者のコメントに返事をする余裕はないと前もって宣言したのは賢明だった）。

それらの利点は、ル＝グウィンから新しい魅力を引き出した。カレン・ジョイ・ファウラーの言葉を借りると「ふだん着のル＝グウィン、自宅でくつろいでいるル＝グウィン」の魅力だ。講演などで、きちんと準備して明快で論理的な口調で話すル＝グウィンもかっこよくて惹きつけられるが、自宅でのル＝グウィンは親しみやすくて、繊細な心のうちをちらっと見せてくれたりもする。そして、リラックスしているからこそ、頭がよく回転する。人生経験と想像力の豊かな人の常として、何を見ても何かを思い出すので、話は心理的な脈絡を保ちながら、あちこちに移る。過去に遡り、未来に伸びていく。緻密さ、繊細さに軽やかさが共存していて、パースペクティブが変わったり、ズームアップしたり、逆にカメラが引いたりして、私たちに嬉しい驚きをもたらしてくれる。

ファウラーが言うように「第一印象ではただのお遊びに過ぎなかった記事が、実に深い意味をもつものに変わっていくのを目の当たりにする」のはわくわくする経験だ。ル＝グウィンが何かをきっかけに考えを巡らし始め、深遠な考えが生まれてくる――そのきっかけや背景や気持ちが明確に描かれていて、そのときの心の状態がよくわかるので、考え自体も現在進行形のものとして受け止められる。いわば、新しい考えが芽吹く瞬間に立ち会っているような気がするのだ。わかりやすい例を挙げるとすれば、「ユニフォーム」や「二階のお馬さんたち」だろうか。

かつてのル＝グウィンにとって、エッセイや講演の原稿などのノンフィクションは、心の中から湧き上がってくるものであるフィクションとは異なり、おおむね、依頼されて（世の中の求めに応えて）書くものだった。しかし、このブログの試みの中で、ル＝グウィンは心の中から湧き上がってくるものとして、エッセイを書いたのだ。そういう書き方は、ル＝グウィンがフィクションを書く姿勢と似通っているし、もしかすると日本の昔からの伝統である「随筆」の書き方にも通じるものがあるかもしれない。

そのようにして書かれたものの中から選ばれた作品が収められている本書だが、作品の並べ方が時系列に従っていないことに注目したい。それはこの作品群が、ブログのもともとの意味である、単なる日々の記録ではなく、それぞれに普遍的な価値をもつ独立した文芸作品になっていることを示している。

収録されている四十一篇のうち三十四篇は、テーマ別の四つの部分に分けられている。第一部のテーマは老年を生きること。第二部は著者の一生の仕事の対象である言葉や文学の問題を扱っている。第三部には、世の中やそこに生きる人々を理解しようとする試みの中で考えているさまざまなことが書かれている。第四部のタイトルは「報酬（rewards）」。この言葉が何を意味するのかはなかなか難しい。並んでいる記事の内容を考えると、人生がもたらすさまざまな喜びや楽しみ、あるいは悲しみのことではないかという気が私はしている。それには芸術がもたらす喜び、人情の機微、学ぶ喜び、自然に対する畏敬の念も含まれている。

老年を生きるというテーマは、第一部だけでなく、全体を覆っている。というのは、人生の終わり近くにいる、とてつもなく賢い人の落ち着いた眼差しが終始感じられるからだ。第二部の言葉や文学は、ル＝グウィンが一生をかけて携わってきたものであるから、ふり返るのは当然だし、ノーベル賞や文学のカノンについての考察には、自分の死後、作品は読まれ続けるだろうか、読まれ続けてほしい、という静かな願いがこめられているようだ。第三部は、子どもたちや孫たちやさらに未来の世代のために、地球や社会のことを心配する気持ちがうかがえる。そこには希望と諦観が共存しているように思われる。また、「内なる子どもと裸の政治家」には、ワーズワスの詩に基づく生と死に関する考察もある。第四部に描かれている「報酬」は生き抜いてきたことへの報酬のように思われるし、散文詩に近い「オレゴン・ハイデザートの牧場で過ごした一週間の手控え」には読む人の魂が浄化されるような瞬間がある。

そして残りの七篇は、愛猫パードのことを書いたものだ。「パード日記」と名づけられたこの一連の記事は、三つに分けられて、テーマ別の各部分の間に挟まっている。かわいいタキシード猫、パードの仕草や行動はほほえましく、箸休め的な効果もあるが、何しろル＝グウィンのことなので、単なる猫ばか、猫かわいがりの弁でないのはもちろんだ。パードはル＝グウィンの生活の中の人間以外の要素であり、人間以外のものとのつきあい方を教えてくれる存在だ。

さて、本書に収録されている作品は、右に述べたように普遍的な意味での価値の高いものが多く、日常的な細かいこと、たとえば現にやっている仕事の進捗のことなどは具体的には書かれていないのだが、このブログをやっていたころ、ル＝グウィンはどんな生活をしていたのだろうか。そして二〇一七年九月に最後の記事を掲載したあとはどんな日々だったのだろうか。ブログが始まった二〇一〇年以降の主な活動について、私の知り得た範囲で、簡単に触れておきたい。

ル＝グウィンは詩を書くことに主力を注いでいた。二〇一〇年には、本書の第四部「リンクス」で言及されている *Out Here* を共著として出版し、二〇一二年には新旧の作品を合わせた詩集 *Finding My Elegy: New and Selected Poems* を刊行した。二〇一五年には新作の詩をまとめた詩集、*Late in the Day: Poems 2010-2014* を上梓した。そして、その後の時期につくられた詩をまとめた詩集 *So Far So Good* は、ル＝グウィンの逝去後、二〇一八年十月に刊行された。同書冒頭に置かれたル＝グウィンの次女、キャロラインさんの謝辞によると、ル＝グウィンは亡くなる一週間前に、その原稿を仕上げて編集者に送っていた、とのことだ。

小説について言うと、二〇一四年には、〈ゲド戦記（アースシー）〉の短篇“The Daughter of Odren”を電子書籍の形で出版するとともに、短篇“The Jar of Water”をティン・ハウス誌上で発表した。

フィクション以外の本では、前述のように二〇一六年に*Words Are My Matter*が、二〇一七年に本書が刊行された（これらはそれぞれ、ヒューゴー賞関連書籍部門の二〇一七年、二〇一八年の受賞作となった）。

また、ル＝グウィンは翻訳もしていて、二〇一三年、ギョルゲ・ササルマンの短篇集の英語版*Squaring the Circle: A Pseudotreatise of Urbogony*（部分訳）を刊行した。この作品はもともとルーマニア語で書かれたもので、ル＝グウィンの英語訳はスペイン語版からの重訳である。日本では、ルーマニア語から直接訳された日本語版（全訳）が『方形の円――偽説・都市生成論』というタイトルで、二〇一九年に刊行された（住谷春也訳、東京創元社）。同書には、ル＝グウィンの英語版序文の日本語訳も収められている。

ル＝グウィンの働きぶりは、八十代の人のそれとしては相当なものだという感じもするが、もともと才能あふれる多作な作家であるル＝グウィンは、かなりペースダウンしたつもりで、大いに楽しみながら執筆していたのではないかと思う。

カレン・ジョイ・ファウラーが序文に書いているように、ル＝グウィンはこの時期、「特別なとき」、「認められ、高く評価されるとき」を迎えていた。彼女が勝ち得た多くの名誉や賞のうち、ふたつ例を挙げよう。

二〇一四年、ル＝グウィンは全米図書協会から米文学功労勲章（Medal for Distinguished Contribution to American Letters）を受けた。受章のスピーチでは、販売戦略が優先され、本の書き手、作り手の自由がおびやかされていると指摘し、アメリカ文学の行く末に強い危惧を示した。ごく短いものながら、火のような情熱のこもった、いかにも彼女らしいスピーチだった。

二〇一六年、ル＝グウィンはまた別の、大きな意味をもつ名誉を勝ち得た。アメリカ文学のカノンとなるべき作品を出版し続けることを使命とする非営利の出版社、ライブラリー・オブ・アメリカから作品が出版されることになったのだ。ライブラリー・オブ・アメリカのメインのシリーズに選ばれた本は、注釈や解説などの充実した完全版として新たに編集され、何世代も読みつがれることを可能にする耐久性に優れた技術で製本される。しかも決して絶版になることがない。著者の存命中に著書がその対象となることは非常にまれである。ル＝グウィンのこの「殿堂入り」を報じたニューヨークタイムズの記事によれば、作品が後世に残ることを願うアメリカの作家にとって、存命中にライブラリー・オブ・アメリカによって作品が出版されることは、ノーベル文学賞受賞に次ぐ名誉だそうだ。(David Streitfeld, "Ursula Le Guin Has Earned a Rare Honor. Just Don't Call Her a Sci-Fi Writer." *The New York Times*, Aug. 28, 2016)

本書の第二部「読者からの質問」でル＝グウィンはこう書いている。「(……) 私の書いたものは、読み間違えられ、誤った受け取られ方、誤った解釈をされるだろう――別に構いはしない。それが本物である限り、無視され、抹消され、読まれないこと以外のあらゆる試練に耐えて生き延びるだろう」と。

一方、「再び、ＴＧＡＮについて」ではこう言っている。「芸術は競馬ではない。文学はオリンピックじゃない」。ル＝グウィンは一番になることに興味がなかった。

そうすると、自分の作品が読みつがれることが確実になるということは、ル＝グウィンにとってノーベル文学賞をもらう以上に嬉しいことだったのではないだろうか。

ライブラリー・オブ・アメリカからの出版の最初の一冊は、ル＝グウィンの強い希望で『ザ・コンプリート・オルシニア』(架空の国オルシニアを舞台にした作品群の完全版)と決まり、二〇一六年九月に出版された。次いで、〈ハイニッシュ・ユニヴァース〉の全作品を二冊に分けて収めた二巻本が、二〇一七年九月に刊行された。四巻目の『オールウェイズ・カミングホーム』が「著者による拡大版」の形で出たのは、ル＝グウィンの逝去後、一年あまり経った二〇一九年二月だった。

これらの本の増補にル＝グウィンはかかわっていた。最初の三巻には序文を寄せているし、とくに大幅な増補がおこなわれた『オールウェイズ・カミングホーム』については、亡くなる直前に、つけ加えるための原稿を渡したようだ。

　ル＝グウィンの協力のもとに、これらの完全版が世に出たことの意義は大きい。学術的な研究においても、世界各国での翻訳においても進展があるだろう。

　そしてこれらの本とは別に、〈アースシー〉のすべてを一冊の挿絵入りの本にまとめる出版の準備も、ほかの出版社で進められていた。この本は *The Books of Earthsea: The Complete Illustrated Edition* というタイトルで、逝去後の二〇一八年十月に刊行された。そこには、それまで書籍に収録されたことのない、ふたつの短篇が含まれていた。前出の“The Daughter of Odren”(2014)と、〈アースシー〉の物語をしめくくる最後の短篇“Firelight”だ。後者はル＝グウィンの遺作で、逝去後にパリス・レヴュー誌上で発表されていたものだ。この“Firelight”の存在は、多くの人にとって大きな驚き——思いがけない贈り物のような嬉しい驚きであっただろう。存在を知って、日本語で読める日が早く来てほしいと願う日本の読者も多いだろう。

　“Firelight”だけではなく、ル＝グウィンの作品のすべてが読者へのギフト（贈り物）だ。そのギフトがよりよい形で残り、読者の心に届くように、とル＝グウィンが最後の日々まで、さまざまな心配りをしてくれたことを思うと、私は胸が熱くなる。だがそれと同時に、彼女らしい清々しさも感じて、勇気を分けてもらった気持ちになる。

　ル＝グウィンは力強い「声」をもっている人で、ル＝グウィンの文章を読んでいると、ル＝グウィンがすぐそばにいるような気がする。ル＝グウィンには強い存在感がある。きっとル＝グウィンの愛読者は皆、彼女は亡くなってしまったけれど、彼女の書いた本の中に彼女はいる、本を開けば彼女に会える、と思っているだろう。私もそうだ。

ル＝グウィンさんの声はどんな声だろうか。私はいつも〈西のはての年代記〉の『ヴォイス』の主人公メマーが、星空を見上げながら、ある不思議な存在が与えてくれる「お告げ」について考えを巡らす場面を思い出す。その夜受け取ったお告げの意味が読み取れなくて困惑していたメマーだったが、星々を見ているうちに、気持ちが落ち着く。メマーは考える。「お告げは命令を下すのではない。その逆で、考えるように促すのだ。謎に対して思考を寄せることを、わたしたちに求めるのだ。考えて行動した結果が思わしくなくとも、それがわたしたちにできる最善のことなのだ」と。ル＝グウィンさんの声も同じだと思う。考えを押しつけたり、指図したりするのではなく、考えるように促し、落ち着きを取り戻させ、勇気を与えてくれる声だ。

今、手に取ってくださっているこの本から響いてくる声も、きっとそういう声だと思う。どうかこの本を何度も開いて、ル＝グウィンさんと語らい、ときには議論もしていただけるように、と願っている。

谷垣暁美

二〇一九年十二月

著者略歴

アーシュラ・K・ル＝グウィン

Ursula K. Le Guin

1929年カリフォルニア州生まれ。オレゴン州ポートランドで長く暮らす。コロンビア大学などで、ルネサンス期のフランス文学・イタリア文学を専攻。1969年に長篇『闇の左手』でヒューゴー、ネビュラ両賞を受賞し、高い評価を得る。代表作に〈ゲド戦記〉シリーズ、おもな長篇に『所有せざる人々』、『ギフト』『ヴォイス』『パワー』の〈西のはての年代記〉シリーズ、『ラウィーニア』など、おもな短篇集に『オルシニア国物語』『風の十二方位』『なつかしく謎めいて』など、評論に『世界の果てでダンス』『夜の言葉』『ファンタジーと言葉』『いまファンタジーにできること』などがある。2018年没。

訳者略歴

谷垣暁美（たにがき・あけみ）

1988年から翻訳に従事。訳書に、U・K・ル＝グウィン『ギフト』『ヴォイス』『パワー』（〈西のはての年代記〉シリーズ）、『ラウィーニア』、『なつかしく謎めいて』、P・ギアリー『ストレンジ・トイズ』（いずれも河出書房新社）、J・フォード『言葉人形』（東京創元社）、W・トレヴァー『恋と夏』、A・ロス『ミスター・ピーナッツ』（ともに国書刊行会）、D・ヒーリー『抗うつ薬の功罪』、G・ブザーキ『脳のリズム』（ともに、みすず書房）ほか。

暇なんかないわ　大切なことを考えるのに忙しくて
ル＝グウィンのエッセイ

2020年1月20日　初版印刷
2020年1月30日　初版発行

著　者　アーシュラ・K・ル＝グウィン
訳　者　谷垣暁美
装　丁　山田英春
発行者　小野寺優
発行所　株式会社河出書房新社
〒151-0051　東京都渋谷区千駄ヶ谷2-32-2
電話　（03）3404-1201〔営業〕（03）3404-8611〔編集〕
http://www.kawade.co.jp/

印刷　株式会社亨有堂印刷所
製本　小泉製本株式会社

Printed in Japan
ISBN978-4-309-20790-2

河出書房新社の海外文芸書

コドモノセカイ

岸本佐知子編訳

とても孤独で、暗くきらめく、幼いときだけ見えていた、決して忘れられない小さな世界たち。名翻訳者が「子供」をテーマに選りすぐった、アリ・スミス、ステイシー・レヴィーンほか 12 篇。

AM/PM

アメリア・グレイ　松田青子訳

このアンバランスな世界で見つけた、私だけの孤独——AM から PM へ、時間ごとに奇妙にずれていく 120 の物語。いまもっとも注目を浴びる新たな才能の鮮烈デビュー作を、松田青子が翻訳！

アメリカーナ

チママンダ・ンゴズィ・アディーチェ　くぼたのぞみ訳

高校時代に永遠の愛を誓ったイフェメルとオビンゼ。米国留学を目指す二人の前に、現実の壁が立ちはだかる。世界を魅了する作家による、三大陸大河ロマン。全米批評家協会賞受賞。

ゴールドフィンチ（全4巻）

ドナ・タート　岡真知子訳

少年の運命は 1 枚の名画とともに、どこまでも連れ去られてゆく——名画、喪失、友情をめぐる長篇大作。2014 年度ピューリッツァー賞受賞、35 カ国で翻訳、300 万部を超える世界的ベストセラー。